Zum Buch:

1930: Zum Leidwesen ihrer Eltern interessiert Bea sich nicht sonderlich für die Konventionen ihrer Zeit, sondern für Glühwürmchen und Frösche. Weil sie so vorerst der arrangierten Ehe entfliehen kann, ist Bea froh, den Sommer in der Toskana bei ihrem Onkel verbringen zu dürfen. In der italienischen Villa begegnet sie aufstrebenden Künstlern, erfährt Freiheitsliebe und begegnet dem jungen Maler Ben, der ihr beibringt, was Romantik ist. Der unbeschwerte Sommer währt nicht lange, und doch verändert er Beas Leben für immer.

»Prächtig gezeichnet und ausgesprochen treffend. Ein entzückendes und erfrischendes Retelling von Viel Lärm um Nichts.«

SPIEGEL-Bestsellerautorin Katharine McGee

»Eine fesselnde Coming-of-Age-Geschichte, die in den 30er Jahren spielt und Leser in eine herrliche romantische Sommerstimmung versetzt!«

the bookactivist

Zur Autorin:

Laura Wood ist in den Midlands geboren, hat in Kent und Warwick Englische Literatur studiert und mit einem Doktortitel abgeschlossen. Sie hat für ihr erstes Kinderbuch den »Montegrappa Scholastic Prize for New Children's Writing« gewonnen, ist eine Hundefreundin und hat eine Schwäche für Cornwall, salziges Karamell und Feminismus. »Ein Himmel aus Gold« ist ihr erster Jugendroman.

Lieferbare Titel:

Ein Himmel aus Gold

LAURA WOOD

Libellentage

ROMAN

Aus dem Englischen von
Antonia Michaelis

HarperCollins

Die Originalausgabe erschien 2019 unter dem Titel
Under a Dancing Star bei Scholastic Ltd, London.

1. Auflage 2021

Deutsche Erstausgabe

Published by arrangement with
Scholastic Ltd, London
Umschlaggestaltung von Hauptmann & Kompanie, Zürich
Umschlagabbildung von Natasza Fiedotjew / Trevillion,
Jarek Pawlak / Shutterstock
Gesetzt aus der Stempel Garamond
von GGP Media GmbH, Pößneck
Druck und Bindung von CPI books GmbH, Leck
Printed in Germany
ISBN 978-3-7499-0221-7
www.harpercollins.de

Für Paul, in Liebe

Ich kenn Euch schon von Anbeginn der Zeit.

WILLIAM SHAKESPEARE:
VIEL LÄRM UM NICHTS, AKT II, SZENE 1

TEIL EINS:
ENGLAND
JUNI 1933

DON PEDRO:
Eure Stille ist's, die mich am meisten stört,
und Fröhlichkeit steht Euch am besten, denn
Ihr wurdet ohne Frag' zu einer frohen Stund' geboren.

BEATRICE:
Oh nein, mein Herr, denn meine Mutter weinte,
doch dann erschien ein Stern, der tanzte, unter
dem wurde ich geboren.

WILLIAM SHAKESPEARE:
VIEL LÄRM UM NICHTS, AKT II, SZENE 1

KAPITEL 1

»Das war's«, murmle ich, während ich näher krieche. »Gleich habe ich dich …«

Meine Hände sind ruhig, und ich halte die Luft an, während ich auf den richtigen Moment warte, um zu springen. Endlich gelingt es mir durch eine Drehung meines Handgelenks, meine flüchtige Beute zu fangen, und ich schraube schwungvoll den Deckel auf das Glas.

Ein Gefühl des Sieges durchflutet mich. Ich schließe die Augen und hebe mein Gesicht zur Sonne, genieße die Wärme, die ich auf der Haut spüre. Nicht weit entfernt singt eine Gartengrasmücke, die Melodie tanzt froh durch die Luft, als der Vogel verkündet, dass dies hier sein Territorium ist.

Für einen Moment ist die Welt perfekt.

»Beatrice! Nicht schon wieder!«

Eine ungehaltene Stimme reißt mich aus meinen Gedanken, und ich öffne die Augen, um eine Gestalt zu entdecken, die ärgerlich den Pfad herunter auf mich zu stapft.

»Hallo, Mama!«, rufe ich. »Tut mir leid, ich war Meilen weit weg.« Ich sehe, wie ihr Gesicht versteinert. »Was machst du denn hier? Solltest du dich nicht für die Party fertig machen?« Sie spricht seit Monaten über nichts anderes als jene Dinnerparty.

»Ich *bin* fertig für die Party«, erwidert sie frostig, und nun, da sie näher bei mir steht, kann ich sehen, dass das die Wahrheit ist. Meine Mutter sieht immer sehr elegant aus, aber jetzt ist sie dank der Perlenkette um ihren Hals noch eleganter; und obgleich ihr altrosafarbenes Abendkleid bessere Tage gesehen hat, wohnt ihm noch immer ein Hauch von Glamour inne.

Meine Mutter ist eine zarte Frau – gertenschlank, stets gut gekleidet, doch irgendwie müde, wie jene Art von Gewächshausblumen, die leicht verwelken. Auch jetzt sieht sie schön aus, aber ich habe Bilder gesehen, und ich weiß, als sie so alt war wie ich, war sie sehr, sehr schön. Sie trägt diese Schönheit noch immer in sich – auf eine Art, die die Leute dazu bringt, sich auf der Straße umzudrehen, um sie anzuschauen. Ab und zu kann man sie finden, wie sie mit einem bedauernden Seufzen die Seiten einer alten Modezeitschrift durchblättert und sehnsuchtsvoll die Bilder makellos zurechtgemachter Debütantinnen betrachtet.

»Oh ja«, sage ich mit einem hoffentlich beruhigenden Lächeln. »Du siehst sehr hübsch aus.«

Irgendwie liegt Mutters missbilligender Blick direkt auf dem Marmeladenglas, das durch mein Kleid verborgen wird und für jede andere Person völlig unsichtbar wäre.

»Und gibt es irgendeinen vernünftigen Grund dafür«, fragt sie, ihre Stimme gefährlich ruhig, »dass du barfuß und schlammbedeckt in der Mitte unseres Sees stehst?«

Um bei der Wahrheit zu bleiben, es ist eigentlich mehr ein großer Teich als ein See, aber ich kann nicht leugnen, dass ich mich definitiv darin befinde. Und dass meine Füße nackt sind und bedeckt mit Schlamm und Schlingpflanzen. So wie meine Beine. Und ein paar Armlängen meines Kleides.

Die Frau vor mir versteht ganz bestimmt nicht, welcher Reiz darin liegt, die Strümpfe auszuziehen, um den Matsch zwischen den Zehen zu spüren.

Ich räuspere mich und versuche noch ein Lächeln. Ich bemühe mich um die Art von beruhigendem Ton, den man gegenüber einem sehr nervösen Pferd anwenden würde.

»*Lampyris noctiluca.*« Damit halte ich das Glas hoch und kippe es leicht. »Absolut faszinierend.«

Mutters Gesicht bleibt steinern.

»Sie werden später noch interessanter sein«, erkläre ich. »Im Moment befinden sie sich im Larvenstadium, aber ich will die Biolumineszenz näher untersuchen, sobald sie ihr adultes Stadium erreichen.«

Keine Antwort.

»Sie glühen«, füge ich hinzu, ein wenig verzweifelt jetzt. »Es sind Glühwürmchen.«

»Natürlich.« Mutters Stimme ist flach. »Du bist in den See gewatet, um Glühwürmchen zu fangen.«

»Ja.« Ich nicke ermunternd. »Wundervolle, magische Glühwürmchen.«

Ich hoffe, dass ein wenig von meinem Enthusiasmus sich als ansteckend erweist, obwohl es, wenn man die Vergangenheit betrachtet, unwahrscheinlich ist, dass die Frau vor mir plötzlich ein brennendes wissenschaftliches Interesse an der Welt der Natur entwickelt. Viel *wahrscheinlicher* ist es, dass ich eine ihrer Gardinenpredigten abbekommen werde.

Diese können recht lange dauern und benötigen kaum Beitrag von meiner Seite, und so behalte ich sie im Auge, beginne mich jedoch innerlich mit der Frage zu beschäftigen, womit ich die Larven füttern soll, während sie sich in meiner Obhut befinden.

Mutter hebt müde eine Hand und massiert ihre Schläfen: eine Geste der Erschöpfung, die ich nur zu gut kenne.

»Und hat die Jagd nach diesen magischen … *Würmern* … dich durch eine Art von Sumpf geführt?«

»Nun, verstehst du …«, beginne ich vorsichtig. »Ursprünglich war ich auf der Suche nach Schmetterlingen, und ich war auf der Fährte eines ziemlich hübschen *Polyommatus coridon*, eines Silbergrünen Bläulings, als ich ausgerutscht und in den See gefallen bin. Erst da habe ich, durch puren Zufall, die Glühwürmchen entdeckt.« Ich mache eine Pause und denke an ihre Worte. »Aber, nur um das *vollkommen* klarzumachen, Mutter … Glühwürmchen sind in Wirklichkeit keineswegs Würmer, weißt du – es sind Käfer, in der Ordnung der *Coleoptera*.«

»Verstehe.« Ihre Stimme ist schmerzhaft vernünftig, ein Umstand, der, wie ich weiß, bedeutet, dass sie dabei ist, einen Wutanfall zu bekommen. »Und offenbar ist es dieser Sturz, der das Gestrüpp erklärt.«

Ihr Blick streift meinen Kopf, und ich greife nach oben und finde einen langen grünen Strang von Algen, der in meinem dunklen Haar klebt.

»Mmm«, murmle ich unverbindlich und rufe dann hoch erfreut: »Schnecken!«, als mir die Lösung für mein Problem einfällt.

»Was?« Ein Ausdruck von Ekel flimmert über Mutters Gesicht, und sie macht einen unsteten Schritt rückwärts. »Wo?«

»Oh, nein, verzeih, ich habe nicht mit dir gesprochen; ich habe mich nur gerade erinnert, dass Glühwürmchen im Larvenstadium Schnecken fressen, und ich muss versuchen, welche für sie zu finden.«

Ich beginne, auf das grasbewachsene Ufer zuzuwaten und suche dabei den Boden ab, meine Augen auf die Mauer um das Blumenbeet gerichtet, das im Moment bedeckt ist von aufmüpfig herabhängendem Grünzeug: der perfekte Ort für eine herumlungernde *Mollusca gastropoda*.

Als ich kurz aufsehe, bemerke ich, dass Mutters Mund sich öffnet und schließt, jedoch kein Ton herauskommt. Sofort bemühe ich mich, eine gewinnende und respektvolle Miene aufzusetzen, denn ich habe dieses Phänomen schon früher beobachtet, und gewöhnlich folgt ein längerer hysterischer Anfall, den ich selbstverständlich gerne vermeiden würde.

Glücklicherweise werden wir in diesem Moment unterbrochen von begeistertem Bellen, und ich habe gerade noch Zeit, einen Ausdruck des Grauens auf Mutters Gesicht zu bemerken, ehe Eustace durchs Unterholz bricht.

Theoretisch sollte Eustache, der zerzauste Terrier vor uns, ein Arbeitshund sein: ein Rattenfänger, der mit den Pferden in der Scheune lebt. Ich habe ihn nach dem Schutzheiligen der Jäger Eustache getauft – in einem Versuch, ihn dazu zu bringen, sein Schicksal anzunehmen, doch es sollte nicht sein. Eustache hat, so scheint es, schreckliche Angst vor Ratten und schläft lieber am Fußende meines Bettes, als sich mit Angelegenheiten in den Ställen zu beschäftigen. Im Moment grinst er – ja, wirklich, er grinst – meine Mutter an, und seine raue rosafarbene Zunge hängt auf einer Seite aus seinem Maul, während er sich sammelt, um seinen schlammbedeckten Körper auf meine Mutter zu werfen. Aus irgendeinem Grund (vermutlich, weil sie ihn absolut nicht leiden kann) betet Eustace meine Mutter an, er ist ihr mit ganzer Seele verfallen.

»Beatrice!«, kreischt das Objekt seiner Verehrung, und ich lasse das Marmeladenglas ins Gras fallen und wate eilig durch den Teich, um den schmutzigen Hund abzufangen, der in Richtung von Mutters Abendgarderobe unterwegs ist.

Während ich die japsende Kreatur an meine Brust drücke, murmle ich tröstende Worte in seine Ohren, kraule ihn an genau den richtigen Stellen, sodass er sich beruhigt und die Aufmerksamkeit genießt, um Mutter nur ab und an einen sehnsuchtsvollen Blick zuzuwerfen.

»Wir werden dies ein andermal diskutieren, Beatrice«, sagt sie angespannt.

Offenbar hat sie entschieden, dass die Party im Moment wichtiger ist, und dieser Umstand verschafft mir eine Galgenfrist. »Das Wichtigste ist, dass wir versuchen, dich dazu zu bekommen, annähernd anständig auszusehen.«

Ihr Blick gleitet mit einem Ausdruck erschöpfter Verzweiflung über mich, und ein Schauder durchläuft ihren feingliederigen Körper. Ich kann nur annehmen, dass die zusätzliche Ausstattung mit einem schlammbespritzten Terrier wenig dazu beigetragen hat, meine Erscheinung zu verbessern, aber wenigstens hat er sie von der Sache mit den Glühwürmchen abgelenkt. Es ist wichtig, in solchen Situationen die gute Seite zu betrachten.

»Die Gäste werden bald hier sein«, fährt sie fort, ein Hauch von Panik in der Stimme, »geh und wasch dich *jetzt sofort.*«

»Natürlich«, murmle ich gehorsam. Ich klemme Eustache unter den Arm, und als sie mir den Rücken zukehrt, hebe ich das Marmeladenglas auf, um ihr brav nach drinnen zu folgen.

»'n Abend, Hobbs!«, flöte ich dem steingesichtigen Butler entgegen, der, steif und perfekt angezogen, in der großen Eingangshalle steht.

Es sieht hier, stelle ich fest, etwas weniger schäbig aus als gewöhnlich. Mehrere riesige Vasen sind in der Halle verteilt, gefüllt mit Blumen aus dem Garten, und verbergen die schlimmsten Stellen abblätternder Farbe und schimmelnder Holzvertäfelung.

»Guten Abend, Miss Beatrice«, antwortet Hobbs düster.

Nichts, nicht einmal ein Zucken seiner buschigen weißen Augenbrauen verrät, dass er meine mitgenommene Erscheinung bemerkt hat.

»Sind Sie die Sitzordnung noch einmal durchgegangen, Hobbs?«, fragt Mutter nervös, und während sie beide abgelenkt sind, husche ich die breite steinerne Treppe hinauf, noch immer fest den sich windenden Eustache umklammernd.

Langton Hall ist der uralte Sitz meiner Familie, und es ist nicht leicht, in ganz England eine schlimmer zerfallende gotische Monstrosität zu finden. Ein besonders zügelloses Mitglied des Familienstammbaums hat das Langton-Vermögen vor ein paar Hundert Jahren verspielt, und die folgenden Generationen haben mit enger und enger geschnalltem Gürtel überlebt. Das bedeutet, dass es ganze Teile des weitläufigen alten Gebäudes gibt, die vollkommen unbewohnbar sind – von Menschen jedenfalls, obwohl wir genug Fledermäuse und Hausmäuse haben. Wir haben auch spinnwebgefüllte Flure, finster dreinblickende Wasserspeier und unheilverkündend knarzende Dielen, die zur romanreifen Geisteratmosphäre beitragen. Tatsächlich habe ich mich beim ersten Mal, als ich *Northanger Abbey* las, gefragt, ob Jane Austen selbst einmal in Langton Hall gewesen ist.

Was wir nicht haben, sind Trost und Wärme, weder wörtlich noch im übertragenen Sinn. Es mag spannend klingen, ich wage sogar zu sagen, romantisch, in einem zerfallenden Herrenhaus zu leben, aber es ist wirklich nichts Romantisches an verrottenden Fensterbrettern, eiskalten Bädern und feuchten

Tapeten. Selbst der düsterste Held bei Byron würde erzittern beim Anblick des knarzenden antiken Leitungssystems. Es ist weniger, als hätte man wirklich ein Zuhause, und mehr, als würde man in einem schlecht geführten Museum leben.

Wenn man dazu noch bedenkt, dass das ganze Anwesen dabei ist, absolut und völlig pleitezugehen, hat man ungefähr ein Gefühl von der andauernden Wolke aus Trübsal, die über dem Ort schwebt wie ein feiner Morgennebel. Falls sich das Blatt nicht bald wendet, werden wir alles verkaufen müssen, wenn Vater stirbt. Soweit ich es beurteilen kann, gibt es keine praktischen Lösungen, die im Moment bedacht werden – meinen Vorschlägen, dass wir Land verkaufen oder ich mir Arbeit suchen könnte, ist bislang mit einem Ausmaß an Entsetzen begegnet worden, das man typischerweise mit Herodes' Abschlachtung unschuldiger Kinder in Zusammenhang bringen würde.

Ich habe den schrecklichen Verdacht, dass die Hoffnungen meiner Eltern sich auf meine eigenen Heiratsaussichten konzentrieren. Der Fakt, dass ich erst siebzehn bin und keinerlei Interesse daran habe zu heiraten, mich häuslich niederzulassen oder in Langton zu bleiben, scheint, wenn es das einmal tun sollte, nicht von großer Wichtigkeit zu sein.

Ich für meinen Teil wäre mehr als glücklich, irgendwo zu leben, wo ich, wenn ich wollte, ein schönes warmes Bad nehmen könnte, aber Mutter und Vater sehen die Dinge recht anders. Sie begreifen ihr Leben nur im Zusammenhang mit diesem großen, verfallenen Haus und seinen Ländereien. Wir sind nicht die Einzigen, was das betrifft – die wenigen Bekannten, die wir haben, scheinen sich in einer ähnlichen Situation zu befinden, obgleich man sagen kann, dass sie etwas mehr Geld besitzen, um das Problem anzugehen.

All diese großartigen altehrwürdigen Familien mit schrecklichen alten Häusern, um die sie sich kümmern müssen: Es erinnert mich an die Geschichte des Königs von Siam, der die Höflinge mit weißen Elefanten zu beschenken pflegte. Ein weißer Elefant war heilig und daher einerseits ein Geschenk, welches eine enorme Ehre bedeutete. Andererseits waren die Kosten, die solch ein Tier verursachte, horrende genug, um jeden Mann in den Ruin zu treiben. So kommen die Häuser mir vor: wie große schwerfällige weiße Elefanten, die sich auf dem Land niedergelassen haben.

Es ist nicht so, dass ich mich mit meinen Eltern nicht wohlfühlen würde. Mein ganzes Leben lang waren da nur wir drei und ein paar uralte Bedienstete, allein in dem großen Haus wie die letzten traurigen Pennies in einer alten Dose.

Ich denke, meine Eltern hatten eher angenommen, sie würden eine Menge gleichgesinnter Söhne haben, die ihnen helfen könnten, das Anwesen zu retten, anstatt nur eine widerspenstige und ihnen leicht rätselhafte Tochter zu bekommen, gerade als sie die Hoffnung aufgegeben hatten, überhaupt noch Kinder in die Welt zu setzen.

So wie meine Eltern es sehen, sind Töchter kein besonders nützliches Accessoire. Es wird nicht von mir erwartet, dass ich in die Welt hinausgehe und tatsächlich Dinge *tue*. Sie hätten es lieber, wenn ich … dekorativer wäre. Ich bin einfach zu groß, zu laut, zu klug – zu *viel* von allem.

Als ich das Bad erreiche, setze ich Eustache in der alten Wanne ab und tue mein Bestes, ihn zu säubern, trotz seines heftigen Protests. (Und, ganz ehrlich, wer kann es ihm übel nehmen? Selbst im Juni fühlt sich das Wasser in diesem Haus an, als käme es von einem arktischen Gletscher, und ich schaudere, als ich an meine eigene bevorstehende Säuberung denke.) Nachdem Eustache relativ sauber ist und sich ausführlich geschüttelt hat, wobei er mich mit noch mehr Wasser bespritzt, lasse ich ihn die Treppe hinunter entkommen, wo er zweifelsohne jedem in den Weg geraten und versuchen wird, das Essen zu stehlen, das auf den Tisch kommen soll.

Ich stelle meine *Lampyris noctiluca* auf das Regal, das ich für meine Entdeckungen reserviert habe, neben meine Fossiliensammlung und das sorgfältig zusammengesetzte Skelett eines Raben, welches ich – wunderbarerweise komplett – vor ein paar Wochen im Garten ausgegraben habe. Mutter sagte damals, sie fände das Ding morbide, doch ich denke, dasselbe könnte man von dem verblichenen Familienwappen sagen, unter dem wir in jenem Moment standen.

Wie dem auch sei, ich finde es nicht morbide; ich finde das Skelett recht hübsch, und ich habe es Edgar genannt. Meine Augen schweifen noch einmal zu dem Glas mit den Larven und von da aus zum Schreibtisch, der unter Stapeln von hingekritzelten Notizen begraben ist.

Die Dienstbotenglocke erklingt von unten – ein langes, schrilles Läuten, das irgendwie Panik verbreitet. Ich seufze. Vermutlich ist es Mutter, die Hobbs herbeiruft, damit er sich um einen schrecklich wichtigen haushaltstechnischen Notfall kümmert – eine schräg liegende Dessertgabel vielleicht. Der arme alte Hobbs bewegt sich nicht mehr so schnell wie früher.

Es ist wirklich keine Zeit, jetzt meine Beobachtungen der Glühwürmchen zu beginnen. Mutter ist schon zu nervös wegen dieser Dinnerparty, und wenn ich zu spät komme, verliert sie möglicherweise völlig die Nerven. Ich habe auf die harte Tour gelernt, dass es, wenn ich in Ruhe forschen möchte, am besten ist, wenigstens so zu tun, als wäre ich interessiert an ihren sozialen Aktivitäten.

Als ich mich selbst im Spiegel sehe, muss ich zugeben, dass der verzweifelte Blick, mit dem ich zuvor bedacht wurde, vielleicht doch gerechtfertigt war. Mein langes, dunkles Haar ist in einer Art auf meinem Kopf zusammengenommen, die am ehesten den Nestern der Krähen gleicht, die vor meinem Fenster in den Bäumen sitzen. Die Enden, die den hastig hineingesteckten Haarnadeln entglitten sind, sind völlig durchnässt und tropfen auf den weichen Stoff meines Kleides – einst blassblau, nun schmutzig grau und verziert mit Grasflecken, schwarzen Mustern aus Matsch sowie verschiedenen Pfotenabdrücken. Das Kleid ist alt, wie alles andere in meinem Kleiderschrank, und etwas zu klein für mich, an Brust und Hüften ist es zu eng. Im Gegensatz zu meiner Mutter bin ich kräftig gebaut, mehr wie ein verlässliches Arbeitspferd als wie eine hochgezüchtete junge Stute.

Ich wende mich von meinem Spiegelbild ab und nehme den Kampf mit meiner äußeren Erscheinung in Angriff. Ich habe weniger als dreißig Minuten, ehe die ersten Gäste kommen, und dieser Gedanke ist nicht besonders ermunternd. Zumindest wird diese Dinnerparty eine Abwechslung werden, sage ich mir und versuche, optimistisch zu sein. Zumindest wird sie *andere Menschen* beinhalten. Vielleicht wird es ein durchschlagender Erfolg, und meine Eltern werden so glücklich über mein makelloses Benehmen sein, dass ich weitere Standpauken wegen der Glühwürmchen und des Sees und der bloßen Füße vermeiden kann.

Ich falle auf die Knie und hebe meine Bürste an die Lippen, ehe ich sie in die Luft halte und einen Schwur ablege wie ein alter Ritter.

»Ich gelobe feierlich«, sage ich, »dass dieses Mal nichts schiefgeht und ich die perfekte Tochter sein werde.«

Voller Hoffnung und guten Mutes komme ich wieder auf die Füße und mache mich auf den Weg ins Bad, um den Schlick aus dem Teich abzuwaschen und mich in eine ordentliche junge Dame zu verwandeln.

KAPITEL 2

Es ist genau sechsundzwanzig Minuten später, und alles läuft nach Plan. Ich bin so ordentlich und schick, wie ich nur sein kann. Mein sauberes, gebürstetes Haar ist nach hinten gekämmt und zu einem langen, seidigen Zopf geflochten, und mein weiches fliederfarbenes Kleid ist absolut akzeptabel, wenngleich ein oder zwei Handbreit zu kurz und einen oder zwei tiefe Atemzüge zu eng. Ich stehe neben Mutter in der Empfangshalle und begrüße mit einem charmanten Lächeln Gäste; und ich unterhalte mich auf die Weise, an der nicht einmal unser verstaubter alter Pfarrer etwas auszusetzen findet.

Er ist natürlich anwesend, gemeinsam mit seiner ebenso sauertöpfisch dreinblickenden Frau. Die Einstellung der beiden zu meiner Familie besteht aus einer konfusen Mischung von Ergebenheit gegenüber unserem altehrwürdigen Namen und Schadenfreude über unsere finanziellen Schwierigkeiten. Sie nehmen kein Blatt vor den Mund, wenn es darum geht, wie sehr sie fast alles, was ich sonst sage, missbilligen, und unglücklicherweise bringt der Pfarrer seine Missbilligung oft in langen Bibelzitaten zum Ausdruck.

Im Moment allerdings lausche ich freundlich und verständnisvoll, während sie mir von einem ihrer schrecklichen Kinder erzählen, das sich eine Erkältung zugezogen hat.

»Jaja«, murmle ich, meine Gedanken mehr als zur Hälfte mit der Schneckenjagd beschäftigt, die ich im Schutz der Dunkelheit später veranstalten muss, »Erkältungen im Sommer sind wirklich die allerärgerlichsten.«

Ich fühle, wie sich Mutter neben mir entspannt, und ihre Stimme wird immer melodischer, während sie in ihre Rolle als Gastgeberin gleitet, die sie so genießt.

»Ah, Philip!«, ruft sie eben glücklich aus. Philip Astley ist unser nächster Nachbar – sein finanziell weitaus besser abgesichertes Anwesen grenzt an unser eigenes, und er ist ein durchaus netter, allerdings zutiefst langweiliger Mann, der meine Eltern schon seit vielen Jahren kennt und nicht weiß, wie er sich mir gegenüber verhalten soll, seitdem ich kein kleines Kind mehr bin, dem er den Kopf tätscheln kann.

Nachdem er meinen Oberarm enthusiastisch genug beklopft hat, um einen blauen Fleck zu hinterlassen, während er »großartig, großartig« murmelt, beugt er sich näher, um einen höflichen Kuss auf Mutters Wange zu drücken.

»Schön siehst du aus, Delilah, wie immer«, sagt er galant, und Mutter macht ein zufriedenes summendes Geräusch ganz hinten in ihrer Kehle, ehe ihr Blick auf den jungen Mann fällt, der Philip folgt.

»Danke, Philip.« Ihre Stimme ist jetzt ganz Lächeln; sie sieht aus wie die sprichwörtliche Katze, der gerade eine große Schale Sahne vorgesetzt wurde. »Und dies muss Ihr Neffe sein. Ich bin so froh, dass Sie vorbeikommen konnten, um an der Party teilzunehmen. Sie waren nicht hier, seitdem Sie ein kleiner Junge waren. Wir haben einen bedauerlichen Mangel an jugendlicher Gesellschaft, und ich weiß, Beatrice wird überglücklich sein, Sie zu sehen.«

Ihr Blick trifft meinen, und sie hebt die Augenbrauen.

Etwas in diesem Blick lässt mich sofort auf der Hut sein.

Ich betrachte die Erscheinung vor mir.

Philip Astleys Neffe ist etwa in meinem Alter, ungefähr zwei Handbreit kleiner als ich und hat die Sorte leeren Blick, der eher für grasende Tiere typisch ist. Natürlich macht nichts von alledem meiner Mutter etwas aus, denn, so stelle ich fest: Vor mir steht der Erbe des Astley-Vermögens.

Es fühlt sich an, als lege sich ein Bleigewicht auf meinen Magen. Diese ganze Dinnerparty ist eine Verkuppelungsfalle, und ich bin so blind hineingetappt wie eine naive Waldkreatur. Ich schließe kurz die Augen in der Hoffnung, dass die Szene um mich herum sich auf magische Weise verwandelt haben wird, wenn ich sie wieder öffne.

Das Herz rast in meiner Brust, während ich begreife, dass meine Eltern sämtliche Winke mit dem Zaunpfahl aufgegeben und beschlossen haben, zu handeln.

»Sehr erfreut«, bekomme ich gerade so heraus und strecke meine Hand aus, während ich meiner Mutter einen raschen Blick zuwerfe, den sie schlichtweg ignoriert. Frustration macht sich in mir breit.

»Hallo«, sagt der Neffe und bietet mir eine feuchte, schlaffe Hand. »Ich bin Cuthbert.«

Trotz der fürchterlichen Umstände fühle ich in diesem Moment einen Hauch Sympathie für ihn. Der arme Junge hatte sicher nie eine Chance – wie um alles in der Welt soll jemand es zu etwas bringen, der einen Namen wie *Cuthbert* trägt?

»Beatrice«, sage ich, schüttle seine Hand und wische die meine dann ausführlich an meinem Kleid ab.

»Nun«, sagt Mutter fröhlich, »wir sollten Sie nicht hier in dieser zugigen Empfangshalle aufhalten, Cuthbert. Ich bin sicher, dass junge Leute wie Sie und Beatrice eine Menge zu bereden haben, sie wird Sie hineinführen und Ihnen einen Drink besorgen, nicht wahr, Liebes?«

»Selbstverständlich, Mutter«, knurre ich.

»Großartig, großartig.« Philip Astley strahlt, während er auf den Fersen wippt und die Hände in die Taschen steckt.

Ich führe Cuthbert durch den Salon und wünschte, meine Knochen würden zu Staub zerfallen, sodass Hobbs sie auffegen und mich in seiner typisch diskreten und effizienten Art entsorgen könnte und ich nicht weiter an der Szene teilnehmen müsste. Es sind annähernd ein Dutzend Gäste hier, gefangen im niemals endenden Kreis höflichen Geplänkels.

Vater wacht über den Getränkewagen, und er wirft mir einen wissenden Blick zu, der bedeutet, dass dies alles Teil eines großen Plans und er sehr zufrieden mit dessen Fortschreiten ist. Er scheint es sich gerade noch verkneifen zu können, sich voller Freude die Hände zu reiben. Ich hebe mein Kinn und bedenke ihn mit einem kühlen Blick gerade noch unterdrückten Ärgers. Sein Ausdruck wird etwas unsicherer.

Mein Vater ist ein plumper und herzlicher Mann mit buschigem Schnurrbart und wässerig blauen Augen. Er hat mir das Reiten beigebracht, eine Tätigkeit, die wir beide lieben, obwohl er entsetzt war, als ich mich geweigert habe, an der Jagd teilzunehmen, weil ich finde, dass es eine barbarische und grausame Sportart ist. Und ich habe ihn nie wütender gesehen als damals, als ich falsche Spuren gelegt habe, um die Hunde von der wahren Spur des Fuchses abzulenken, sodass sie stattdessen im Kreis rannten.

»Was will ein Mädchen nur mit so vielen Gehirnzellen?«, habe ich ihn mehr als einmal seufzen hören.

»Ähem!« Jetzt räuspert er sich. »Soso, dies muss also der berühmte Cuthbert sein!«

Und er klopft dem armen Jungen mit solcher Begeisterung auf die Schulter, dass er strauchelt.

Ich vermute, dass die wahre Situation Cuthbert endlich klar wird, und er sieht verängstigt, beinahe kaninchenhaft zwischen mir und meinem Vater hin und her. Seine Hand hebt sich zu seinem Kragen, als wäre er zu eng.

»Wie ... geht es Ihnen, Sir?«, bringt er gerade so heraus, seine Stimme dünn wie schwacher Tee.

»Lassen Sie mich Ihnen einen Drink besorgen, Cuthbert«, sage ich fest, denn er tut mir leid. Ich kann sehen, dass es an mir ist, uns durch diesen speziellen Sturm zu manövrieren – Cuthbert scheint nicht unbedingt der Typ zu sein, der aktiv wird.

»Oh, d-danke«, stottert er, wobei sich sein Adamsapfel auf und nieder bewegt und sein Hals rot anläuft.

Während Vater mit jemand anderem beschäftigt ist, gieße ich zwei Gläser Punsch ein und füge Cuthberts einen Spritzer von etwas Stärkerem bei, in der Hoffnung, dass ihm das etwas Mut verleiht.

»Danke«, sagt er wieder, nimmt einen tiefen Schluck und bekommt einen Hustenanfall. Möglicherweise habe ich es mit dem flüssigen Mut etwas zu gut gemeint, und ich klopfe ihm auf den Rücken.

»Alles in Ordnung?«, fragt Vater, der sich wieder uns zuwendet.

»J-ja, Sir«, bekommt Cuthbert gerade so heraus.

Da erklingt ein lauter Gong, der uns zum Dinner ruft; das Geräusch lässt den Raum vibrieren und den bereits sehr nervösen Cuthbert mehrere Handbreit in die Luft springen.

»Besser, Sie trinken den Rest hiervon aus«, sagt Vater jovial und zeigt auf Cuthberts Drink. Als er einen Moment wegsieht, schnappe ich mir das Glas aus Cuthberts Hand und leere die Überreste in einen nahen Topf-Farn.

Ich werde mit einem dankbaren, obgleich zitterigen Lächeln belohnt, und zu Vaters großer Freude bietet Cuthbert mir seinen Arm an, um mich in das Speisezimmer zu eskortieren.

Das Dinner ist genauso schrecklich, wie ich befürchtet habe. Das Essen ist ein klein wenig besser als gewöhnlich, denn wir müssen die Leute beeindrucken, doch unserer Köchin ist nie ein Gemüse untergekommen, das sie nicht zu Tode kochen konnte. Ich sitze zwischen Mutter und Cuthbert, und Mutter drängt uns mit ermutigenden kleinen Konversationsanstößen zum Gespräch.

»Beatrice, Philip sagt, Cuthbert ist ein begeisterter Briefmarkensammler, ist das nicht faszinierend?«

»Oh ja, wirklich faszinierend«, antworte ich düster. Immerhin kann Cuthbert ja nichts für all dies hier. »Haben Sie irgendwelche besonders interessanten Marken in Ihrer Sammlung?«

»Ähm … nicht wirklich«, stammelt Cuthbert und wird schon wieder rot. »Ich sammle sie eigentlich nicht selbst, wissen Sie. Mein Onkel hat mir einige seiner alten Alben vererbt …« Er verstummt unglücklich.

»Mmm«, murmle ich und ziehe mit dem Messer ein Unendlichkeitssymbol in die Soße auf meinem Teller. An einem Ende des Tisches ist Vater mit Mr. Astley tief in ein Gespräch über die Jagd versunken, ein Thema, bei dem sie die ganze Nacht bleiben können, in seliger und sehr lauter Übereinstimmung miteinander.

Der Pfarrer macht gerade eine Art abfälligen Kommentar über die moralische Einstellung seiner Schäfchen in der Gemeinde zur Dame neben ihm. Und die Pfarrersfrau erzählt mit dröhnender Stimme schon wieder die Geschichte über die Erkältung. Ich knirsche mit den Zähnen und spüre eine unbezwingbare innere Unruhe in mir aufsteigen. Wie sehne ich mich danach, auf die Füße zu springen und wegzulaufen, so schnell ich kann und so weit ich kann!

Doch stattdessen zwinge ich mich, mich auf die Konversation neben mir zu konzentrieren.

»Oh, Cuthbert!«, sagt Mutter und schüttelt den Kopf, ein Augenzwinkern in der Stimme, »wozu die Bescheidenheit? Ich bin sicher, ein junger Mann wie Sie wird kein Problem damit haben, das Anwesen zu leiten. Was Sie brauchen, ist natürlich eine Frau, die weiß, wie die Dinge laufen: eine junge Frau von guter Herkunft mit Erfahrung. Meinst du nicht auch, Beatrice?« Der Blick, den sie mir zuwirft, ist scharf. Hinter ihren Worten glänzt harter Stahl.

»Ja, Mutter«, sage ich kühl. »Vielleicht wäre es eine vernünftige Lösung, eine Anzeige in der Times aufzugeben, um jemanden für den Job zu finden.«

Mutter lacht ein gezwungenes Lachen; ein schrilles, nervöses Geräusch, und sieht mich warnend an. Wir wissen beide, dass ich anfange, mich danebenzubenehmen. Ich war voll und ganz darauf vorbereitet, mich heute Abend vorbildlich zu verhalten, aber dieser ganze perfide Plan um Cuthbert würde ausreichen, die Geduld einer Heiligen auf die Probe zu stellen. Wirklich, es ist ihre eigene Schuld.

Ich beginne, Spaß an der Sache zu finden.

»Ah.« Cuthbert räuspert sich, sein unsicherer Blick springt zwischen uns hin und her.

»Was … was machen Sie gerne, Beatrice?«, fragt er leicht verzweifelt, vermutlich in dem Versuch, das Gespräch zurück auf sicheren Boden zu steuern. »Als Hobby, meine ich?«

Ich stütze mich auf meinen Ellbogen und schenke ihm ein fröhliches Grinsen.

»Oh, Cuthbert«, sage ich. »Ich bin so froh, dass Sie fragen.«

»Beatrice …«, beginnt Mutter, sich offenbar der Gefahr der Situation bewusst, doch nun ist es zu spät.

»Um ehrlich zu sein, im Moment beschäftige ich mich mit der Untersuchung der *Lampyris noctiluca* oder dem Glühwürmchen, wie man sie für gewöhnlich nennt.« Ich lehne mich auf meinem Stuhl zurück. »Was ich besonders interessant finde, sind ihre Fortpflanzungsgewohnheiten.«

Meine Stimme hallt laut und klar durch den Raum, in dem augenblicklich jedes Gespräch erstirbt.

»Fortpflanzungsgewohnheiten?« Cuthberts Röte vertieft sich, und er wirft meiner Mutter einen angespannten Blick zu, doch sie hebt nur hilflos die Augenbrauen. Ich stelle fest, dass selbst der Pfarrer sich in meine Richtung gewandt hat.

»Ja«, sage ich. »Fortpflanzungsgewohnheiten. Womit ich selbstverständlich die sexuelle Paarung meine, die zur Reproduktion führt.«

Cuthberts Mund steht leicht offen, die Gabel baumelt lose in seiner schlaffen Hand. Die anderen an der langen Tafel sitzen in eisiger Stille da.

»Es ist das weibliche Glühwürmchen, das der Biolumineszenz fähig ist, um das Männchen anzuziehen, wissen Sie«, fahre ich im Plauderton fort. »Je mehr ein weibliches Glühwürmchen glüht, desto attraktiver wird es als Sexualpartnerin, da größere Lumineszenz größere Fertilität bedeutet.«

»F-fertilität«, flüstert Cuthbert benommen.

Ein Stöhnen kommt vom Ende der Tafel, wo Vater sitzt, den Kopf in die Hände gestützt. Mutters Gesicht ist aschgrau. Der Rest der Gesellschaft starrt mich mit weit aufgerissenen Augen an.

»Ja«, sage ich und drehe mich ein wenig, sodass ich zu ihnen allen spreche. »Fertilität.« Ich lasse mir das Wort auf der Zunge zergehen. »Fruchtbarkeit. Was natürlich absolut wünschenswert ist an einem Sexualpartner, wenn man die Kopulation zur Erhaltung der Art betrachtet.«

»Ich denke, diese Konversation ist unpassend für eine Dinnerparty, Beatrice«, unterbricht mich Mutter jetzt eilig; sie hat immerhin ihre Stimme wiedergefunden.

»Meines Erachtens ist diese Konversation unpassend für eine junge Dame, unabhängig von Zeit oder Ort!«, donnert der Pfarrer mit seiner dramatischen Sonntagspredigtstimme, und Mutter zuckt zusammen.

»Oh, nein«, sage ich ernst. »Warum sollten junge Frauen an solchen Konversationen nicht teilnehmen? Schließlich, Hochwürden, sind wir es, die selbst Mütter werden müssen, wenn der Mensch in seiner Art weiterbestehen soll. So steht es in der Bibel, nicht wahr? Seid fruchtbar und mehret Euch und all das.« Ich wedle sorglos mit der Hand. »Also müssen Sie zustimmen, dass es nicht weniger ist als verantwortungslos, junge Frauen unwissend zu lassen, was den Akt der sexuellen Fortpflanzung angeht.«

»Akt der sexuellen Fortpflanzung!«, wispert die Frau des Pfarrers, während Mutter kurz davor zu sein scheint, in Ohnmacht zu fallen.

»Exakt.« Ich lächle die ganze Gesellschaft an und zeige meine weißen Zähne. »Ganz genauso ist es. Was für ein wundervolles Abendessen heute, Mutter, mein Kompliment an die Köchin.«

Und ich spieße ordentlich eine Karotte auf meine Gabel und stecke sie in den Mund, während um mich herum ein Tumult der Empörung ausbricht.

KAPITEL 3

»Ich finde, es lief gar nicht so schlecht.«

Meine Erklärung wird von Mutter, die erschöpft auf dem Sofa liegt, mit einem Stöhnen kommentiert.

Die Dinnerparty hat sich kläglich zu ihrem steifen und höflichen Ende geschleppt, gerettet nur von Mutters betont fröhlichem Geplauder. Nachdem sie mich unter dem Tisch getreten hat, bin ich aus Protest völlig verstummt. Und als die Herren nach dem Essen den obligatorischen Brandy getrunken und die Damen im Salon sich eine Weile gezwungen unterhalten hatten, höflich und eisig, sind die Gäste alle hastig in die Nacht entschwunden, und Vater hat sich in sein Studierzimmer zurückgezogen, um »in Frieden« Zigarre zu rauchen.

»Kopulation«, stöhnt Mutter, eine Hand an der Stirn.

Das Wort hängt auf so dramatische Weise in der Luft, dass ich ein Lachen unterdrücken muss und stattdessen huste.

»Du hast *Kopulation* gesagt, vor dem *Pfarrer.* Das wird er mir noch jahrelang vorwerfen. Er wird es in die Sonntagspredigt aufnehmen, und jeder wird wissen, warum, und am Ende ist es wieder *meine* Schuld, dass du dich so fürchterlich benimmst und so ungehörige Dinge sagst. Ehrlich, Beatrice, wie *konntest* du? Es ist absolut unangemessen für eine junge Dame, diese ... diese Sorte von Dingen zu erwähnen. Vor allem in höherer Gesellschaft.«

»Ach, komm, es ist nicht so, als wüsste der Pfarrer nicht, was das Wort bedeutet, um Himmels willen«, sage ich fest. »Er und seine schreckliche Frau haben zwei genauso schreckliche Kinder, also müssen sie es mindestens zweimal getan haben.«

»Beatrice!«, tönt ihre entsetzte Stimme von irgendwo zwischen den Sofakissen.

»Und es war in einem naturwissenschaftlichen Kontext«, fahre ich fort. »Ich habe nur versucht, zu erläutern …«

»Genug davon!«, schnappt Mutter und zieht sich hoch in eine sitzende Position. »Ich wünsche nicht, diese Konversation noch einmal aufleben zu lassen.« Sie funkelt mich an. »Das ist der letzte Strohhalm, Beatrice. Ich habe genug davon, dass du dich benimmst wie eine Wilde, unsere Nachbarn schockierst, völlig abgerissen in der Landschaft herumrennst, um ekelhafte Kriechtiere mit Gläsern zu fangen und deinen Kopf mit lateinischen Texten vollstopfst – und der Himmel weiß, was in diesen Büchern steht, wenn man bedenkt, welche Sorte von Gespräch du angemessen findest für eine Dinnertafel …«

Ich muss eine neue nervöse Welle von Lachen unterdrücken bei der Idee meines skandalösen lateinischen Lesestoffs. (Als wüsste ich nichts über die fragwürdigen Liebesromane, die sie hinter den Pflanzen im Gewächshaus versteckt. *Das* ist wirklich erhellende Lektüre.)

»Gut, es tut mir leid«, sage ich und fühle den scharfen Stachel des Bedauerns wie immer, nachdem ich mich danebenbenommen habe. »Ich weiß, es war falsch von mir, aber ich konnte einfach nicht anders. Ich meine, wirklich, Mutter, *Cuthbert*?«

Sie betrachtet mich mit eisiger Wut. »Cuthbert Astley war deine letzte große Hoffnung, mein Mädchen!«

Und sie wedelt dramatisch mit einem Finger vor meinem Gesicht herum.

Ich schnaube verächtlich, obgleich bei der Verzweiflung in ihrer Stimme eine kalte Hand mein Herz zu umklammern beginnt. »Cuthbert Astley als irgendjemandes große Hoffnung zu beschreiben, letzte oder welche auch immer, ist weit hergeholt, Mutter.« Ich halte meinen Ton absichtlich fröhlich und leicht.

»Oh, das sieht dir dermaßen ähnlich, Beatrice!«, ruft sie, und nun höre ich echte Sorge in ihrer Stimme. »Du bist so selbstzufrieden! Aber was wird aus dir werden, wenn dein Vater und ich nicht mehr da sind, um uns um dich zu kümmern?«

Sie schnieft und zieht ein ziemlich zerknautschtes weißes Taschentuch hinter einem der Sofakissen hervor. Ich lasse mich auf den Boden neben ihr sinken und nehme ihre Hand. »Verzeih mir«, sage ich. »Ich weiß, du machst dir Sorgen, aber ehrlich, ich denke nicht, dass ein Ehemann die Lösung ist. Ich könnte mir einen Job besorgen, genau wie ich schon früher gesagt habe …«

Mutter schnaubt nur. »Einen Job, hah.«

»Ja, warum nicht? Ich könnte einen Beruf lernen. Eine Menge Frauen arbeiten und tun alle möglichen Dinge.«

»Frauen von deinem Stand nicht«, sagt Mutter entschlossen und reibt sich müde die Stirn.

Ich weiß, sie wird meinen Wunsch zu arbeiten niemals verstehen. Oder den, zu studieren. Der Gedanke daran, zu studieren, auf eine Universität zu gehen, um zu lernen, vielleicht sogar Naturwissenschaften oder Medizin, ist wie ein plötzlicher Schmerz in meiner Brust, und ich presse die Hand für eine Sekunde darauf, als könnte ich das Gefühl so unterdrücken.

Ich habe nicht einmal den Versuch unternommen, mit meinen Eltern darüber zu sprechen. Ich weiß, sie wären dagegen, und ich kann es mir sowieso nicht leisten, zur Universität zu gehen. Irgendwie könnte ich es nicht ertragen, dass sie diesen Traum so leichthin verwerfen wie all meine anderen Träume, er ist zu wertvoll.

»Bitte, Liebling, hör auf, mich aufzuziehen«, führt Mutter fort, als hätte ich die letzten Sätze gar nicht gesagt. »Du weißt, meine Nerven halten das nicht aus.«

Und sie beginnt wieder zu weinen, echte Tränen, was dazu führt, dass ich mich fürchterlich fühle.

»Jetzt schau dir an, was du angestellt hast, Beatrice!«, dröhnt Vater von der Tür aus, wo er plötzlich aufgetaucht ist. Er geht hinüber auf Mutters andere Seite und ergreift ihre Hand. »Das ist alles deine Schuld.«

Auf einmal habe ich genug.

Seine Worte sind wie ein Streichholz; sie entzünden etwas Großes und Ärgerliches in meinem Inneren, das sofort auflodert.

»Ihr beide! Ihr klammert euch an irgendeine … eine lächerliche Version der Vergangenheit!«, fauche ich und springe auf die Füße. »Da draußen gibt es eine ganze Generation junger Leute, die Dinge ändern und ein aufregendes, modernes Leben führen! Aber wir, wir leben in diesem Mausoleum. Es ist, als hätte jemand hier die Zeit angehalten, und ich ertrage das nicht mehr!«

»Hör auf, so hysterisch zu sein!« Mutters Stimme ist schrill. Es ist klar, dass nur *ein* Familienmitglied die Erlaubnis hat, Nervenzusammenbrüche zu bekommen.

»Ich bin nicht hysterisch«, sage ich und hole tief Luft, um ruhiger zu sprechen. »Ihr versucht, mich zu versteigern wie eine preisgekrönte Stute, ohne einen Gedanken daran, was *ich* will …«

»Wir versuchen zu tun, was das Beste für dich ist.« Vaters Gesicht nimmt einen tiefen Rotton an. »Nicht dass jemand uns danken würde, und Gott bewahre, du respektierst weder deine Familie noch unsere Geschichte. Es hat seit über FÜNFHUNDERT JAHREN Langtons in Langton Hall gegeben!«

Normalerweise würde ich jetzt einfach nicken und an etwas anderes denken, während er von der Familienehre schwafelt, doch in diesem Moment reicht es mir. Ich habe mir das hier mein ganzes Leben lang angehört, und ich habe es satt, habe das Gewicht von Langton Hall satt und sein Erbe, habe all die alten Generationen von Langtons aus der Geschichte satt, die mich erdrücken. Es ist, als könnte ich fühlen, wie die Mauern des Hauses mich zu Tode quetschen und mich vom Rest der Welt abschneiden.

»Ich weiß, dass es seit über fünfhundert Jahren Langtons in Langton Hall gegeben hat.« Ich bin nah daran, in Tränen auszubrechen, doch ich versuche, mit ruhiger Stimme zu sprechen. »Aber ihr müsst einsehen, dass ich – selbst wenn ich mit euren Plänen einverstanden wäre und irgendeinen wohlhabenden, durch Inzucht hervorgebrachten Aristokraten heiraten würde, um dem Anwesen zu helfen – nun, dass ich dann keine Langton mehr *wäre*.«

»Aber du könntest diesen Ort am Leben erhalten«, sagt Mutter.

»Du würdest die Langton-Blutlinie retten!« Vaters Stimme klingt gedämpft, als würde er etwas aussprechen, das zu heilig ist, um es laut zu sagen.

Ich sehe mir meine Eltern an und spüre einen Stich des Mitgefühls.

Sie wirken kleiner in diesem Moment, ihre Augen brennend vor Fanatismus.

»Es tut mir leid«, sage ich resigniert. Und trotz meines Ärgers liegt mir das Gefühl der Schuld schwer im Magen.

»Ich weiß nicht, was wir mit dir machen sollen, Beatrice, ich weiß es wirklich nicht«, sagt Mutter, und ihre Stimme ist jetzt traurig und leise, als hätte sie es aufgegeben.

Das schlechte Gewissen in mir wächst. Ich habe mich über Cuthbert lustig gemacht, aber die trostlose Wahrheit ist, dass sie wahrscheinlich recht haben. Die Zukunft, die sich vor mir erstreckt, sieht grauenhaft leer aus. Ich kann so nicht weitermachen. Vielleicht ist Cuthbert – oder jemand wie er – wirklich die einzige Option.

»Alles wird gut, Delilah«, sagt Vater. Er geht ein paarmal im Raum auf und ab und bleibt dann plötzlich stehen, um meine Mutter anzusehen. »Hör zu, ich denke … ich denke, es ist Zeit für uns, Leos Angebot zu bedenken.«

»Nein!«, ruft Mutter. »Michael, ich dachte, wir wären übereingekommen …«

Vater hält eine Hand empor, und Mutter verstummt. Das tut sie immer, wenn er es verlangt.

»Wir haben keine Wahl«, sagt er. »Ganz offenbar dringen wir nicht zu Beatrice durch. Diese kindischen Mätzchen geraten außer Kontrolle, und jetzt hat sie uns vor halb England bloßgestellt. Es ist das Beste für alle, wenn sie eine Weile fort ist, unter strenger Überwachung. Ich bin sicher« – er wendet sich mir zu, und auf einmal erscheint er mir Furcht einflößend groß, in seinen Augen ein Blitzen wie von Stahl – »dass Beatrice, mit etwas Bedenkzeit, zum selben Schluss gelangen wird wie wir. Und dass sie sich bei ihrer Rückkehr einer jungen Dame in ihrer Situation angemessen verhalten wird.«

»Rückkehr von wo?«, frage ich misstrauisch. »Wohin genau verreise ich?«

»Dein Onkel findet, dass deine Cousine Hero etwas jugendliche Gesellschaft braucht. Er hat dich eingeladen, den Sommer mit ihnen zu verbringen. Deine Mutter und ich hatten uns noch nicht entschieden, aber unter den momentanen Umständen, denke ich, ist es möglicherweise eine gute Idee.«

»Onkel Leo?«, frage ich, und heiße Aufregung kribbelt durch meinen Körper. »Onkel Leo, der in *Italien* lebt?«

»Es ist kein Urlaub, junge Dame«, sagt Vater. »Es ist eine Gelegenheit für dich, über dein abstoßendes Benehmen nachzudenken.«

»Oh, ja«, sage ich. Meine Gedanken überschlagen sich. Ich lege die Hände zusammen, damit sie nicht zittern. »In Italien.« Das Gefühl des Eingesperrtseins, das in diesen letzten Monaten mehr und mehr von mir Besitz ergriffen hat, löst sich langsam.

»Leo ist solch ein ehrlicher, aufrichtiger Mann«, sagt Mutter nachdenklich. »Er wird keinerlei Unsinn dulden, und vielleicht hilft es, dein schreckliches Betragen zu verbessern, wenn du Zeit mit einem süßen lieben Mädchen wie Hero verbringst. Meine Schwester – Gott hab sie selig – war eine unglaublich anständige Frau. Du hast recht, Liebling – dies hier könnte genau das sein, was Beatrice braucht.«

Das Bild der blassen, unglückseligen Tante Thea flackert vor meinem inneren Auge auf, und ich schaffe es gerade noch, ein Schaudern zu unterdrücken. Onkel Leo erschien mir auch schon immer ziemlich streng.

Dennoch. *Italien.*

»Wir können den Leuten erzählen, dass Beatrice den Sommer in Europa verbringt«, fährt Mutter fort. »Um ihre Manieren ein wenig zu polieren. Bis Gras über ihr furchtbares

Benehmen an diesem schrecklichen Abend gewachsen ist.« Tatsächlich zittert sie nur beim Gedanken daran.

»Und außerdem«, fügt Vater hinzu, »lebt Leo solch ein ruhiges Leben auf dem Land. Er wird bald wieder heiraten. Eine respektable Witwe, soweit ich weiß, die zweifelsohne einen ernüchternden Einfluss auf dich haben wird, Beatrice.«

Mein Herz schlägt wild. Unter welchen Umständen auch immer, das blendende Versprechen eines Sommers in Italien strahlt zu hell, um von der bedrohlichen *respektablen Witwe* oder dem strengen ernsten Onkel Leo überschattet zu werden. Dennoch bemühe ich mich sehr, meine Aufregung zu verbergen. Es wäre nicht gut, wenn meine Eltern dächten, dies sei irgendetwas anderes als eine gerechte Bestrafung.

»Gut«, sage ich brav und senke meinen Blick zu Boden. »Wenn es das ist, was ihr für das Beste haltet.«

»Ich hoffe, es ist klar, dass du dich von deiner besten Seite zeigen wirst, Beatrice Emma Langton«, sagt Vater warnend. »Du wirst den Namen Langton im Ausland nicht durch den Dreck ziehen. Und du musst mir dein Wort geben, dass du in Italien keine deiner üblichen Dummheiten anstellst.«

»Oh, selbstverständlich nicht, Vater«, sage ich, sehe zu ihm auf und lächle wie der helle Sonnenschein. »Ich verspreche es.«

TEIL ZWEI:

VILLA DI STELLE

JULI, 1933

’s ist eine Art von fröhlich Krieg
wohl zwischen Signor Benedick und ihr
sie kreuzen nie einanders Weg; doch ein Scharmützel
voll Witz wird zwischen ihnen ausgetragen

WILLIAM SHAKESPEARE,
VIEL LÄRM UM NICHTS, AKT I, SZENE 1

KAPITEL 4

Das Schiff tuckert davon, und es dauert nicht lange, bis Mutter und Vater zu kleinen Punkten in der Ferne geschrumpft sind.

Sobald sie außer Sicht sind, fällt mir ein Stein vom Herzen. Ich befinde mich unglücklicherweise in Begleitung einer sauertöpfisch dreinschauenden Frau, die eine entfernte Verwandte des Pfarrers ist, und einzig ihre Anwesenheit hält mich davon ab, einen kleinen Freudentanz aufzuführen (der Pfarrer selbst war, wenig überraschend, sehr für meine Verbannung und hat Mutter sogar ein Lächeln der Anerkennung geschenkt, ein Ereignis von solcher Seltenheit, dass es sie ganz benommen gemacht hat – sie vergaß vor lauter Erstaunen sogar ihr Vaterunser).

Die weißen Felsen von Dover breiten sich hinter mir aus: ein sonnengebleichter Streifen, den jemand auf den pastellblauen Himmel getupft hat. Jede Handbreit Wasser, die ich zwischen mich und meine Heimat bringe, fühlt sich an wie ein weiterer geöffneter Knopf an einem zu engen Kleid.

Ich trinke die kalte Luft und schmecke Salz auf meinen Lippen.

Die meiste Zeit der Reise lehne ich an der Reling und spüre das Prickeln des Wassers im Gesicht, die Finger des Windes schließen sich um mich, befreien mein Haar aus dem Griff der Haarnadeln. Und mit einer Art ungläubigem Wonneschauer sehe ich zu, wie der Horizont sich langsam, langsam verändert und Frankreich in Sichtweite kommt.

In Calais werde ich wie ein unerwünschtes und unhandliches Paket einer anderen missbilligenden Dame in die Arme gedrückt, die mich im Zug nach Paris begleitet. Ich habe auf diesem Teil der Reise keine Zeit, irgendwelche der Sehenswürdigkeiten oder Geräusche in mich aufzunehmen, die von allen Seiten auf mich einstürmen, und mir ist – so furchtlos, wie ich auch hoffentlich erscheine – die Anwesenheit einer Reiseführerin nicht gänzlich unwillkommen. Schließlich habe ich meinen Landstrich vorher kaum je verlassen, von England gar nicht zu reden. Der Lärm und die Lichter und all die Leute, die genau zu wissen scheinen, wohin sie wollen, bringen mich aus der Fassung. Aber ich fühle auch eine wunderbare Aufregung.

Ich bin dem hier gewachsen, denke ich.

Als wir am Gare du Nord aus dem Zug steigen, hat es begonnen zu regnen, und im Meer der schwarzen Schirme fühle ich mich seltsam anonym. Niemand hier weiß, wer ich bin. Der Gedanke ist faszinierend.

Ich werde alleine weiter nach Italien reisen. Die zweite missbilligende Dame eskortiert mich zum letzten Zug meiner Reise, und ihre Erleichterung darüber, ihren Teil der Aufgabe erfüllt zu haben, ist offensichtlich.

Vorsichtig klettere ich die leiterähnlichen Stufen hinauf, gefolgt von einem Gepäckträger, der die ausladende Reisetasche trägt, die ich auf einem der Dachböden zu Hause gefunden habe, und mir dann einen Sitz zuweist. Ich stehe noch, als der Zug anruckt, und schwanke leicht, als die Räder unter mir schleifen und stöhnen.

Das Signalhorn der Lok ertönt gleich einer Fanfare, und ich bin plötzlich herrlich und unglaublich allein. Es ist beinahe ein angsteinflößendes Gefühl, als wäre mein gewöhnliches Leben mir entrissen worden – wie eine Tischdecke, die ein Zauberer unter einem kompletten Porzellanservice hervorzieht, ohne es auch nur zu bewegen. Ich verstaue meine Tasche in dem Abteil, das ich ganz für mich allein habe, dann strecke ich mich auf meinem Sitz aus und lache, das Geräusch seltsam laut in dem leeren Wagen.

Ich sitze da, mein Buch ungeöffnet im Schoß, und sehe zu, wie die verschwommene, verregnete Landschaft am Fenster vorbeizieht, während der Tag sich in Nacht und wieder zurück verwandelt. Kurz döse ich ein, aber die meiste Zeit über bin ich zu aufgeregt, um zu schlafen.

Als ich in Mailand umsteige, ganz allein, fühle ich, wie sich etwas in mir löst, etwas singt in mir, und ich begreife mit einem Schwindelgefühl, was es ist: Freiheit. Einen wilden Moment lang erwäge ich, einfach unterzutauchen: in einen Zug nach Spanien oder in die Schweiz zu steigen – oder ins tiefste Russland, und niemand würde je wieder von mir hören. Natürlich tue ich das nicht, doch allein der Umstand, dass ich es tun *könnte*, macht mich atemlos.

Etwas Unwirkliches liegt über der ganzen Reise, das mich fasziniert.

Ich könnte sonst wo sein. Die verlockend schönen Ausblicke auf die Landschaft, durch die der Zug rast, sind fast wieder verschwunden, ehe ich etwas erkennen kann. Das Zugabteil fühlt sich klein und beengt an nach so vielen Stunden, und ich bin steif und ungeduldig: ungeduldig, anzukommen, ungeduldig, mir endlich alles richtig anzusehen, ungeduldig, alles in mich aufzunehmen.

Es ist später Abend, als der Zug in Arezzo einläuft. Eine melancholische Stille liegt jetzt über allem, und der Regen hat sich in ein unmotiviertes Nieseln verwandelt. Der Waggon ist praktisch leer, und ich ziehe das Fenster herunter, überrascht von der Kühle der Luft.

Onkel Leo sollte mich abholen, aber ich sehe ihn nicht auf dem Bahnsteig warten, während der Zug langsam zum Stehen kommt. Ich sammle meine Sachen ein und mache mich auf den Weg zur Zugtür. Es scheint keinen Schaffner zu geben, der mir mit meinem Gepäck helfen könnte. Ich zögere – meine Tasche ist ziemlich unhandlich, und die Stufen hinunter zum Bahnsteig sind steil. Gerade will ich die Tasche einfach werfen, als ein Junge auftaucht und die Arme ausstreckt. Er sieht aus wie zwölf oder dreizehn, und er lächelt und ruft etwas auf Italienisch zu mir herauf. Dankbar händige ich ihm die Tasche aus, ehe ich mich umdrehe, um selbst die Stufen hinunterzuklettern.

Als ich den Bahnsteig erreiche, sehe ich gerade noch, wie der Junge in der Menge untertaucht, mit meinem Gepäck.

»Hey!«, schreie ich und renne los, bahne mir einen Weg an den anderen Leuten auf dem Bahnsteig vorbei. Der Junge sieht über seine Schulter zurück, offenbar überrascht, dass ich die Jagd aufnehme. Er zögert einen Moment lang, und das reicht für mich, um vorzuspringen und die Ecke der Tasche zu greifen. Ich ziehe kräftig, in der Hoffnung, die Tasche besser zu fassen zu bekommen, und der Junge zieht ebenfalls, schreit und versucht, mich abzuschütteln.

Da ertönt plötzlich eine Stimme hinter mir, laut und durchdringend, die verärgert ebenfalls etwas auf Italienisch ruft. Ein Komplize des Jungen, schließe ich, und zum ersten Mal schlägt mein Herz rascher vor Angst – und vor Ärger. Sie sind mehr als ich.

Eine starke Hand umfasst mein eigenes Handgelenk, und ich habe gerade noch Zeit zu registrieren, dass der Neuankömmling groß ist, größer als ich, ehe ich mich in den Kampf mit ihm stürze. Ich festige meinen Griff um die Tasche, ziehe meinen Ellenbogen zurück und versenke ihn tief im Magen des Angreifers. Als er mein Handgelenk loslässt, höre ich ein Stöhnen und wirble herum, um ihm ins Gesicht zu sehen. Es ist ein junger Mann, und im Moment steht er vornübergebeugt, gekrümmt, den Arm schützend vor seinen Magen haltend. Dann hebt er unklugerweise den Kopf, und ich erhasche einen kurzen Blick auf die Art jungenhafter Locken, die man oft an klassischen Statuen sieht – nur dass seine goldblond sind –, ehe ich in Aktion trete. Im Gedenken an die Informationen, die ich aus Vaters zerlesenen Büchern über Faustkampf gewonnen habe, balle ich meine Hand, den Daumen außen quer über meinen Fingern, und lasse sie auf der Nase meines Gegenübers landen. Woraufhin er mit einem unverständlichen Schrei nach hinten taumelt und mit einem dumpfen Plumps auf dem Boden landet.

Der Schmerz singt in meiner Hand, und mein Herz hämmert laut, als ich herumfahre und meine Tasche auf dem Boden vorfinde. Der Dieb ist fort.

Ich hebe sie rasch auf. Adrenalin donnert durch meine Adern, und ich wende mich wieder meinem Angreifer zu, die Tasche umklammernd wie einen Schild, bereit, zu rennen oder zu kämpfen, wenn ich muss.

»Hör auf, hör auf!«, ruft er, rappelt sich hoch und streckt die Hände vor sich aus zum Zeichen, dass er aufgibt. Aus seiner Nase rinnt das Blut recht großzügig über sein weißes Hemd hinab.

Ich zögere, überrascht von seinem Akzent. Er ist offenbar Engländer.

»Wer bist du?«, frage ich, und es freut mich, dass meine Stimme nur ein klein wenig zittert.

Der junge Mann richtet sich auf und knurrt.

»Ich bin Ben«, sagt er sauer. »Und ich kann nur vermuten, dass *du* Beatrice bist.«

KAPITEL 5

»Wenn du dich vorbeugst und deine Nase zudrückst, reduziert das die Blutung«, sage ich.

Ben starrt über den Rand seines Taschentuchs wütend zu mir hoch.

»Ja, *vielen* Dank«, knurrt er und schiebt mich weg. »Ich glaube, ich brauche keine weiteren Ratschläge von dir.«

Er sitzt jetzt auf einer Bank außerhalb der Wartehalle. Nach der anfänglichen Verwirrung sind unsere verschiedenen Zuschauer gegangen und haben mich mit Ben allein gelassen, der, wie sich herausstellt, derjenige ist, den mein Onkel geschickt hat, um mich abzuholen.

»Ich versuche nur zu helfen«, antworte ich.

»Ich glaube, dafür ist es etwas zu spät«, schnappt er. »Wenn du mich vielleicht gar nicht erst mitten ins Gesicht geschlagen hättest …«

»Ich habe mich dafür entschuldigt«, sage ich. »Mehrmals, um genau zu sein.« Ich bemühe mich, nicht mit den Augen zu rollen. Er hat die winzigen Verletzungen, die er davongetragen hat, nun schon ziemlich lange übertrieben betont.

»Nein, setz dich nicht gerade hin«, sage ich fest, als er sich bewegt. »Du musst dem Blut Zeit geben, zu gerinnen.«

Nun, da die Hitze des Moments vorüber ist, kann ich sehen, dass Ben jünger ist, als ich zuerst dachte, vielleicht achtzehn oder neunzehn. Er sieht ziemlich gut aus. Groß und breitschultrig, mit diesen blonden Locken, die ihm in die Stirn fallen, und – gerade von seinem Taschentuch verborgen – einem perfekt symmetrischen Gesicht. Symmetrie ist, soweit ich verstanden habe, äußerst wichtig, wenn es um Schönheit geht. Der junge Mann vor mir ist sehr symmetrisch und sehr schön – und ich habe den Verdacht, er weiß das genau.

»Wie dem auch sei«, fahre ich fort, »es war mehr als nur ein klein wenig deine eigene Schuld, weißt du. Was hast du erwartet, dass ich tue, wenn du plötzlich auftauchst, dich bedrohlich hinter mir aufbaust und nach mir greifst?«

Die Bemerkung bringt mir einen weiteren düsteren Blick ein, und Ben reißt das Taschentuch von seinem Gesicht und kommt mühsam auf die Füße. Ich betrachte seine Nase kritisch und stelle fest, dass die Blutung aufgehört hat.

»Ich habe mich nicht *bedrohlich aufgebaut*«, sagt er mit übertriebener Geduld. »Ich habe versucht, dich zu retten.«

»Mich zu retten?« Ich bemühe mich, meine Gesichtszüge nicht entgleisen zu lassen. »Verstehe. Du dachtest, man muss mich *retten*?«

»Ja, hm.« Er zieht eine Grimasse und hebt eine Hand zu seiner Nase. »Ich konnte ja nicht wissen, dass du dich in eine verdammte Wahnsinnige verwandeln würdest, oder?«

Ich beschließe, besser gar nicht auf diesen Anfall von Gekränktheit einzugehen und mich stattdessen auf die Dinge zu konzentrieren, die wichtig sind. Ich trete einen Schritt näher an ihn heran.

»Was tust du?« Er springt zurück, alarmiert, und stößt dabei mit den Beinen an die Bank, die scheppernd gegen die Wand hinter ihm fällt.

»Kein Grund zur Sorge«, sage ich tröstend. »Ich muss nur deine Nase abtasten.«

»Meine *Nase abtasten*?« Sein Ärger ist so komisch, dass ich das Lachen nicht länger zurückhalten kann, was ihn offenbar noch wütender macht.

»Ja«, sage ich. »Ich will sichergehen, dass nichts gebrochen ist. Du machst dir doch wahrscheinlich Sorgen um dein Gesicht.« Ich lege den Kopf schief. »Es ist sehr hübsch.«

Er starrt mich mit offenem Mund an und macht ein prustendes Geräusch, als könnte er die Worte nicht finden, nach denen er sucht. Ich ergreife die Gelegenheit beim Schopf, strecke den Arm nach oben und greife nach seiner Nase.

So stehen wir für einen Moment, während ich sein perfektes Gesicht nach bleibenden Schäden abtaste, und dabei kann ich nicht umhin, daran zu denken, wie merkwürdig dies ist.

Mein ganzes Leben über habe ich nur höfliche, langweilige Gespräche mit Jungen meines Alters geführt – und wenn ich je versucht habe, etwas anderes zu sein als höflich und langweilig, war die Antwort gewöhnlich blinder Terror, wie bei Cuthbert. Aber Ben hat mit mir gesprochen. Es waren nicht unbedingt freundliche Worte, doch auf eine gewisse Art ist es genau das, was das Ganze so angenehm macht.

Jetzt räuspert er sich, und ich merke, dass meine Hände immer noch auf seinem Gesicht liegen.

»Nicht mal gebrochen!«, sage ich und trete zurück. »Du bist immer noch symmetrisch.«

»Du brauchst nicht so enttäuscht zu klingen.«

»Ich habe nie jemanden vorher mit der Faust geschlagen«, erkläre ich. »Ich habe es aus einem Buch gelernt, verstehst du, nicht aus praktischer Erfahrung.« Ich sehe auf meine Finger hinab. »Ehrlich gesagt hatte ich gehofft, ich könnte ein *wenig* mehr Schaden anrichten.«

»Glaub mir, der Schaden ist groß genug.«

Er bedenkt mich mit einem weiteren düsteren Blick.

»Ich bin sicher, es tut weniger weh als meine Hand«, sage ich. »Und mich siehst du kein großes Theater machen.«

Bens Augen gleiten über meine geschundenen Fingerknöchel, und einen Moment lang glaube ich, er würde nun Mitgefühl für meine Verletzungen zeigen. Doch zu meiner Überraschung grinst er schadenfroh.

»Geschieht dir recht.«

Er greift hinunter, hebt die Tasche auf, die so viele Probleme ausgelöst hat, und wirft sie sich über die Schulter.

»Komm jetzt mit«, sagt er. »Liefern wir dich in einem Stück bei Leo ab. Er war sehr besorgt um dich, meinte, er wollte dich nicht allein warten lassen. Sagte, du seist eine wohlerzogene junge Lady mit Stammbaum.« Er schnaubt. »Und ich bin der König von England.« Damit sieht er mich an, seine Augen zu argwöhnischen Schlitzen verengt. »Ich würde sogar so weit gehen, zu sagen, dass du ziemlichen Spaß hattest eben.«

»Ich hatte auf jeden Fall Spaß, als sich deine Füße kurzzeitig in der Luft über deinem Kopf befanden, ehe du auf dem Bahnsteig gelandet bist«, sage ich zuckersüß.

Ben schüttelt den Kopf. »Du hast mich überrumpelt«, murmelt er und dreht sich auf dem Absatz um.

Ich folge ihm nach draußen zu einer Schrottkarre, die aussieht, als hielten sie nur noch Rost und Hoffnung zusammen. Ben wirft meine Tasche auf den Rücksitz, und ich rutsche auf den Beifahrersitz. Er startet den Motor, und wir tuckern vom Bahnhof fort, hinaus in die Nacht.

In der Dunkelheit um uns ist beinahe nichts zu erkennen; das schwache Licht der Scheinwerfer bewirkt wenig, außer alle Motten im Radius von einer Meile anzuziehen.

Der Himmel ist noch immer bedeckt, und nur ein paar der robustesten Sterne zeigen sich; der Mond gleitet wieder und wieder in und außer Sicht, während der Wind die Wolken über sein beruhigend vertrautes Gesicht schiebt. Es ist seltsam, dass nach all dieser Reiserei noch derselbe Mond am Himmel hängt – es kommt mir vor, als müsste sich das irgendwie geändert haben. Das Verdeck des Wagens ist offen, und die Luft, die mich umweht, ist kühl und trägt den herben Duft von Piniennadeln.

Ich zittere ein wenig, obwohl ich nicht sicher bin, ob das von der Temperatur oder meiner Aufregung kommt.

Auf dem Rücksitz neben meiner Tasche entdecke ich eine zusammengefaltete raue Decke, und als ich mich umdrehe und hinüberlehne, um sie zu nehmen, bin ich gezwungen, ein wenig zu klettern. Ben würgt den Motor ab.

»Probleme mit dem Wagen?«, frage ich mitfühlend und lasse mich zurück in den Sitz fallen. »Falls es hilft, ich glaube, du versuchst zu schnell zu schalten.«

»Mein einziges Problem ist, dass du hier herumturnst, während ich versuche, mich zu konzentrieren«, schnappt er.

»Mir ist kalt«, erkläre ich. »Ich brauchte die Decke.«

Ich lege sie über meine Schultern und begrüße ihre Wärme.

Den Rest des Weges über schweigen wir, was mir recht ist – ich bin zufrieden damit, einfach dazusitzen und mit den Augen angestrengt die Umgebung nach Hinweisen darauf abzusuchen, wo wir sein könnten. *Ich bin in Italien*, denke ich, während Ben leise summt und das Auto durch die Nacht fährt. *Ich bin wirklich hier, dies geschieht tatsächlich.*

Plötzlich reißt Ben das Lenkrad scharf nach links, und während wir über eine unbefestigte Straße schlittern, erscheint eine Reihe von Zypressen, deren messerklingenähnliche Umrisse sich deutlich gegen den Himmel abzeichnen. Augenblicke später erstrahlen Lichter vor uns: brennende Fackeln, die in die Erde gesteckt sind und eine holperige Auffahrt markieren – sowie eine lange, beeindruckende Mauer mit einem Torbogen in der Mitte.

Das Ganze sieht aus wie eine Festung, die Schatten der Bäume tanzen im Fackellicht einen unheimlichen Tanz auf den Mauersteinen. Es ist, als wären wir ganz plötzlich in der Vergangenheit gelandet.

»Keine Elektrizität außerhalb des Hauses«, erklärt Ben und zeigt auf die Fackeln.

Dies müssen die ersten Morgenstunden sein, und alles ist still, als wir durch das Tor in eine Art von Hof holpern. Der Wagen kommt zum Stehen, und das schwache Leuchten seiner Scheinwerfer erlischt.

Ich atme tief ein; da ist ein schwerer, süßer Duft in der Luft wie von Jasmin. Ben steigt aus dem Auto, und ich tue es ihm gleich, schlüpfe unter der Decke hervor und strecke meine steifen Gliedmaßen.

»Wir sind da«, sage ich in die Nacht hinein. Ich kann es nicht glauben.

Ben hebt meine Tasche aus dem Wagen und lässt sie vor meine Füße plumpsen.

»Wie kommst du denn darauf?«, fragt er.

Ich ignoriere ihn. Meine Augen gewöhnen sich an die samtige Schwärze, und ich erkenne raue Mauern und einen hohen Turm mit Zinnen, der über uns aufragt wie ein Bauwerk aus einem Märchen.

Ben greift noch einmal ins Auto und lehnt sich einen Moment lang auf die Hupe. Der kurze, scharfe Laut zerreißt die Stille so endgültig wie ein Kanonenschuss.

»Sie erwarten dich«, sagt er, und dann springt er zurück ins Auto, startet den Motor und fährt durch einen anderen Torbogen am Ende des Hofs davon, lässt mich allein mit der Dunkelheit.

Eine Sekunde lang lasse ich mich ganz von dem Gefühl durchfluten, endlich da zu sein. Ich schließe meine Augen und lausche den Zikaden, die in der Nacht zirpen, atme die berauschende, duftende Luft ein und nehme alles Neue, Ungewohnte in mich auf.

Schließlich hebe ich meine Tasche auf, denn ich finde, jetzt habe ich lange genug gewartet. Es ist Zeit, mein Schicksal in die eigenen Hände zu nehmen, und das heißt, dass ich einen Weg in dieses Gebäude hinein finden muss.

Dann, als hätte ich es selbst herbeigewünscht, erscheint ein Licht: ein feiner silberner Halbmond in der undurchdringlichen Wand, der rasch größer wird, wie der zunehmende Mond am Himmel.

Es ist eine Tür, dämmert mir, und sie öffnet sich, um mich einzulassen.

KAPITEL 6

»Bea!«

Eine Gestalt stürzt durch die Tür und wirft sich in meine Arme. Ich versteife mich für einen Moment, nicht gewöhnt an solch spontanes Zeigen von Zuneigung, und dann drücke ich die Gestalt fest an mich. »Hero!«

Meine vierzehnjährige Cousine macht sich los, und das Licht aus der offenen Tür fällt auf ihr liebliches, hübsches Gesicht, das zu mir emporgewandt ist.

»Ich kann nicht glauben, dass du hier bist! Ich bin so glücklich!« Sie tanzt von einem Fuß auf den anderen, und ich fühle mich plötzlich … *erwünscht.*

Das Gefühl ist so fremd, dass es mich überfordert, zu groß, um es zu verstehen. Ich nehme an, ich bin es eher gewohnt, mich zu fühlen, als wäre ich im Weg. Ich schlucke und schüttle mich mental. Es muss wohl die Reise sein, die mich immer noch ganz durcheinanderbringt.

»Ich bin auch glücklich«, sage ich, ziehe sie noch einmal in meine Arme und lege meine Wange an ihre blonden Locken. »Und du bist gewachsen!«

Hero lacht. »Ich hoffe doch. Es ist drei Jahre her, weißt du.«

Ich erinnere mich an das letzte Mal, als ich sie gesehen habe, beim Begräbnis ihrer Mutter; daran, wie blass und winzig sie wirkte in all der schwarzen Kleidung, die ihren schlanken Körper zu erdrücken schien.

»Und das ist auch gut so«, fährt meine Cousine jetzt fort. »Stell dir vor, du hättest einen Namen wie Hero – Held – und wärst so klein! Wie peinlich.«

Oh ja, Tante Thea hat die Geschichte von Hero und Leander geliebt – vor allem den Teil, in dem die beiden Liebenden ihre »Promiskuität« mit dem Leben bezahlen. Diese Frau hat nie eine Gelegenheit ausgelassen, sich am Unglück anderer zu erfreuen. Ich werfe einen Blick auf meine Cousine – ihre einfache freundliche Natur könnte nicht weiter entfernt sein von der ihrer Mutter.

»Lass sie nicht die ganze Nacht da draußen herumstehen, Hero!«, ruft eine tiefe fröhliche Stimme, und wir blicken uns um.

Ich mache einen Schritt vor, um meinen Onkel zu begrüßen, und trete durch die offene Tür in eine hell erleuchtete Eingangshalle, und einen Moment blinzle ich geblendet, während meine Augen sich an das Licht gewöhnen. Der Raum ist riesig, mit hohen Wänden und einem bunten gewebten Teppich auf dem Boden. Ein großer Kerzenleuchter hängt über uns wie ein gigantisches antikes Wagenrad: eine Erinnerung an die alten Zeiten, obgleich die Lichter daran ein leises elektrisches Summen von sich geben. Es gibt mehrere Türen im Raum, und ich kann es kaum erwarten, sie zu öffnen und zu erkunden, was dahinterliegt. Die ausladende Steintreppe, die die Eingangshalle dominiert, steigt ein Stück empor und teilt sich dann, um in zwei Richtungen weiter hinaufzuführen: glatte, breite Stufen, die in der Dunkelheit verschwinden.

Es ist kühl hier, fast so kühl wie draußen.

Ich sehe meinen Onkel an und bemerke, dass er lächelt. Er sieht jünger aus als bei unserem letzten Treffen, rundlicher und glücklicher unter seinem etwas zotteligen roten Bart. Ich erinnere mich daran, dass er ein klein wenig herzlicher war als seine frostige Frau – was nicht viel bedeutet, ich nehme an, jeder Eisblock ist wärmer, als Tante Thea es war –, doch so entspannt und locker ist er in meiner Erinnerung definitiv nicht. In meiner Erinnerung war er immer sehr korrekt und ordentlich gekleidet.

Einen Moment zögere ich, unsicher, wie ich ihn begrüßen soll, aber ehe ich mich für die angemessenen Worte entscheiden kann, zieht er mich in seine Arme.

Als er mich loslässt, ringe ich nach Atem. Diese Begrüßung ist, milde ausgedrückt, überraschend.

Wir standen uns nie besonders nahe, doch seine Freude scheint ehrlich zu sein. Er sieht mit einer Art tiefer Zuneigung zwischen Hero und mir hin und her, die ich nie auf dem Gesicht meines eigenen Vaters gesehen habe. Ich runzle die Stirn, während ich versuche, eine Gemeinsamkeit zwischen diesem Mann vor mir und der reservierten, zurückhaltenden Gestalt aus meiner Erinnerung zu finden.

»Es war wirklich Zeit, dass deine Eltern dich herschicken«, sagt er. »Die kleine Elfe hier hat sich danach gesehnt, dich zu sehen.« Er nickt zu Hero hinüber, die strahlend dasteht, barfuß, ihre warmen Finger um mein Handgelenk gelegt, uns gleichsam aneinanderbindend.

»Wir werden so viel Spaß haben!«, sagt sie. »Die anderen sind alle schon ganz gespannt darauf, dich zu treffen.«

»Die anderen?«

»Oh Bea, wir haben so viel zu bereden! Erinnerst du dich noch an die Welpen in der Scheune?«

Hero zieht an meinem Arm, ohne meine Frage zu beachten; ihre Worte stolpern übereinander. »Mutter war so gemein und hat mich keinen behalten lassen, und dann hat sie damals so mit uns geschimpft … Oh, aber Rache ist süß, was? Weißt du noch, die *Kröte?*«

Ich erröte ein wenig bei dieser Erwähnung und sehe rasch zu meinem Onkel hinüber. Bei einem lange zurückliegenden Besuch auf Langton Hall habe ich die damals zehnjährige Hero mitgenommen, um ihr zu zeigen, wie ein Wurf von Welpen geboren wurde – eine erzieherische Maßnahme, die Tante Thea absolut nicht guthieß. Nach einer langen Standpauke und einer Predigt über Schicklichkeit habe ich Vergeltung geübt, indem ich eine Kröte in ihr Bett gesetzt habe.

Ich bereue es nicht, aber ich möchte auch nicht, dass Onkel Leo denkt, ich wäre eine Unruhestifterin. Meine Eltern haben diesen Umstand vermutlich sowieso schon angedeutet.

Doch Onkel Leo lacht nur und streckt die Hand aus, um mein Haar zu verstrubbeln.

»Ihr wart immer zwei Rabauken, wenn ihr zusammen wart«, sagt er mit einem Seufzen. »Der Himmel sei uns gnädig, jetzt, wo ihr wieder vereint seid.«

»Oh, wir sind jetzt viel älter.« Hero lächelt, und ein Grübchen erscheint auf ihrer Wange.

»Und viel, viel schlimmer«, füge ich gewagt hinzu.

Da lachen wir alle drei, und der Klang unseres Lachens wird von den Mauern zurückgeworfen und scheint die Luft um uns wärmer zu machen.

»Wie ich sehe, ist unser Gast da.«

Eine Stimme kommt von der Treppe hinter mir. »Und schon füllt sie dieses alte Gemäuer mit Gelächter.«

Ich drehe mich um und fühle, wie mein Mund vor Überraschung aufklappt. Die Frau hinter mir ist groß, fast so groß wie ich, und verfügt über großzügige weibliche Kurven. Ihr langes, glattes schwarzes Haar reicht bis zu ihrer Hüfte, und sie trägt einen dekadenten schwarzen Seidenkimono mit einem Muster aus roten Blüten, der lose über ihrem roten Seidennachthemd zugebunden ist. Alles an ihr ist großartig und beeindruckend, und nur die kaum sichtbaren Fältchen um ihre Augen und ihren Mund herum verraten, dass sie älter ist als ich. Sie bewegt sich mit der Art von temperamentvoller Würde, die man für gewöhnlich Großkatzen zuschreibt.

»Ah, Fil, meine Liebe!«, ruft Onkel Leo.

»Filomena, das ist meine Cousine Bea.« Hero zieht mich ein paar Schritte vorwärts. »Filomena und Papa heiraten demnächst.«

Dies ist also die »respektable Witwe«, die mein ungebührliches Benehmen zügeln wird. Ich höre Vaters Stimme in meinem Kopf, und plötzlich muss ich wieder lachen. Ehrlich, wenn es je das genaue Gegenteil einer respektablen Witwe in der Vorstellung meiner Eltern gab, dann ist es diese Frau vor mir.

»Verzeihung, Verzeihung«, stammle ich, während ich auf die Erscheinung vor mir auf der Treppe zugehe und versuche, meine Manieren wiederzufinden. »Ich scheine immer genau im falschen Moment zu lachen.«

Filomena legt den Kopf schief. »Ich finde, es gibt keinen falschen Moment, um zu lachen«, sagt sie, ein Lächeln auf ihren breiten Lippen.

»Jedenfalls bin ich erfreut, Sie zu kennenzulernen«, bekomme ich heraus, nehme mich zusammen und strecke meine Hand aus. Doch Filomena schüttelt den Kopf.

»Oh, bitte nichts davon!« Sie tritt vor und drückt warme Küsse auf meine Wangen, und ich schnuppere den berauschenden, herben Duft von Ambra und Zimt, den ihre Haut verströmt. »Es hat mich eine Menge Mühe gekostet, deinem Onkel und deiner Cousine diese schreckliche englische Steifheit abzugewöhnen. Das Lachen gefiel mir besser.«

Ihre Stimme ist leise und klangvoll, ein leichter italienischer Akzent darin mildert den Tonfall ihres perfekten Englischs.

»Erschreck das Mädchen nicht«, sagt Leo, tritt neben sie und nimmt ihre Hand, um sie an seine Lippen zu drücken. »Sie wird nach Hause laufen und ihren Eltern erzählen, dass wir ins Chaos gestürzt sind ohne gute britische Manieren.«

»Bah!« Filomena zieht die Nase kraus.

»Oh nein, das werde ich nicht«, sage ich rasch. »Ehrlich, eine Pause von den guten britischen Manieren klingt ziemlich … wundervoll.«

»Siehst du, Leo.« Filomena lächelt zu ihm auf. »Bea passt perfekt hierher.«

Es gefällt mir, dass sie mich Bea nennt, nicht Beatrice, sie benutzt die gleiche zärtliche Abkürzung wie Hero. Aber irgendwie klingt es anders, wenn sie es ausspricht, sie sagt es mit einem lang gezogenen »ee«, das am Ende nach oben kippt. Zu Hause nennt mich niemand Bea, ich bin nie etwas anderes gewesen als Beatrice. Bea klingt nach einer völlig anderen Person: ein neuer Name für einen neuen Ort.

»Nun.« Filomena mustert mich. »Dieses arme Mädchen ist tagelang unterwegs gewesen, und es ist mitten in der Nacht. Hero, ich weiß, du möchtest Bea selbst ihr Zimmer zeigen.«

»Natürlich!« Hero nimmt meine Tasche und beginnt, sich damit die Stufen hinaufzukämpfen.

Und plötzlich merke ich, wie erschöpft ich bin, und kann mich kaum noch auf den Beinen halten. Trotz all der Aufregung ist der Gedanke an ein Bett überwältigend. Ich folge meiner Cousine und sehe noch einmal über die Schulter, um in die Eingangshalle hinunterzublicken, als wir das Ende der Treppe erreichen. Und da finde ich zu meinem Schrecken Onkel Leo und Filomena in einer recht freizügigen Umarmung vor.

Dann gehe ich um die Ecke, einen langen Flur entlang und folge der Spur aus Licht, die Hero hinterlässt, indem sie eine Lampe nach der anderen anknipst. Nein, dies ist sicherlich nicht der Onkel Leo, an den ich mich erinnere. Und es ist auch nicht der Onkel Leo, zu dem meine Eltern glaubten, mich zu schicken, da bin ich mir sicher.

Ich lächle still in mich hinein. Wie es aussieht, sind die Zustände in der Villa di Stelle gar nicht so respektabel. Was für ein wohltuender Gedanke.

KAPITEL 7

Als ich am nächsten Morgen aufwache, bin ich unsicher, wo ich mich befinde. Ich sehe einen Augenblick lang zur Decke hinauf, und die Ereignisse der letzten paar Tage rasen in einem Durcheinander von Bildern und Gefühlen durch meinen Kopf, ehe sie sich zu einem ordentlichen Bild zusammenfügen.

Ich bin hier. Ich bin wirklich hier, in Italien, und der Beweis dafür ist meine Umgebung, die Wände und die Möbel dieses ungewohnten Zimmers. Einen Moment lang nehme ich alles in mich auf – die schwere bestickte Baumwolle der weißen Laken, das Holzbett und die blassgrünen Fensterläden, durch die Streifen goldenen Lichts auf meine Beine fallen. Schließlich schwinge ich meine Füße über die Bettkante und stehe auf, und die kühlen Terrakottafliesen sind ein Schock für meinen warmen, schläfrigen Körper. Ich strecke mich und wandere durch den spärlich ausgestatteten Raum, lasse meine Hand über den rauen Putz der Wände gleiten. Bis auf das riesige Bett mit seinen vier hohen Pfosten gibt es nur wenige Möbel hier – ein kleiner Schminktisch in einer Ecke, darüber ein hübscher Spiegel mit abgerundeten Ecken, davor ein wackeliger Stuhl. Da ist auch eine große Garderobe, in der meine bemitleidenswerte Sammlung von Kleidern verloren herumhängt, und ein dünner gewebter Teppich, der einst vermutlich von einem tiefen Rot war, nun aber zu einem schwachen Pink verblichen ist. Hinter einer weiteren Tür befindet sich ein kleines, einfaches, aber sauberes Badezimmer. Ich drehe einen der Wasserhähne auf, der hustend und prustend zum Leben erwacht und – oh Freude aller Freuden – heißes Wasser spuckt. Die Villa mag alt sein, aber die Wasserleitungen sind glücklicherweise modern.

Als ich in mein Zimmer zurückkehre, gehe ich direkt zum Fenster, kämpfe einen Moment mit den Läden, ehe ich den richtigen Haken finde, und stoße sie weit auf.

Ich atme tief ein.

Der Ausblick vor mir ist wahrhaft ein Traum, der zum Leben erwacht ist: einfach märchenhaft. Der Ort ist voller Licht und Leichtigkeit, schöner als alles, wovon ich je geträumt habe.

Ich befinde mich hoch oben, sehr hoch oben. Wir sind eine ganze Menge Stufen hinaufgestiegen letzte Nacht, und jetzt begreife ich, dass ich im obersten Raum des Turms mit seinen Zinnen bin, ganz oben im Haus, ganz oben auf dem Hügel: Die Landschaft breitet sich vor mir aus wie ein Geschenk.

Direkt unter mir glänzen die roten Schindeln eines Dachs, das zu einem anderen Teil des Hauses gehört, und davor liegt der allerwundervollste ornamentale Garten; Hecken teilen den Platz in ordentliche Quadrate und Kreise, und im Zentrum plätschert ein riesiger steinerner Springbrunnen, dessen Wasser fröhlich aus verschiedenen Gefäßen in die Luft steigt, emporgehalten von schönen Frauen und Kindern. Hinter dem Garten haben sich die Zypressen und Stechpalmenbäume aneinandergeschmiegt wie eine Mauer, die das Haus von dem gewellten grüngoldenen Teppich der Hügel trennt, welcher sich bis zum Horizont ausbreitet.

Der gestrige Regen ist nur noch eine entfernte Erinnerung, und ein endloser blauer Himmel erstreckt sich über mir. Der Gesang von Vögeln und Zikaden und das Summen von Bienen schwebt durchs Fenster, zusammen mit dem Geruch von sonnenwarmer Erde und Piniennadeln. Es scheint unmöglich, dass ich letzte Nacht durch diese Hügel gefahren bin, ohne die Schönheit der Landschaft zu bemerken, die die Dunkelheit vor mir verborgen hat, als wolle sie mir einen gut ausgedachten Streich spielen.

Ich weiß nicht, wie lange ich da stehe und einfach alles in mich aufnehme. Der Moment fühlt sich kostbar und endlos an. Und als ich die Aussicht betrachte, scheinen ihre Weite und Wildheit eins zu sein mit dem schwindelerregenden Gefühl der Freiheit, das in mir pocht.

Ich bin weit weg von Langton Hall – auf jede nur erdenkliche Art und Weise.

Ich kann es kaum erwarten, hinauszugehen und alles zu entdecken. Und dann höre ich das unmissverständliche Ooop-ooop-ooop des Wiedehopfs, eines Vogels, den ich nie zuvor gesehen habe, weil es ihn in England nicht gibt, und über dessen Ruf ich nur gelesen habe. Ich rase zu meiner Tasche, suche nach meinem Fernglas – doch es ist nicht da. Vielleicht ist es letzte Nacht im Auto herausgefallen? Ich schnaube ärgerlich und kehre zum Fenster zurück, um mich so weit hinauszulehnen, wie ich kann; ich strenge meine Augen an, doch ich kann nicht ausmachen, woher genau der Gesang kommt.

Stattdessen höre ich einen Schrei und entdecke rechts unter mir einen Swimmingpool, in dem ein Mann seine Bahnen zieht. Ich kann einen Kopf mit goldenem Haar erkennen und eine zweite Figur, eine Frau, weiß gekleidet und mit einem breitkrempigen Hut. Sie steht an der Seite des Pools und ruft dem Schwimmer etwas zu, wobei sie wild mit den Armen wedelt. Das Gelächter des Mannes zerreißt die Luft, und ich mache einen Schritt zurück. Irgendwie bin ich mir sicher, dass dieses Lachen zu Ben gehört.

Ich wasche mich und ziehe mich so rasch an, wie ich kann. Nachdem ich in ein etwas zerknittertes blassrosafarbenes Tageskleid geschlüpft bin, stelle ich mich vor den Spiegel und zähme mein langes, ungehorsames Haar, indem ich es fast wahllos mit den Nadeln spicke, die auf dem Ankleidetisch liegen. Mein Gesicht im Spiegel ist leicht gerötet, und ich atme ein paarmal tief durch. Bis jetzt war mein Leben so klein, so monoton, so voller endlos langer Wiederholungen derselben unwichtigen Ereignisse, dass die Neuheit dieses Tages, der vor mir liegt, mich beinahe überwältigt. *Beinahe.*

Ich grinse, und das Mädchen im Spiegel grinst zurück; seine Nase kräuselt sich ein wenig unter den Sommersprossen, seine Augen strahlen vor Aufregung.

Ich habe keine Ahnung, wie viel Uhr es ist, aber ich nehme an, es ist spät. Also suche ich mir meinen Weg, eilig, euphorisch, durch den langen Flur und die Treppe hinunter und öffne einfach irgendeine Tür in der Eingangshalle.

Dahinter liegt ein Raum mit einer hohen Decke aus dunklen Balken. Es gibt einen grauen steinernen Kamin, der eine ganze Wand einnimmt und groß genug ist, um darin aufrecht zu stehen, mehrere blaue Sofas und einen gut ausgerüsteten Getränkewagen sowie ein Grammophon. Wie in meinem Zimmer sind die Wände weiß und der Boden gefliest, bedeckt mit mehreren Teppichen. Dies muss das Wohnzimmer sein, das allerdings seltsam kühl und nicht besonders bewohnt wirkt.

Ich lausche aufmerksam, doch alles, was ich hören kann, ist das Ticken einer Standuhr in der Ecke, und ein Blick darauf informiert mich, dass es schon nach zwölf ist.

Unbeirrt drücke ich eine weitere Tür auf und finde mich in einer Küche wieder, in der eine ältere Frau mit einem Kopftuch über ein Stück Teig gebeugt steht.

»Oh, hallo!«, sage ich. »Verzeihung, ich habe mich verirrt.«

Die Frau lächelt mich an und geht geschäftig zur Wand, wo sie eine Tasse und eine Untertasse nimmt und dicken schwarzen Kaffee aus einer silbernen Kanne hineingießt, die bis eben auf dem Feuer stand.

Dann schlurft sie zu mir herüber, ihre Schritte winzig, jedoch entschlossen, wie die eines kleinen Vogels, und streckt mir die Tasse entgegen, die ich nehme.

»Danke«, sage ich, während sie mich mit kleinen, lebhaften Augen ansieht, die in ihrem faltigen Gesicht wirken wie dunkle Rosinen.

»Il giardino«, sagt sie und zeigt zu der Tür, die sich in einem hohen Steinbogen ganz am anderen Ende des Raums befindet. »Filomena und Leo dort«, fügt sie in schwer akzentuiertem Englisch hinzu.

»Oh, danke«, sage ich wieder. »Ich meine: Grazie.«

Die Frau streckt die Hand aus und streicht mir zu meiner Überraschung sanft über die Wange.

»Prego«, sagt sie. Als ich mich umdrehe, um durch die Tür zu gehen, macht sie ein schnalzendes Geräusch, um mich aufzuhalten, und nimmt einen Stoffbeutel aus einem Korb: einen Beutel voller warmer, goldener Brötchen. Ihr Geruch reicht aus, um meinen Magen wild knurren zu lassen.

»Du nehmen, du nehmen!«, beharrt sie, und ich nehme glücklich ein Brötchen aus dem Beutel, beiße direkt hinein und kaue dankbar, während der süße Teig in meinem Mund einen Geschmack von schmelzendem Zucker und Vanille verbreitet. Die Frau nickt zufrieden, und schnell greife ich noch einmal hinein, und meine gierigen Finger schließen sich um ein weiteres Brötchen, um es mitzunehmen.

»Bella ragazza grande.« Sie strahlt, und mein rudimentäres Italienisch erlaubt mir, zu übersetzen: »Schönes großes Mädchen«.

Als ich die Tür öffne, finde ich mich am Beginn des ornamentalen Gartens unter einer Pergola, die von einer wilden Wolke aus roten Bougainvilleen und gelbem Jasmin bedeckt wird, dessen kleine sternförmige Blüten im Wind nicken, ihr Geruch ist schwer und berauschend.

»Bea!« Leo und Filomena sitzen unter der Pergola an einem langen, rauen Pinienholztisch, auf dem Kaffeetassen und Teller mit Feigen stehen. Leo steht auf und küsst mich auf beide Wangen. Filomena bleibt sitzen und lächelt unter dem Rand eines riesigen Strohhuts zu mir auf.

»Hast du gut geschlafen?«, fragt sie, als ich mich setze und einen vorsichtigen Schluck schwarzen Kaffee nehme. Der bittere Geschmack ist ein Schock. Ich bin nicht sicher, ob er mir gefällt oder nicht.

»Ja, danke«, antworte ich. »Ein bisschen zu gut. Tut mir leid, dass ich so spät dran bin.«

Filomena zuckt die Schultern, langsam, ohne Eile.

»Spät für was?«, fragt sie.

»Die Zeit verhält sich anders hier«, sagt Leo, lehnt sich zurück und blinzelt mir über den Rand seiner Tasse zu. »Man muss sich erst daran gewöhnen.«

»Aber du hast die anderen verpasst«, sagt Filomena. »Sie frühstücken zusammen, ehe sie zur Arbeit gehen.«

»Welche anderen?«, frage ich verwirrt, und mir fällt ein, dass Hero gestern Abend schon einmal von »den anderen« gesprochen hat. »Welche Sorte von Arbeit?«

»Hat es dir niemand erzählt?«, fragt Filomena.

»Was erzählt?« Ich beginne, mich ein wenig dumm zu fühlen.

»Na, von den Künstlern natürlich.«

KAPITEL 8

»Die Künstler?«, wiederhole ich verwundert.

»Wusstest du nichts davon?« Hero lässt sich auf den Stuhl neben mir fallen und greift nach einer der Feigen.

»Das ist meine Schuld«, sagt Leo, sein Gesichtsausdruck nicht wirklich sehr reuevoll. »Ich habe es deinen Eltern gegenüber nicht erwähnt, weil ich dachte, es würde ihnen vielleicht nicht unbedingt gefallen.«

Filomena schnaubt. »Was sollte ihnen daran gefallen oder nicht gefallen? Es geht sie nichts an.«

»Nun, das tut es, wenn sie ihre Tochter hierher in unsere Obhut schicken, Liebling«, erklärt Leo milde.

Filomena rollt mit den Augen.

»Also«, sage ich. »Ihr habt Künstler bei euch wohnen?«

»Richtig«, sagt Filomena und nimmt noch einen Schluck Kaffee.

»Filomena ist selbst Bildhauerin. Und sehr talentiert«, erklärt Leo stolz und betrachtet ihr hübsches Gesicht. »Wir haben einigen ihrer Freunde unsere Türen geöffnet. Es scheint so, als wäre die Umgebung anregend für ihre kreative Arbeit.«

»Wie viele Künstler sind denn im Moment da?«, frage ich.

»Hm?« Leo reißt sich aus der Betrachtung von Filomenas Gesicht los und sieht auf. »Oh, das ändert sich ständig. Wir haben Klaus, einen sehr vielversprechenden Maler, und Ursula, die Stücke schreibt, und natürlich Ben. Sie sind alle seit Wochen da. Dann gibt es die anderen, die kommen und gehen. Filomena wird am Ende des Sommers eine große Party schmeißen, um ihre Arbeiten zu präsentieren. Das wird großartig.«

»Ich wusste nicht, dass du künstlerisch bewandert bist, Onkel.« Ich zerpflücke das Brötchen mit meinen Fingern und tunke es in den Kaffee. Hero schnaubt.

»Wie meine Tochter dir gleich erklären wird, bin ich kein bisschen künstlerisch bewandert.« Leo hebt eine Augenbraue. »Ich bin nur zufällig verliebt in eine Künstlerin, und ich tue, was immer notwendig ist, damit sie mich nicht verlässt.«

»Oh, Leo.« Filomena schlägt spielerisch nach seiner Hand. »Was für ein Unsinn!«

»Und die meisten dieser Künstlertypen haben keinen Penny in der Tasche«, fährt Leo fröhlich fort, »also sehe ich mich als eine Art von Mäzen in der großen alten Tradition, wenn ich schon selbst kein Künstler bin.«

»Nun, ich liebe es«, sagt Hero fest. »Es ist viel spannender hier, seit Filomena herzogen ist. Alle möglichen interessanten Leute besuchen uns.«

»Ja, vorher war es hier langweilig für dich, nur mit deinem armen alten Vater«, seufzt Leo und erhebt sich. »Und jetzt muss ich zurück zur – langweiligen – Welt des Geschäfts und werde die Ladies allein lassen.« Er wendet sich Filomena zu. »Ich werde versuchen, rechtzeitig fertig zu sein, damit wir vor dem Abendessen noch ein Glas zusammen trinken können, Liebling.«

»Ich werde sowieso arbeiten, denke ich«, sagt Filomena.

Sie sieht ihn kaum an, während sein Ausdruck der von absoluter Hingabe ist. Ich fühle einen kleinen Stich des Mitleids für meinen Onkel.

»Und du, junge Dame« – Onkel Leo wendet sich Hero zu – »solltest ebenfalls arbeiten, und zwar an deinem Schulstoff. Wo ist Signora Giuliani?«

»Sie hat sich verspätet«, sagt Hero zufrieden.

Gerade in diesem Moment, wie auf ein Stichwort hin, klingelt die Türglocke.

»Das wird sie sein«, sagt Filomena.

Heros Gesicht verdüstert sich. »Ich wünschte, ich könnte den Nachmittag mit Bea verbringen.«

»Bea bleibt uns noch ein Weilchen erhalten«, erinnert Leo sie.

Mir geht auf, dass er recht hat, und ich kann nicht anders, als zu grinsen.

»Ihr beide werdet noch eine Menge Zeit miteinander haben.«

Er geht, und Hero trottet ihm nach. Filomena und ich sind allein.

»Also«, sage ich. »Was jetzt?«

»Was jetzt?« Filomena streckt sich wie eine Katze. »Nun, was immer du willst, Bea.«

Das ist die perfekte Antwort. Ich springe auf die Füße und fege rasch die Krümel von meinem Rock, während ich im Geiste schon auf der Jagd nach dem Wiedehopf bin. »In diesem Fall würde ich mich gerne umsehen.«

»Natürlich«, stimmt Filomena zu. »Vielleicht würdest du auch gerne schwimmen?«

»Ich habe keinen Badeanzug«, sage ich und denke voller Sehnsucht an das blaue Wasser.

Filomenas Lachen ist tief und rau. »Das sollte dich nicht davon abhalten«, meint sie, und etwas in meinem Gesicht muss wohl meine Überraschung verraten, denn sie lacht wieder. »Ich denke, dein Onkel hat recht, du wirst uns fürchterlich schockierend finden.«

»Oh nein«, erwidere ich. »Ich bin es nur eher gewohnt, selbst die zu sein, die die anderen schockiert.«

Filomena betrachtet mich mit Katzenblick, ohne Blinzeln.

»Möglicherweise hast du ein wenig italienisches Blut in dir«, sagt sie, und es klingt wie ein Kompliment. »Wie auch immer, der Badeanzug ist kein Problem. Ich werde deinen Onkel bitten, ein paar Sachen für dich anfertigen zu lassen. Ein paar Sommerkleider vielleicht auch.« Sie beäugt mein Kleid skeptisch. »Ist dir nicht heiß in dem da?«

Die Wahrheit ist, mir *ist* heiß. Obwohl mein Kleid aus Baumwolle besteht, ist es recht dick, und es hat lange Ärmel und ist etwas zu eng. Die Hitze hier flirrt in der Luft, das ist etwas ganz anderes als der schwache englische Sonnenschein.

»Ich denke, ein bisschen«, gebe ich zu und fühle, wie mir ein Schweißtropfen den Nacken hinabrinnt. »Aber Onkel Leo muss wirklich keine Kleider für mich kaufen.«

»Mach dir deshalb keine Sorgen.« Filomena ist hartnäckig. »Ich werde selbst nachher deine Maße nehmen, und dann spreche ich mit ihm. Das ist in Ordnung.«

»Gut«, sage ich zweifelnd. Ich bin nicht sicher, dass meine Eltern einverstanden damit sind, wenn mein Onkel Geld für mich ausgibt, aber Filomena scheint sich sicher zu sein.

»Also, gehst du dich umsehen?«, fragt sie, und damit scheint das Thema beendet.

»Ja. Es gibt ehrlich gesagt einen bestimmten Vogel, den ich finden möchte.« Dann fällt mir ein, dass ich mein Fernglas brauchen werde, wenn ich mich wirklich umsehen will, und das bedeutet, ich muss den Wagen und seinen Fahrer finden.

»Oh.« Ich zögere. »Da ist doch noch etwas. Der Mann, der mich gestern abgeholt hat – weißt du, wo ich ihn finden kann?«

»Ah!« Filomena hebt wissend eine Augenbraue. »Noch ein Opfer, das Bens Charme verfallen ist.«

»Charme?« Das ist nun nicht unbedingt das erste Wort, das mir dazu einfällt.

»So ist es nun einmal mit Ben.« Filomena nimmt einen Schluck Kaffee. »Er hat einen ziemlichen Ruf als Charmeur, wenn du verstehst.«

»Hm, ich vermute, er kann charmant sein«, sage ich. »Falls er es wirklich darauf anlegt.«

»Ich bin sicher, er wäre erfreut, dich das sagen zu hören.« Sie klingt, als müsste sie ein Lachen unterdrücken.

»Ich glaube nicht, dass ihn meine Meinung sehr interessiert«, erwidere ich. »Ich denke, wir sind nicht wirklich … miteinander warm geworden. Um ganz ehrlich zu sein, wir hatten eine kleine … Meinungsverschiedenheit.«

Filomena lächelt. »Wie faszinierend. Nun, Ben arbeitet irgendwo auf dem Grundstück. Wenn du ihn findest, bin ich sicher, dass ihr …« An dieser Stelle macht sie eine Pause und sieht mich unter ihren langen Wimpern hervor an. »… die Unannehmlichkeiten aus dem Weg schaffen könnt.«

KAPITEL 9

Ich hüpfe die Stufen hinab in den Garten. Ohne groß darüber nachzudenken, laufe ich einen Pfad entlang, der sich durch einen kleinen Zypressenhain windet, und immer wieder bleibe ich stehen und beuge mich hinunter, um all die verschiedenen Blumen zu betrachten, die überall wild verteilt wachsen; Blumen, die wie im Farbenrausch tiefrot und violett aus Terrakottatöpfen schäumen oder in verschlungenen goldenen Mustern unter den Bäumen blühen.

Ich folge dem zirpenden Ruf einer Grille und beobachte sie einen Moment lang bewundernd, als sie über den Pfad springt. Da ist ein Schimmer von Rot auf ihrem Bauch – ich glaube, es ist eine Spezies, die ich noch nie zuvor gesehen habe. Ich bin versucht, ihr weiter zu folgen, doch dann werde ich von einem hübschen kleinen Grünen Zipfelfalter abgelenkt, *Callophrys rubi*, der einen Augenblick lang vor meinem Gesicht herumflattert, seine fröhlich grünen und messingfarbenen Flügel schimmern in der Sonne.

Mit einem glücklichen Seufzen wandere ich Wege zwischen sorgfältig beschnittenen Hecken entlang und lasse meine Finger über ihre weichen Nadeln gleiten.

»*Taxus baccata*«, murmle ich abwesend.

»Bitte?«, fragt jemand, und ich sehe auf und merke, dass ich um eine Ecke gegangen bin und nun auf einem großen quadratischen Platz stehe. Ohne es zu wollen, habe ich den Weg zum steinernen Brunnen gefunden, und das Geräusch des Wassers, das auf die Steine plätschert, klingt verlockend erfrischend.

Vor mir steht Ben, in leichten Hosen und einem weißen Hemd mit hochgerollten Ärmeln. Er ist barfuß, und auf seinem Kopf sitzt ein etwas mitgenommener Strohhut. Als er den Blick hebt, bemerke ich etwas Schorf auf seinem Nasenrücken und einen blauen Fleck unter seinem rechten Auge. Ich zucke zusammen.

»Oh.« Seine Stimme ist kühl. »Du. Ich hätte wissen müssen, dass du es bist, die herumwandert und Selbstgespräche auf Latein führt.«

Dies ist kein vielversprechender Beginn.

»Bist du immer so?«, frage ich.

»Wie – so?«

»So unhöflich zu Leuten, die du gerade erst getroffen hast.«

Er legt den Kopf ein wenig schief. »Hm. Ich weiß nicht.« Dann lächelt er zögernd, wobei auf jeder seiner Wangen ein perfektes Grübchen sichtbar wird. »Begrüßt du neue Bekanntschaften immer, indem du ihnen die Faust ins Gesicht rammst?«

»Oh, du kannst unmöglich immer noch ärgerlich darüber sein«, protestiere ich. »Es war nur ein Missverständnis. Ich habe mich mehrmals entschuldigt, Erste Hilfe geleistet und eins meiner guten Taschentücher geopfert – eine Tatsache, die meine Mutter im Übrigen schrecklich verärgern würde, weil ich die dummen Dinger *ständig* irgendwo einbüße.« Ich streiche mein Kleid glatt. »Ich finde, noch länger darauf herumzureiten ist nicht sehr … passend für einen Gentleman.«

»Nicht passend für … einen Gentleman?« Ben sieht verwundert aus. »Du findest, ich benehme mich nicht wie ein Gentleman?«

»Richtig«, stimme ich zu.

»Nicht wie ein Gentleman?«, sagt er, lauter.

»Du musst die Worte nicht dauernd wiederholen; ich war es, die sie zuerst gesagt hat.« Ich hebe mein Kinn. »Aber wenn du darauf bestehst, ja. Ich finde deine Weigerung, meine Entschuldigung anzunehmen und gütig über das, was geschehen ist, hinwegzusehen, nicht höflich.«

Eine Pause entsteht, in der Ben darüber nachzudenken scheint. Schließlich zuckt er die Schultern. »Nun, ich finde, es ist etwas gewagt, von einem Mädchen in gutem Benehmen unterwiesen zu werden, das Banditen jagt und seine Retter verprügelt.«

Ich muss lächeln. »Oh, aber dieses Mädchen klingt *so* viel interessanter als eine schwärmerische junge Maid.«

»Für *mich* klingt sie unausstehlich.« Ein rasches Grinsen flimmert über sein Gesicht. Wie eine Antwort auf das meine. »Und ich kann mir nicht vorstellen, dass du je für etwas oder jemanden schwärmst.«

»*Ich* kann mir nicht vorstellen, dass du das je herausfinden wirst.«

»Oh, nein?« In seinen Augen glitzert es schelmisch, und er kommt einen Schritt auf mich zu. Dann noch einen. »Das klingt nach einer Herausforderung.«

»Sollte das jetzt verführerisch sein?«, frage ich amüsiert.

Ben blinzelt. »Manche Leute wären der Meinung.«

Ich bedenke das. »Möglicherweise lassen sie sich einfach von einem hübschen Gesicht täuschen?«

»Das ist das zweite Mal, dass du mich hübsch genannt hast.« Ben sieht definitiv selbstzufrieden aus.

Ich betrachte ihn eine Weile. »Nun, ich nehme an, du bist physisch recht attraktiv.«

»Du *nimmst an?*«

»Ich denke nicht, dass ich genug Vergleiche habe. Ich bin recht behütet aufgewachsen, verstehst du. Und ich hasse es, ungenau zu sein. Du bist vielleicht über der durchschnittlichen Norm«, gestehe ich ihm zu.

Ben mustert mich seinerseits. »Wie großzügig, das zu bemerken«, sagt er schließlich. »Aber es scheint, als würden die meisten Ladies mir verfallen. Du, Beatrice, bist die Ausnahme.«

»Wie schön, als außergewöhnlich angesehen zu werden«, murmle ich, mein Ton so trocken wie seiner zuvor.

Er lacht leise. Zögernd.

»Also, Frieden?«, fragt er und hält mir die Hand hin.

»Frieden«, wiederhole ich und lege meine Finger in seine. Das ganze Gespräch war seltsam erhebend.

Ich sehe an ihm vorbei und bemerke endlich die Staffelei. Farbdosen stehen auf dem Boden, ein Marmeladenglas mit schmutzigem Wasser und Pinseln. Auf der Staffelei steht eine Leinwand, bedeckt mit verschiedenen eckigen Figuren sowie Flecken von Grün und Rot und Grau.

»Ist das das Bild, an dem du arbeitest?«, frage ich und trete näher, um es mir anzusehen.

»Ja«, sagt er. »Ich gebe ihm nur den letzten Schliff.«

»Mmmm.« Ich beuge mich näher und betrachte es voller Neugier.

Kunst ist etwas, über das ich wenig weiß, doch dieses Bild verwirrt mich, wühlt mich merkwürdig auf. Es gibt nichts Erkennbares darauf, nichts Solides, an das man sich halten könnte. Ich habe noch nie irgendetwas in der Art gesehen, und auf jeden Fall gehört es nicht zu der Sorte von Bildern, die an den Wänden von Langton Hall hängen.

Er runzelt die Stirn. »Gefällt es dir nicht?«

»Oh, doch«, sage ich schnell. »Es ist sehr hübsch.«

»Hübsch«, wiederholt er.

Ein kurzer Blick auf Bens Gesicht macht mir klar, dass »hübsch« vielleicht das falsche Wort war. Ich kneife die Augen zusammen und versuche, eine Ordnung in den durcheinandergewürfelten Formen auf der Leinwand zu erkennen, doch das Chaos aus Winkeln und Farben nimmt mir jede Orientierung.

»Ich mag die ... ähm ... grünen Dinger.«

»Die grünen Dinger«, echot er und klingt etwas benommen.

»Ja«, stimme ich fröhlich zu. »Sie sind wirklich schön und ...«

»Grün?«, beendet Ben meinen Satz. Er schüttelt den Kopf. »Du bist wirklich gut darin, das Ego eines Mannes aufzubauen«, brummt er und kratzt sich im Nacken, während er sich umdreht und das Bild betrachtet.

»Mir war nicht klar, dass es meine Aufgabe ist, dein Ego aufzubauen.«

Gerade da sehe ich etwas – den verräterisch blau schillernden Kobaltschimmer einer Libelle, der in meinem Augenwinkel aufleuchtet. Ich drehe mich um – es ist ein gewohnheitsmäßiger Reflex –, um zu sehen, wohin sie fliegt. Sie landet auf dem Rand des Brunnens, ihre zerbrechlichen Flügel zitternd im Sonnenlicht.

Ben redet noch immer. »Natürlich kann ich von dir nicht erwarten, zu verstehen, was ich hier tue. Du hast ganz offensichtlich keinerlei Ahnung, worüber du redest.« Er nimmt meinen Arm und zieht mich näher zu dem Bild. »Hier, siehst du – die grünen Dinger sind eigentlich ...«

Ich bemerke eine Farbdose gefährlich nah neben seinem Fuß.

»Ben«, sage ich, »pass auf mit …«

Ungünstigerweise ist er zu abgelenkt von seiner Belehrung, um meine Warnung wahrzunehmen. Es ist dieser Umstand, der gemeinsam mit dem Flug der Libelle für das nun folgende Unglück verantwortlich ist.

Das Insekt fliegt plötzlich auf und rast an Bens Gesicht vorbei. Er fährt herum, und ich strecke den Arm aus, um ihn festzuhalten, doch es ist zu spät. Die unerwartete Drehung wirft Ben aus dem Gleichgewicht, sein Fuß stößt gegen die Farbdose, vor der ihn zu warnen ich versucht habe. Er greift nach meiner ausgestreckten Hand, während er stolpert, ich wiederum greife nach der Staffelei …

Dann kann ich nichts mehr tun, als »Oh!« zu rufen und den überrumpelten Ausdruck auf Bens Gesicht zu registrieren, doch da werde ich bereits nach vorn gerissen, stoße unsanft gegen Ben, und wir gehen beide zu Boden.

KAPITEL 10

»Uff!«, Bens Ausruf der Überraschung ist sehr nah an meinem Ohr. Das liegt daran, dass ich, wie ich feststelle, auf ihm gelandet bin.

Ich fühle mich für eine Sekunde wie gelähmt, wobei ich nicht ganz sicher bin, ob das von unserem Fall kommt oder daher, dass ich Ben so nah bin wie noch nie zuvor einem Mann – oder, möglicherweise, irgendjemandem in meinem ganzen Leben. Ich versuche zu ignorieren, wie sich mein Magen plötzlich zusammenzieht und Bens Brustkorb sich gegen meinen eigenen presst.

»Oh!«, ist alles, was ich herausbringe, und ich drehe meinen Kopf gerade, als Ben den seinen hebt. Der darauffolgende Zusammenstoß unserer Schädel hinterlässt ein Klingeln in meinen Ohren.

Bens Kopf fällt zurück, und er stöhnt.

»Um Himmels willen!« Er hebt eine Hand zum Kopf. »Werde ich nie ein Treffen mit dir überstehen, ohne mir irgendeine schreckliche Kopfverletzung zuzuziehen?«

»Ich glaube, du wirst einsehen, dass es diesmal deine Schuld war«, sage ich mit so viel Würde wie möglich, während ich versuche, mich selbst aus dem Durcheinander aus Armen und Beinen herauszuwinden. Da Ben dasselbe versucht, geraten wir uns in die Quere und kommen nicht besonders weit. »Du warst zu sehr damit beschäftigt, um mir zuzuhören, und dann war da diese Libelle …«

»Oh, da war eine Libelle. Ja, das erklärt alles«, murmelt er.

Ich lege meine Hand fest auf seine Brust, und unter meinen Fingern wird er ruhiger. Schließlich rolle ich mich zur Seite, sodass ich auf dem Rücken neben ihm liege. Der Himmel breitet sich hell über uns aus, und ich blinzle geblendet ins Sonnenlicht. Dann schließe ich für eine Sekunde die Augen. Als ich sie wieder öffne, merke ich, dass Ben sich immer noch nicht bewegt hat.

»Geht's dir gut?«, frage ich.

»Ich glaube.« Seine Stimme klingt schicksalsergeben. »Kein Blut diesmal, wenigstens das.«

Ich setze mich auf und sehe zu ihm hinunter. Etwas ist in sein blondes Haar geraten.

»Sei nicht zu sicher«, sage ich. Ich fahre mit der Hand durch sein Haar, um die Verletzung zu suchen, und als ich die Finger zurückziehe, sind sie rot.

Er sieht erschrocken aus.

»Wirklich?«, fragt er. »Schon wieder?«

»Ich kann nicht sehen, was kaputt ist«, murmele ich, noch immer auf der Suche nach einer sichtbaren Wunde. Erstaunt betrachte ich meine Finger genauer und reibe sie aneinander. Da ist auch etwas Rotes auf meinem Kleid. Dann, ganz plötzlich, dämmert mir die Wahrheit.

»Oh, es ist bloß Farbe!«

Ich grinse zu ihm hinunter, und die plötzliche Erleichterung lässt mich auflachen. »Siehst du?« Ich halte meine verschmierte Hand hoch, um sie ihm zu zeigen.

»Farbe?« Sein ganzer Körper versteift sich. »FARBE?«

Er springt mit einem ziemlich erschreckenden Gebrüll auf die Füße, das nur lauter wird, als er die Szene vor sich betrachtet.

Ich rapple mich ebenfalls auf. »Oh weh«, sage ich.

Offenbar enthielt die Dose, die Ben umgestoßen hat, eine ziemliche Menge roter Farbe, die, als sie sich mit dem Wasser aus dem ebenfalls umgefallenen Glas gemischt hat, eine recht alarmierende rote Spur hinterlassen hat, welche jetzt fröhlich zwischen den Pflastersteinen auf uns zuströmt. Bens Gemälde, das dank meines verzweifelten Griffs nach der Staffelei auf dem Boden liegt, ist besorgniserregend nass, und ein langer roter Fleck läuft horizontal darüber – ich bin fast sicher, dass dieser Fleck vorher nicht da war.

Ben starrt mit offenem Mund auf die Leinwand.

»Vielleicht ist es gar nicht so schlimm«, sage ich endlich, richte die Staffelei wieder auf und stelle das Bild wieder darauf.

»Du hast es verkehrt herum hingestellt.«

»Wirklich?« Ich betrachte das Bild mit zusammengekniffenen Augen.

»Das ist alles deine Schuld«, meint er, schnappt das Bild und dreht es richtig herum. »Man kann nie wissen, was für ein Unglück du als Nächstes über mich bringst.«

Das ist nicht wirklich gerecht, doch ich habe keine Lust, darüber zu streiten. »Soll ich dir helfen aufzuräumen?«

»Nein«, sagt Ben entschieden. »Wer weiß, was noch alles passiert. Ich denke, ich werde hier allein weitermachen, solange all meine Gliedmaßen noch intakt sind.«

Da fällt mir ein, warum ich ihn gesucht habe.

»Ich glaube, mein Fernglas ist letzte Nacht im Wagen hinuntergefallen«, sage ich. »Hast du es gesehen?«

»Mmm«, murmelt Ben, sieht mich jedoch nicht mehr an; er ist in Betrachtung des Bildes versunken. »War unter dem Rücksitz. Ich habe es heute Morgen Rosa gegeben.«

Das sind gute Neuigkeiten. Es wäre schrecklich gewesen, das Fernglas zu verlieren, vor allem an einem Ort wie diesem, wo neue und aufregende Entdeckungen hinter jeder Ecke zu warten scheinen. Mit einem fröhlichen Auf Wiedersehen wende ich mich ab, wieder dem Weg zu, der in die Eibenhecken geschnitten ist. Die Luft ist angefüllt mit einer Symphonie von Vogelgesang, und fast sofort finde ich eine blaukehlige Pracht-Kieleidechse (*Algyroides nigropuncatus*), die vor mir entlanghuscht. Sicher werde ich gleich auch den Wiedehopf entdecken. Ich mache mich in exzellenter Stimmung auf den Weg zur Villa.

Als ich aus dem Garten komme, ragt das Gebäude vor mir hinter den Bäumen auf; seine erdrote Fassade glüht mir entgegen wie ein Willkommensgruß unter der schweren goldenen Sonne. Ich mache mich auf den Weg zu Rosa in die Küche. Vielleicht wartet dort nicht nur mein Fernglas, sondern auch ein Glas mit einem kalten Getränk? Und noch eines der süßen Brötchen. Herumwandern und Dinge erkunden macht schließlich hungrig.

Als ich mich dem Haus nähere, entdecke ich Hero unter der Pergola; ihre Bücher hat sie auf dem langen Tisch ausgebreitet, und eine ältere Frau sitzt neben ihr, sehr steif und gerade. Hero dreht den Kopf und sieht mich. Sie hebt die Hand zu einem Winken, springt auf und rennt mir entgegen, gefolgt von der Hauslehrerin, die sie verzweifelt auf Italienisch zurückruft.

Heros Gesicht ist fröhlich, doch sobald wir einander etwas näher sind, bleibt sie plötzlich stehen, nackte Angst und Grauen im Blick.

»Oh, Bea!«, keucht sie. »Was ist passiert?«

»Madre de Dio!«, ruft die Frau hinter ihr aus und fällt direkt zu meinen Füßen in Ohnmacht.

KAPITEL 11

»Und dann …«, erzählt Hero fröhlich, »tauchte Bea aus dem Garten auf, geisterhaft blass und wortwörtlich *bluttriefend* …«

»Farbe«, werfe ich an dieser Stelle ein. »Es war Farbe.«

»Jaja.« Hero wedelt ungeduldig mit der Hand. »Aber das wussten wir zu dem Zeitpunkt nicht, richtig? Es sah aus, als wärst du am Tatort eines grauenhaften Mordes zugegen gewesen; dein Kleid war getränkt mit Blut, deine Hände waren verschmiert mit Blut …«

»Farbe«, unterbreche ich wieder.

»Und das«, fährt Hero fort, ohne mich zu beachten, und wirft ihre Hände dramatisch in die Luft, als würde sie böse Geister vertreiben, »war der Punkt, an dem ich rief: Liebste Cousine, welcher Schrecken Zeugen warst du? Was auf Gottes weiter Erde ist mit dir geschehen?«

»Das hast du ganz sicher nicht getan«, protestiere ich.

Hero funkelt mich an. »Und *dann* hat Signora Giuliani geschrien und ist ohnmächtig zusammengebrochen.«

»*Dieser* Teil entspricht der Wahrheit«, gebe ich zu.

Es ist Abend, und wir sitzen im Garten und nippen an kühlen, blassgelben Getränken mit dem Geschmack von Zucker, Sonnenlicht und Zitronen. Jemand hat ein Grammophon auf einem Tisch herausgerollt, und eine kratzende Jazzplatte spielt leise im Hintergrund. Es ist noch immer warm, doch die Luft hat sich ein wenig abgekühlt. Den Himmel zieren malerische Streifen von Gold und Rotorange, während die Sonne die letzten Strahlen für ihren spektakulären Abschlussauftritt dieses Tages sammelt – wie eine Diva, die sich auf der Bühne mitten im tosenden Applaus verbeugt.

Nachdem ich Heros Hauslehrerin den Schock ihres Lebens verpasst habe, habe ich mich gewaschen und umgezogen, nun trage ich ein blassblaues Kleid mit winzigen weißen Streublümchen, an der Seite verschlossen mit kleinen stoffüberzogenen Knöpfen. Das Kleid ist eins meiner neueren (es ist ebenfalls verblichen und abgetragen, aber etwas weniger als die meisten anderen), und ich fühle mich erwachsener darin.

Es hat ein bisschen die Funktion einer Rüstung, ein Schutz, denn ich habe nie zuvor mit einer Gruppe von Künstlern zu Abend gegessen, und ich bin nicht sicher, was ich erwarten soll. Mein Haar ist noch immer nass vom Baden, und ich habe es in einem Knoten auf meinem Kopf zusammengenommen. Ein leichter Sonnenbrand verleiht meinen Wangen und meinem Nasenrücken ein leises rosa Glühen.

Ben und die anderen Künstler werden noch kommen, doch Leo und Filomena sind bereits da. Während Hero genießerisch ihre Geschichte zum Besten gibt, bemüht sich Leo um seine Verlobte, legt einen bunt gemusterten Seidenschal voller Fransen um ihre Schultern, küsst sie auf die Wange – die Art zärtlicher Gesten, die man in Langton Hall niemals in der Öffentlichkeit zu sehen bekäme.

Ich beobachte Filomena, die jetzt lächelt und Heros Geschnatter lauscht. Die Beziehung zwischen ihnen ist verwirrend. Sie sind freundlich zueinander, sogar herzlich, doch auf

Filomenas Seite spüre ich dieselbe leise Reserviertheit, die sie meinem Onkel entgegenbringt – als hielte sie Hero ein wenig auf Distanz, trotz ihres italienischen Temperaments.

»Es klingt absolut spannend«, sagt Filomena.

»Das würdest du nicht so sehen, wenn du Signora Giuliani hättest beruhigen und überzeugen müssen, in diesem Haus zu bleiben – sie nannte es, glaube ich, ein Schlangennest, aber vielleicht ist das ein Übersetzungsfehler meinerseits.«

Onkel Leos Ton ist unbekümmert, ironisch. Zu Hause hätte dieser Vorfall Tränen und Vorwürfe zur Folge gehabt; hier scheinen alle diese etwas abgeänderte Version der Ereignisse durchaus erheiternd zu finden.

»Bah!«, ruft Filomena aus. »Die Frau könnte selbst etwas mehr Spannung im Leben gebrauchen.«

Leo macht ein lustiges schnaubendes Geräusch.

»Hallo«, sagt eine Stimme, ich drehe mich auf meinem Stuhl um und erkenne zwei Gestalten, die sich nähern. Die eine ist ein junger Mann, schlank, dunkelhaarig und mit dunklen Augen, der ein wenig stolz wirkt. Er ist vielleicht ein oder zwei Jahre älter als ich, und als er vortritt, um meine Hand zu schütteln, schenkt er mir ein etwas schiefes, jedoch äußerst charmantes Lächeln. Ich bemerke einen kleinen Schönheitsfleck neben seinem Mund.

»Ah, Signora Bea«, sagt er, und seine Stimme ist warm und tief, mit einem leichten deutschen Akzent. »Ich bin hocherfreut, Ihnen endlich zu begegnen. Hero hat mir so viel über Sie erzählt.«

Er nickt, und als Hero ihn ansieht, liegt absolute Ergebenheit in ihren großen Augen.

»Ich bin Klaus«, fährt er fort, und ich merke, dass er noch immer meine Hand hält. Jetzt lässt er sie los, langsam, als täte es ihm leid, das tun zu müssen. Eine einstudierte Geste, denke ich, glatt wie ein mit Bienenwachs polierter Boden.

»Und dies« – Klaus deutet auf das Mädchen neben ihm – »ist Ursula, meine Schwester.«

Ursula nickt kühl. Sie ist auf einschüchternde Art schön, hat das dunkle Haar und die dunklen Augen ihres Bruders und einen großen, irgendwie eigenwilligen Mund, bemalt mit einem Hauch roten Lippenstifts. Sie ist deutlich kleiner als ich und gertenschlank. Ihr Haar trägt sie zu einem kurzen, strengen Bob geschnitten, die vordersten Strähnen berühren ihre hohen Wangenknochen. Das smaragdgrüne Kleid schmiegt sich wie verliebt an ihren Körper, und ich komme mir auf einmal vor wie ein Bauerntrampel.

Klaus nimmt ein Glas von meinem Onkel entgegen und zieht den Stuhl neben mir zurück. Er rückt ihn ein wenig an meinen heran, und nun sitzen wir so nah beieinander, dass unsere Arme sich ganz leicht berühren. Ursula lässt sich auf den Stuhl neben Filomena sinken.

»So«, sagt Klaus. »Ihr kommt also aus England. Ist es wahr, dass es in allen englischen Herrenhäusern spukt?«

Ich sehe in seine lachenden Augen und fange sofort an, ihm Geschichten über die hasenfüßigen Geister in Langton Hall zu erzählen, die nur vor den allergrößten Angsthasen zu erscheinen pflegen, und von dem Unsinn, den Eustache bisweilen ausheckt. Auf Heros Bitte gebe ich die Geschichte mit der Kröte noch einmal zum Besten, und danach noch ein paar weitere Streiche.

Während wir uns unterhalten, kommen verschiedene andere Leute herüber und setzen sich zu uns: zwei ältere Herren, die in einer Ecke sitzen, leise diskutieren und dabei weit ausladende Gesten machen, ein schlankes blondes Mädchen, das etwas überkandidelt und sehr zerbrechlich wirkt; und eine Frau ungefähr im Alter von Filomena. Ihre Haut hat die Farbe von Bronze, ihr Haar ist unter einem roten Turban verborgen, und sie bewegt sich mit einer Art fließender Anmut. Noch mehr Künstler, die in dem sicheren Hafen gelandet sind, den Filomena erschaffen hat.

Ich habe ein dankbares Publikum, meine Zuhörer lachen und wollen mehr hören. Filomena erzählt von Streichen, die sie selbst früher ihrem Kindermädchen gespielt hat, und ich kann beinahe sehen, wie Hero sich im Geist Notizen macht. Und statt entsetzt zu sein, lacht mein Onkel am lautesten von allen.

Nur Ursula scheint ungerührt, ihre dunklen Augen blicken nachdenklich, als sie sich vorlehnt und ihr Kinn auf eine Hand stützt. Ab und an kräuselt ein halbes Lächeln ihre Lippen, doch den Großteil der Zeit wirkt sie beinahe gelangweilt.

»Jetzt bist du dran«, sage ich zu Klaus. »Jetzt weißt du alles über mich.«

»Klaus und Ursula kommen aus Österreich«, erklärt Leo, der gerade aufsteht, um uns allen nachzuschenken. »Filomena hat sie bei ihrem letzten Besuch in Wien getroffen.«

»Oh.« Ich setze mich gerader hin. »Wie wundervoll es wäre, Wien zu sehen!«

»Du musst kommen«, sagt Klaus. »Ich werde dir alles zeigen. Wir gehen zum Prater, und ich gewinne einen Goldfisch für dich.«

»Ich würde lieber den botanischen Garten der Universität sehen«, sage ich begeistert. »Wahrscheinlich warst du so oft da, dass es für dich nichts Neues mehr ist, aber für mich wäre es faszinierend. Kaiserin Maria Theresa hat ihn 1754 für das

Studium medizinischer Pflanzen anlegen lassen, doch inzwischen ist er viel größer, und soweit ich weiß, gibt es in den Gewächshäusern eine überaus interessante Sammlung fleischfressender Pflanzen.«

Klaus sieht erschrocken aus. »Tatsächlich, ich bin sicher, das wäre eine faszinierende Erfahrung.«

In diesem Moment mischt sich eine mir inzwischen wohlbekannte Stimme ins Gespräch. »War *klar,* dass du dich mehr für menschenfressende Pflanzen interessieren würdest als für einen Jahrmarkt.«

Ben. Da steht er neben dem Tisch, eine Hand in der Tasche. Er hat keinen Versuch unternommen, seine Kleidung fürs Abendessen zu wechseln – und irgendwie lässt er alle anderen Anwesenden overdressed aussehen.

»Sie sind nicht menschenfressend«, korrigiere ich ihn. »Sie fressen Insekten und andere Arthropoden.«

Doch ein Jubelchor begrüßt Bens Ankunft und verschluckt meine Antwort. Sogar Ursula richtet sich auf ihrem Stuhl auf, um ihm ein Lächeln zu schenken.

»Ben.« Ihre Stimme ist rau, als sie ihm ihre Hand entgegenstreckt, die er nimmt und drückt, ehe er die anderen begrüßt.

»Ist er nicht charmant, unser Ben?«, fragt Klaus, dicht neben meinem Ohr.

»Ja, das sagen sie alle.«

»Sieht aus, als wärst du die Einzige, die immun gegen ihn ist.«

Klaus grinst und sieht zu, wie das blonde Mädchen zur Seite rückt, um Ben Platz zu machen, lächelnd und plötzlich ganz flatterig ob seiner Aufmerksamkeit.

»Ja, ihm lag eine Menge daran, mir das klarzumachen.« Ich fange Klaus' Blick auf und verdrehe die Augen.

Klaus lacht leise, und Bens Blick wandert kurz zu uns herüber.

»Worüber sprecht ihr beiden?«, will er wissen.

»Über dich natürlich.«

»Was könnte auch interessanter sein?«, fragt er grinsend.

Als er sich wieder seiner blonden Nachbarin zuwendet, erlebe ich zum ersten Mal, wie sein berühmter Charme sich entfaltet. Ben richtet seine gesamte Aufmerksamkeit auf sie, als wäre er ein Scheinwerfer, lacht über ihre Witze, neckt sie, bringt sie dazu, sich ihm ganz zu öffnen, und bald lacht sie ebenfalls und errötet.

Ich sehe eine Weile mit großem Interesse zu, denn das Ganze erinnert mich an das Balzgehabe von Vögeln, die ihre Brust herausstrecken und singen. Ben sieht zu mir herüber, und ich hebe meine Brauen anerkennend; gratuliere ihm lächelnd zu dem, was er veranstaltet: eine brillante Vorführung. Er sieht eine Sekunde lang verwirrt aus, doch dann lächelt er zurück – lächelt jenes umwerfende, ungezwungene Lächeln, das seine Grübchen erscheinen lässt.

»Und nun habe ich die beiden liebreizenden Cousinen für mich alleine«, sagt Klaus, lenkt meine Aufmerksamkeit wieder auf sich und bringt Hero damit zum Kichern, die ihren Stuhl heranzogen hat, um sich zwischen uns zu setzen. Er zieht sie auf und erzählt uns Geschichten, während die Sonne hinterm Horizont verschwindet und der Himmel sich von Orange in ein tiefes Violettblau verfärbt.

Ich lehne mich bequem auf meinem Stuhl zurück, halb in der Erwartung, meine Mutter zischen zu hören, ich solle gerade sitzen. Dabei geht mir auf, dass Stunden vergangen sind, ohne dass jemand mein Benehmen oder meine Manieren beanstandet hat. Welch atemberaubendes, befreiendes Gefühl!

Schließlich entzünden wir flackernde Kerzen in Gläsern, und auf die Zitronenlimonade folgen Steingutkaraffen mit rotem Wein, warm und würzig auf der Zunge. Die beiden älteren Männer erreichen mit ihrer Diskussion eine Art Crescendo, und die anderen mischen sich jetzt ein, während ich versuche, mit dem Fluss des Gesprächs mitzuhalten, in dem es um Künstler geht, von denen ich noch nie gehört habe. Sie unterhalten sich alle so angeregt, so lebendig. Der Disput endet, als einer der Männer aufspringt, einen Schwall wütender italienischer Worte von sich gibt und unter den Rufen und dem Applaus der anderen davonstolziert.

All dies hier könnte nicht weiter entfernt von den steifen höflichen Gesprächen sein, die ich gewohnt bin.

Klaus lacht und übersetzt einen Teil der Konversation für mich. Begierig darauf, mehr zu hören, lehne ich mich vor. Es ist schwer, das Gefühl von Hitze in meinen Adern zu beschreiben oder was ich empfinde, wenn all diese lauten Menschen mit so viel Leidenschaft über so interessante Dinge sprechen. Es ist, als käme man aus eisiger Kälte in einen warmen Raum, und in Beinen und Armen spürt man langsam wieder das Leben – eine fast schmerzhafte Art der Erleichterung.

Schließlich unterbricht uns ein begeisterter Ausruf von Onkel Leo. Er begrüßt Rosa, die mit Körben voller warmer Brotlaibe mit goldbraunen Krusten und einem Tablett mit dicken grünen Oliven, papierdünnen Scheiben von zartem Schinken und schmelzend weichem Käse voller frischer grüner Kräuter zu uns tritt. Nach mehreren Gängen in die Küche biegt sich der Tisch unter dem Gewicht all des Essens, und wir fallen mit Begeisterung darüber her. Ich beiße in eine Tomate, so süß und reif, dass man sie wie einen Apfel essen kann, der Saft rinnt über meine Finger und macht mich klebrig und froh wie ein kleines Kind.

Als wir mit dem Essen fertig sind, hat sich der Himmel in ein großes Tuch voller Sterne verwandelt, und ich werde das Gefühl nicht los, dass dies alles ein wundervoller Traum ist. Offenbar sieht man mir an, was ich denke, denn Filomenas Augen ruhen auf mir.

»Was ist es, das dich so strahlen lässt, Bea?«, fragt sie. »Du wirkst wie die heilige Cecilie in Ekstase.«

Die anderen lachen leise. Ich verstehe die Anspielung nicht, aber ich weiß, was ich fühle.

»Es ist einfach so … schön.« Ich versuche, Worte zu finden. »Hier unter der Bougainvillea und unter all diesen Sternen zu sitzen, dieses Essen zu essen, mit euch zusammen zu sein. Es ist … es ist … fast zu viel. Wenn ich es nicht selbst sehen würde, würde ich nie glauben, dass dieser Ort existiert.«

Klaus nickt. »Ich verstehe«, sagt er. »Und genau deshalb ist es der perfekte Ort, Kunst zu erschaffen. Er ist die reine Freude. Für alle Sinne. Als würde man alles in klareren Farben sehen.«

Er hat recht, natürlich, und für eine Sekunde begreife ich, wie es sein muss, ein Künstler zu sein. Es ist nur eine Ahnung von dem, was sie hier tun. Doch das Gefühl ist herrlich.

KAPITEL 12

Nach der hitzigen Diskussion werden die Gespräche leiser und privater, und Leo wendet sich an Ben: »Ich wollte dich fragen, wie es deinem Gemälde geht, mein Junge. Aber ich habe gehört, es gab ein kleines Missgeschick.«

»So könnte man es nennen«, erwidert Ben trocken. Sein Blick trifft meinen. Ich verziehe das Gesicht ein wenig.

»Es tat mir sehr leid, das von dem Gemälde zu hören«, ergänzt Filomena mitfühlend. »Ich weiß, wie glücklich du damit warst …«

»So ist das Leben«, sagt Ben. Ich bin ein wenig überrascht; ich hätte eigentlich erwartet, dass er mir die Schuld in die Schuhe schieben würde. »Allerdings werde ich es nun zu spät abliefern, Leo.«

»Das Gemälde war für dich, Onkel?«, frage ich.

Leo wedelt mit der Hand in der Luft herum. »Ach, das macht doch nichts, mein Junge«, sagt er. »Nimm dir Zeit!«

Ben schüttelt den Kopf. »Ich mache es noch in diesem Monat fertig.«

Ich fühle einen schmerzhaften Biss meines Gewissens. Mir war nicht klar, dass das Bild eine Art von Bezahlung darstellte.

Filomena hat still zugehört, und ich spüre ihren Blick auf mir. »Es ist uns ein Vergnügen, dich hier zu haben, Ben«, sagt sie langsam. »Wir haben im Gegenzug niemals irgendetwas verlangt.«

»Natürlich nicht«, wirft mein Onkel rasch ein, und er klingt fast ein wenig beleidigt ob der Idee.

»Wie auch immer.« Filomena hebt einen Finger. »Vielleicht gibt es einen Gefallen, den du uns tun könntest, wenn du so nett wärst?«

»Alles, was ihr wollt«, sagt Ben ernst und beugt sich vor.

»Du könntest Bea in Malerei unterrichten.« Filomenas Miene ist ernst, doch ich glaube ein Glitzern von etwas – Schalk vielleicht – in ihren Augen zu sehen.

»Mich unterrichten?«, rufe ich. Von allen Dingen, die ich mir vorgestellt habe, in Italien zu tun, ist dies sicherlich das letzte. Ich kann meine Bestürzung schwer verhehlen, und Ben sieht genauso entsetzt aus wie ich.

»Ja.« Filomena klatscht fröhlich in die Hände. »Das ist eine wunderbare Idee. Bea, wir haben deinen Eltern versprochen, dass wir dir die Erziehung angedeihen lassen, die sich für eine junge Lady gehört – und das werden wir.«

Eine bleierne Stille legt sich über uns.

»Ich fürchte, ich werde eine sehr schlechte Schülerin abgeben«, sage ich schließlich im Versuch, diplomatisch zu sein.

»Darin stimmen wir vollkommen überein«, pflichtet Ben mir bei, und Filomena lacht. »Ernsthaft, Fil.« Seine Stimme wird etwas lauter, flehend. »Das wird eine Katastrophe! Bitte mich um alles, bitte mich, worum du willst. Ich werde für die kleinste Kleinigkeit, die dir einfällt, zu Fuß zum anderen Ende der Welt gehen. Aber bitte mich nicht um das hier.«

Alle lachen, doch ich kann nur an eins denken: Ich darf nicht zulassen, dass dieser perfekte Sommer in Rauch aufgeht. Es gibt so vieles, was ich in Italien tun möchte – von Ben zu lernen, wie man malt, gehört definitiv nicht dazu.

»Ehrlich«, sage ich zu Leo. »Ich finde die Idee fürchterlich.«

»Mein Leben ist in Gefahr, wenn dieses Mädchen anwesend ist«, fügt Ben hinzu. »Wortwörtlich. Ich entkomme ihr kaum, ohne irgendeine Verletzung davonzutragen.«

Er hebt den Finger und deutet auf sein zerschrammtes Gesicht, und seine blonde Bekanntschaft gibt ein mitleidiges Geräusch von sich.

Doch Onkel Leo sieht Filomena an.

»Nun, weißt du, Bea«, sagt er nachdenklich, »deine Eltern haben dich in unsere Obhut gegeben, und bis jetzt haben wir noch gar nicht über irgendwelche bildenden Sommeraktivitäten für dich nachgedacht.«

Er erntet ein Lächeln von Filomena.

»Ich denke, wenn du nach Hause kämst und ein wenig Erfahrung in Aquarellmalerei mitbrächtest, wären deine Eltern sehr erfreut. Es ist genau die Sorte von Beschäftigung, der junge Damen ihrer Meinung nach nachgehen sollten.«

»Aquarellmalerei?« Ben hält sich die Hände vors Gesicht und stöhnt. »Beschäftigung für junge Damen? Für *sie?*«

Filomena lächelt immer noch, und da ist etwas an ihrem Ausdruck, das mir bekannt vorkommt. Plötzlich erkenne ich, was es ist; ich habe es schon in den Augen meiner Mutter gesehen. Letztes Mal führte dieser Ausdruck dazu, dass Cuthbert auftauchte.

Sie versucht, jemanden *zu verkuppeln.*

Mein entsetzter Blick trifft ihren und, unglaublich, sie zwinkert mir zu. Sie genießt dies hier.

»Natürlich« – Filomena seufzt schwer, ihr Gesicht voller Trauer – »können wir verstehen, wenn du nicht die Zeit dazu hast, das für uns zu tun, Ben.« Sie wickelt die Fransen ihres Schals um ihre Finger und sieht enttäuscht zu Boden. Sie spielt ihre Rolle einwandfrei.

Eine Pause entsteht. Dann sagt Ben mit grimmiger Miene: »Es ist mir eine Freude, Fil. Es ist das Wenigste, was ich tun kann.«

Leo lacht. Ich glaube, er hat nicht die leiseste Ahnung, was Filomena da tut, aber es gefällt ihm, mich ein wenig zu necken. »Bea, wir könnten auch jederzeit Heros Hauslehrerin bitten, dir ein paar Unterrichtsstunden zu erteilen«, sagt er. »Wenn dir das lieber wäre.«

Eine weitere Pause. »Fein«, knurre ich. »ich mach's.«

»Wundervoll!« Filomena strahlt, und sie hebt ihr Weinglas. »Wir alle wünschen euch größtmöglichen Erfolg. Auf die Kunst!«

»Auf die Kunst!«, ruft der Tisch unisono.

Als ich mein Glas zögernd hebe, kreuzen sich Bens und meine Blicke im Kerzenlicht, und er lächelt sarkastisch.

Das wird interessant, denke ich, schließe meine Augen und trinke.

KAPITEL 13

Mein Stunden sollen nicht vor nächster Woche beginnen, also bemühe ich mich, das meiste aus meiner verbleibenden freien Zeit herauszuholen. Ich mache am frühen Morgen lange, einsame Wanderungen in den Hügeln und komme staubig und glücklich über das, was ich gesehen habe, zurück: bereit, mein Mittagessen zu verschlingen und dann matt auf mein Bett zu fallen, wenn der heißeste Teil des Tages sich draußen selbst verbrennt.

Die Hitze ist ein Schock für meinen Körper: die Art, auf die sie ihn träge und schwer macht, die Art, auf die sie das Ruder übernimmt und meine Tage gestaltet, einfach so. Sie ist wie ein eigenes Lebewesen, dessen Launen man immer mit einrechnen muss.

Nachmittags lese ich unter einem besonders freundlichen Ilexbaum, oder ich lasse mich von meinem Onkel ins nächste Dorf mitnehmen, um über den Markt zu schlendern und die staubig terrakottafarbenen Gebäude zu bewundern, die dort wild durcheinanderstehen – und die Waren, die wie Geschenke ausgestellt sind. Ich dippe meinen Finger in die Säcke voller Mandeln, kühl wie Flusskiesel, oder atme den Geruch saurer goldener Zitronen ein.

Abends treffen wir uns alle wieder, genießen die kühleren Temperaturen, essen und hören Grammophon-Platten. Die ständig wechselnde Runde von Künstlern, die sich in der Villa aufhält, ist schwer im Auge zu behalten, doch nur Klaus, Ursula und Ben bleiben auf dem Gelände, und sie sind es, zu denen es mich hinzieht.

Wie Bens Gemälde enthalten die von Klaus Formen und Farben, die nichts ähneln, das ich je zuvor gesehen habe. Mit Sicherheit sind sie weit entfernt von den Gemälden, die wir in Langton Hall hatten, ehe sie alle verkauft wurden. Klaus' und Bens Arbeit ist abstrakt, erklären sie mir – sie sind interessiert an Modernität, Energie, Bewegung. Ich verstehe die Kunst nicht wirklich, die sie erschaffen, aber ich verstehe die Ruhelosigkeit, die sie beschreiben.

Ursula ist Dichterin und schreibt Theaterstücke. Sie spricht über jemanden namens Brecht, der eine Art Mentor für sie zu sein scheint. Ich habe noch nie von ihm gehört, doch wenn sie den Mann erwähnt, sehen die anderen beinahe ehrfürchtig aus, und aus der Art, wie sie über ihn sprechen, schließe ich, dass es eine große Ehre ist, ihn zu kennen. Seinem Namen wohnt eine gewisse Art von solider Schwere inne.

Inmitten all der Künstler fühle ich schmerzlich, wie wenig ich selbst über Kunst weiß, und ich höre zu, versuche, alles in mich aufzunehmen, freue mich an der Erfahrung, etwas Neues zu lernen. Aber wie sehr unterscheidet sich diese Sorte des Lernens vom Lernen aus den Büchern in Langton Halls zugiger Bibliothek! Neben allen anderen Nachteilen ist unsere Bibliothek zudem hoffnungslos veraltet (bis auf die wissenschaftlichen Werke, denn da habe ich beherzt eingegriffen), und die Ideen und Meinungen, die ich am Tisch meines Onkels hier höre, sind mir sämtlich auf fast einschüchternde Weise neu.

»Aber warum«, frage ich eines Abends, als wir vor den Resten eines köstlichen Essens sitzen, »warum malt ihr, warum schreibt ihr *jetzt* auf diese neue Art?«

Eine Pause entsteht, während sie offenbar nachdenken.

»Ich nehme an, es hat mit dem Krieg zu tun«, sagt Ben und lässt den Drink in seinem Glas ein wenig kreisen; starrt mit gerunzelter Stirn hinein, als wäre dort die Antwort zu finden. »Danach gab es etwas, das sie Rückkehr zur Normalität nannten. Eine Art ... Zwang, etwas Normales, Gewöhnliches zu tun nach all diesen Schrecken. All das ist es, was ...« Er bricht ab, voller Unbehagen. Wir sind zu jung, um uns wirklich an den Krieg zu erinnern, aber er hängt noch immer über uns. Über jedem.

»Rückkehr zur Normalität«, wiederhole ich nachdenklich.

Ben nickt. »Ja. Zu den vertrauten Dingen, verstehst du.« Er stellt sein Glas zurück auf den Tisch und gestikuliert lebhaft, während er spricht. »Zu ... Objektivität, denke ich. Es ist sicherer, die Ereignisse auf Abstand zu halten.«

»Jetzt« – Klaus nimmt den Faden von Bens Gedanken auf – »haben Matisse und Picasso ihre Arme dem Abstrakten geöffnet. Sie sind von der Tradition abgefallen, sie haben Platz geschaffen für etwas Neues und anderes, etwas Lebendiges, das nur aus dem Moment heraus entsteht ...«

»Ja. Ja!«, pflichtet Ben ihm bei. »Etwas, das sich auf das Heute konzentriert und nicht an das Gestern gefesselt ist.«

»Wie die Metamorphose einer Eintagsfliege«, sage ich gedankenverloren. »Sie verbringt ihr ganzes Leben im Wasser und bereitet sich auf den einen Tag vor, an dem sie in der Sonne tanzt.«

Alle sehen mich voller Neugier an, und ich erkläre gerne mehr. »Ihr lateinischer Name lautet *Ephemeroptera*«, sage ich. »Es kommt aus dem Griechischen, *ephemeros*, was bedeutet: nur einen Tag lebend.«

»Ephemerisch«, lässt sich Ursulas rauchige Stimme vernehmen. »Etwas Flüchtiges.«

»Exakt«, sage ich.

Ich habe die Malerei und die Dichtung immer als recht überflüssig angesehen, verglichen mit der Bedeutung wissenschaftlicher Entdeckungen, die Leben verändern können. Aber als ich jetzt diesen Menschen dabei zuhöre, wie sie voller Leidenschaft und Eifer über die Kunst sprechen, frage ich mich, ob ich etwas verpasst habe.

»Ich hätte nie erwartet, dass ich Kunst so interessant finden könnte«, sage ich.

»Es gibt nicht viel in dieser Welt, das interessanter ist, wenn du mich fragst.« Ben lehnt sich in seinem Stuhl zurück, seine Miene zeigt eine Art zufriedene Gewissheit.

»Na ja. Die Wissenschaft.«

»Wissenschaft?« Bens Augen glitzern im Kerzenlicht. »Kalt, unpersönlich«, sagt er geringschätzig. »Sie sammelt nichts als Fakten.«

»Die Biologie ist immerhin die Lehre des Lebens.« Ich lehne mich vor und packe die Armlehnen meines Stuhls. »Sie beschäftigt sich damit, dass wir unseren Platz im Universum finden. Dass wir die Mysterien der Natur erforschen. Wie könnte etwas so Komplexes und Schönes kalt sein? Die Wissenschaft untersucht, was es bedeutet, *lebendig* zu sein.«

Einen Moment lang hängen meine Worte in der Luft, und Ursula atmet einen langsamen Strom von Zigarettenrauch aus. In ihren Augen finde ich einen Schimmer von etwas wie Respekt.

Ich bin überrascht von ihrer Reaktion – überrascht von ihnen allen –, davon, wie neugierig sie sind, von der Aufmerksamkeit, mit der sie lauschen. In England wird mein wissenschaftliches Interesse als etwas Ungehöriges, Unweibliches abgetan, das man zum Schweigen bringen und geheim halten muss, niemals teilen oder diskutieren darf. Hier fühlt es sich plötzlich an, als würde mein Wissen geschätzt. Es macht mich ein wenig schwindelig.

Das Gespräch wendet sich anderem zu, doch ich sehe auf und merke, dass Ben mich noch immer anstarrt, als wäre ich ein Rätsel, das er nicht ganz lösen kann.

Am folgenden Morgen weckt mich Filomena mit einer Überraschung. Sie klopft an meiner Schlafzimmertür, einen breitkrempigen Strohhut auf dem Kopf und einen riesigen Koffer im Schlepptau.

»Was ist das?«, frage ich, als ich ihr öffne, und trete zurück, um sie einzulassen.

Sie wuchtet den Koffer aufs Bett. »Leo war gestern in der Stadt, und er hat das hier für dich mitgebracht. Ich hatte ihm eine Liste gegeben und ihm gesagt, wo er hingehen und mit wem er sprechen muss – er scheint seine Sache ganz gut gemacht zu haben.«

Ich öffne den Koffer. Und darin finde ich lauter Kleider: einen Regenbogen aus kräftigen Farben und verschiedenen Stoffen.

»Die … sind alle für mich?« Ich strecke die Hand aus, um einen Streifen Stoff durch meine Finger gleiten zu lassen. Er ist rot und seidig, so kühl wie Wasser auf meiner Haut.

»Selbstverständlich.« Filomena kramt herum. »Ah, hier. Ich glaube, die werden dir gefallen.«

»Hosen!«, rufe ich begeistert.

Ich durfte noch nie zuvor Hosen anziehen; ungeachtet meiner Proteste betrachtet Mutter sie immer als etwas, das nur »leichte Mädchen« tragen. Um ehrlich zu sein, all meine Kleidung ist, wie mir erst jetzt auffällt, ziemlich altmodisch und eher passend für ein Mädchen von zwölf als für eines von siebzehn Jahren. Beim Anblick von Filomena und Ursula – und selbst von Hero – ist es mir immer klarer geworden: Gegen ihre Kleider wirken die meinen altbacken und deplatziert.

Ich habe nie viele Gedanken an meine Kleidung verschwendet, sondern mich so angezogen wie alle Frauen, die ich kannte – vernünftig, preisgünstig, korrekt. Die Frauen hier in der Villa kleiden sich für *Freizeit*. Ihre Kleidung ist durchaus auch praktisch, sie schützt sie vor der Hitze, aber sie ist auch gewagt, modern, *hübsch*.

Ich nehme die Hose, die Filomena mir reicht. Sie ist aus leichtem Leinen, mit weiten Beinen und einer hohen Taille. Filomena zieht noch ein Paar Hosen heraus, gefertigt aus weichem, dunklem Stoff.

»Hosen sind viel praktischer für dich als die Kleider, Bea«, sagt sie. »Es ist wundervoll, wie du draußen herumrennst.«

Ich fühle einen Stich im Herzen, als sie das sagt. Wie ich draußen herumrenne war in der Vergangenheit immer ein Problem, nichts, das man ermutigen sollte. Nichts, wofür man passende Kleidung kaufen sollte. Es ist eine Kleinigkeit, doch es fühlt sich wichtig an, als müssten meine Kleider mir passen – und nicht umgekehrt wie bisher.

Da sind noch mehrere andere Hosen in dem Koffer, zusammen mit zwei Badeanzügen und einer Auswahl an Hemden mit Kragen und kurzen Ärmeln. Meine Kleider aus England sind alle eintönig pastellfarben – blasse, langweilige Schattierungen von Blau, Rosé und Flieder, noch zusätzlich ausgeblichen durch ihr Alter. Die Sachen auf dem Bett vor mir hingegen sind wie Juwelen – smaragdgrün, granatrot, violett wie Amethyste.

Ermutigt von Filomena probiere ich sie an, ein wenig scheu zunächst, doch bald drehe ich mich im Kreis und genieße das Gefühl der Seide auf meiner Haut, die neue Freiheit, die die Hosen mir bieten.

Ich stecke meine Hände in die Taschen und betrachte mich im Spiegel. Ich sehe so erwachsen aus. So anders. So frei. Der einfache Schnitt dieser Kleidung passt besser zu mir, als irgendein Kleid es je getan hat.

Filomena nimmt ihren Hut vom Kopf und setzt ihn auf meinen; sie lacht über mein breites, nicht enden wollendes Grinsen. »Sie gefallen dir also alle, Bea?«

»Ich liebe sie«, sage ich ehrlich. »Zum ersten Mal im Leben fühle ich mich wie ich. Ergibt das Sinn?« Ich schüttle den Kopf. »Ich hätte nie gedacht, dass Kleider das können. Es ist wie Magie.«

»Ja, das denke ich auch«, stimmt Filomena ernst zu. Sie mustert mich kritisch. »Sie sind ungewöhnlich, diese Hosen und Hemden, aber ich dachte, sie würden dir stehen, und ich hatte recht. Du siehst weiblicher aus in diesen Männersachen.« Sie grinst, ein schalkhaftes Grinsen, als wären wir Verschwörerinnen. »Ein paar Köpfe werden sich nach dir umdrehen, denke ich«, sagt sie, und ich erröte.

»So, ich bin fertig damit, die gute Fee zu spielen, und ich muss wieder an die Arbeit. Wenn ich im Atelier bin, weiß meine Muse, wo sie mich findet.«

»Nun, dann kann die Muse *mich* am Pool finden. Jetzt, wo ich endlich einen Badeanzug habe, kann ich es nicht erwarten, zu schwimmen.«

»Wenn du das vorhast, tu es lieber gleich jetzt«, sagt Filomena fröhlich. »Du hast diesen Nachmittag eine Stunde in Malerei, vergiss das nicht.« Sie lächelt über mein zweifelndes Stirnrunzeln. »Oh ja. Zeit, nach all den schönen Tagen hier ein wenig für deinen Unterhalt zu arbeiten.«

KAPITEL 14

Nach einer wunderbaren Runde im Pool kehre ich zu meinem Zimmer zurück und finde an der Tür eine Nachricht vor:

Auf der Terrasse um 3.

Das ist alles, was dort steht, rasch hingekritzelt.

Aus irgendeinem Grund habe ich ein komisches Gefühl dabei, alleine Zeit mit Ben zu verbringen; da ist ein kleines nervöses Flattern in meinem Bauch. Weshalb? Ich frage mich, ob ich das Gleiche fühlen würde, wenn Klaus mich unterrichten sollte. Ich stelle es mir vor, aber nein, daran scheint nichts alarmierend zu sein. Auf jeden Fall stellt sich kein Flattern im Bauch ein.

Dies ist ungewöhnlich und nicht gerade willkommen. Was ich brauche, sind Informationen. Fakten. Daten. Ich bin jungen Männern nie viel … sagen wir: ausgesetzt gewesen. Ich werde Ben genau beobachten und versuchen, meine Reaktion auf ihn zu normalisieren. Ich werde höflich sein. Liebenswürdig. Ich werde ihn mit kühler Distanz behandeln, genau wie eine interessante Spezies von Insekt in einem Marmeladenglas.

Ich wasche mich und schlüpfe in meine neuen Leinenhosen und ein frisches weißes Hemd mit kurzen Ärmeln. Dann stecke ich das Hemd in den Hosenbund und wende mich dem

Spiegel zu, um mich zu betrachten. Bei dem ungewohnten Anblick weiten sich meine Augen. Ich hebe erst das eine Bein und dann das andere, ich stecke meine Hände in die Taschen. (Taschen! Welch eine Freude!) Die Hosen schmiegen sich leicht und weich an meine Beine, und die Art, auf die sie mir erlauben, mich frei zu bewegen, ist wahrhaft aufregend.

Ich muss zugeben, Filomenas Entscheidung hat sich als treffsicher herausgestellt.

Das Hemd ist oben am Hals offen, und meine leicht sonnenverbrannte Haut verliert etwas von ihrem ungesunden Rotton und verwandelt sich neben dem Weiß der Baumwolle in etwas eher Goldenes. Statt auszusehen, als wäre ich in meine Kleider hineingepresst worden wie eine zu gut gestopfte Wurst, passt sich dieses Outfit meinen Kurven an; der männliche Schnitt betont sie sogar auf eine Art, die mich überrascht und fast ein wenig erröten lässt. Ich bändige meine dunklen Locken zu einem langen Zopf und greife nach dem breitkrempigen Strohhut, um das Ganze abzurunden. Schließlich betrachte ich ein Spiegelbild, das ich bin und das gleichzeitig jemand anderes ist – ein Mädchen, das kurz davorsteht, ein Abenteuer zu erleben.

Um zehn vor drei sitze ich draußen auf der Terrasse, in den Händen eine Tasse Tee. Ich nippe daran und zucke zusammen, als ich bemerke, dass ich den Tee habe kalt werden lassen. Ich glaube, dies ist das erste Mal seit meiner Ankunft hier, dass ich irgendwo zu einer bestimmten Uhrzeit sein muss. Wenigstens habe ich die Zeit weise genutzt, indem ich mindestens vier der krümeligen Mandelkekse gegessen habe, die Rosa für uns hingestellt hat.

»Oh, da bist du.« Es ist Ben, und seine Stimme klingt ungeduldig, so als hätte er mich stundenlang gesucht und nicht genau zur richtigen Zeit am richtigen Ort vorgefunden. Ich bemerke, wie seine Augen sich weiten, als er mein neues Outfit mustert.

»Hier bin ich.« Ich lächle ermutigend.

Für einen Moment sagt niemand von uns mehr etwas. Ben betrachtet mich nur mit einem leisen Stirnrunzeln.

»Sollen wir gehen?«, frage ich endlich.

»Gut«, sagt Ben. »Ich habe mich im Garten eingerichtet. Kommst du?«

»Es wäre mir ein Vergnügen.« Vielleicht übertreibe ich es jetzt ein wenig, und sicherlich ist der Blick, den Ben mir zuwirft, als wir losgehen, nicht gerade freundlich.

»Machst du dich lustig über mich?«

»Würde dich das nervös machen?«, frage ich interessiert. Ich wünschte, ich hätte Stift und Notizblock mitgebracht, um diese Sorte Information festzuhalten.

Ben bleibt stehen und sieht mich streng an. »Was soll das für ein Spiel werden, Beatrice?«

»Kein Spiel. Ich versuche lediglich, höflich zu sein.«

»Genau das bereitet mir Sorge.«

»Vielleicht könntest du es auch mal versuchen«, murmle ich leise; ich kann einfach nicht widerstehen. Ich weiß, dass Ben genauso wenig Lust auf diese sinnlosen Unterrichtsstunden hat wie ich, aber ich finde, er könnte etwas würdevoller damit umgehen.

»Da wären wir«, bemerkt er unnötigerweise, als wir in einer kleinen schattigen Ecke des Gartens ankommen, in der zwei Staffeleien aufgestellt sind. Wir sind auf einem kleinen gepflasterten Platz, umstanden von Bäumen, und die Staffeleien stehen so, dass man von dort aus zurück zum Haus sehen kann. Man hat von hier einen schönen Blick auf die Villa, deren Mauern in zartem Rosé glühen, beinahe zyklam unter der Sonne. Die wild wuchernde rote Bougainvillea auf der Pergola ist auf einer Seite gerade noch zu sehen, und Tupfen von Grün und Gelb aus dem Garten vervollständigen das Bild. Es sieht schon so aus wie ein Gemälde.

»Also«, sage ich und stelle mich vor eine der Leinwände. »Wie genau geht das?«

»Nun, das generelle Ziel der Malerei ist es, die Leinwand zu bemalen.«

Er hat einen kleinen Tisch zwischen den Staffeleien platziert, auf dem Paletten, kleine Tuben mit Farbe, Pinsel und Marmeladengläser mit Wasser stehen.

»Lass uns zuerst sehen, womit wir arbeiten, ja? Wir können mit einer Landschaft beginnen. Wähle den Ausschnitt, den du malen willst, und fang einfach an.«

»In Ordnung«, sage ich. Die Leinwand sieht plötzlich sehr groß und sehr weiß aus. »In Ordnung.«

Ich stelle mich etwas aufrechter hin und nehme einen Pinsel, tauche ihn vorsichtig in die rote Farbe und betrachte die Szene kritisch.

Das Haus, die Pergola und die Blumen.

Ich kann das alles mit meinen Augen wahrnehmen. Wie schwer kann es sein, dieses Bild mit meiner Hand umzusetzen?

Ben sieht zu, wie ich beginne, dann tritt er an seine eigene Staffelei und fängt ebenfalls an zu arbeiten. Unglücklicherweise bin ich nicht sehr erfolgreich, während Ben rasch in dem aufgeht, was er tut. Ich kann definitiv den Ausblick vor mir sehen, und ich kann die verschiedenen Linien und Formen sehen, aber irgendetwas geht verloren, als ich versuche, diese Linien und Formen in mein Bild zu übertragen.

Da ist eine Art gequetschtes oranges Viereck auf meiner Leinwand, wo das Haus sein sollte, und irgendwie schwebt es. Als ich versuche, die Leere darum herum auszufüllen, sieht es noch schlimmer aus. Ich streiche mir das Haar aus den Augen und merke, dass ich mir Farbe ins Gesicht geschmiert habe.

Nach einer Weile – wie lang, weiß ich nicht, aber es fühlt sich an wie Stunden – hört Ben auf zu arbeiten und murmelt etwas, das klingt, als freue er sich. Er lässt den Pinsel in ein Wasserglas fallen, und er macht ein klingelndes Geräusch, als er darin von Seite zu Seite hüpft. Ben rollt seine Schultern und streckt sich, blinzelnd, als sei er eben aufgewacht.

»Also.« Er wendet sich mir zu. »Wie bist du vorangekommen?« Seine Stimme klingt glücklicher jetzt, entspannter.

»Es ist nicht genau so geworden, wie ich es mir vorgestellt hatte«, murmle ich, und ich kann fühlen, wie mir heiß wird vor Scham, als er hinter mich tritt. Das Bild auf meiner Leinwand ist absolut schrecklich, und es ist noch immer das Beste, was ich hinbekomme. Vor ihm zu versagen gibt mir ein Gefühl von Verletzlichkeit, und ich glaube, wenn er sich jetzt über mich lustig macht, kann ich ihm nicht vergeben.

»Du hast die Perspektive nicht ganz hinbekommen«, sagt Ben hinter mir. Zu meiner großen Erleichterung klingt er nicht, als mache er sich lustig. Seine Stimme ist ruhig, und er steht so nah, dass ich die Wärme seines Körpers in meinem Rücken spüren kann. »Du musst diese Linie hier verkürzen.« Er lehnt sich vor, zeigt auf eine meiner krummen orangen Linien, und sein Arm streift meinen. »Und das hier ist näher, siehst du? Also musst du das länger machen.« Damit nimmt er mir den Pinsel aus der Hand und bringt eine rasche Änderung an. Es ist alles immer noch eine fürchterliche Unordnung, aber wenigstens sieht diese eine Ecke jetzt besser aus.

Ich seufze. »Bei dir wirkt es so einfach. Warum konnte ich es nicht sehen?«

»Du wirst. Man braucht Übung.«

»Ich auf jeden Fall«, sage ich mürrisch.

»Mmm«, murmelt Ben, zur Abwechslung überraschend diplomatisch. »Übung kann nicht schaden. Jetzt versuch du es mit dieser Ecke hier.«

In dem Versuch, mich an seine Ratschläge zu erinnern, mache ich einige linkische Änderungen. Es ist besser, aber noch lange nicht richtig.

»Fast«, sagt er, und noch einmal zeigt er auf verschiedene Linien, hilft mir zu sehen, was geändert werden muss.

Wieder löst sich eine Locke meines Haars, und ich versuche sie verärgert mit farbverschmierten Fingern wegzuwischen.

»Hier«, sagt er. »Lass mich das für dich machen.«

Ich spüre seine Finger, die leicht über meine Stirn und dann seitlich meinen Hals hinabstreichen, es geschieht wie in Zeitlupe, und es ist, als folge ein Funkenregen ihrer Spur. Meine Haut knistert unter der Berührung, mein Mund ist trocken, und mein Gehirn fühlt sich leer an, als ich zu Ben hochschaue, dieses eine Mal sprachlos.

Ben sieht mich eine Weile an, ehe er sich räuspert.

»Du bist ja ganz voller Farbe«, sagt er schließlich, nimmt meine Hand in seine und hält sie hoch, sodass ich es sehen kann.

»Oh«, bringe ich nur heraus und starre die Hand an, als hätte ich sie nie zuvor gesehen, völlig verwirrt von meiner Reaktion auf seine Berührung. Seine Finger umfassen mein Handgelenk, sein Griff ist sanft, seine Hand warm.

»Wir sollten dir vielleicht einen Kittel besorgen. Wollen diese neuen Kleider nicht gleich schmutzig machen.«

Er lässt mein Handgelenk los und macht einen Schritt zurück, bringt etwas dringend benötigten Abstand zwischen uns, erlaubt der Luft, in meine Lungen zurückzuströmen.

»Du hast doch nicht vor, am Ende jeder Stunde auszusehen, als hättest du dich in der Farbe gewälzt?«

»Kein Grund, mit mir zu reden wie mit einem Kind«, erwidere ich steif.

»Das habe ich nicht«, sagt er mit einem Grinsen. »Ich stelle nur objektive, beobachtbare Fakten fest. Wie die, die du so liebst.«

»Nun, in diesem Fall sollte ich objektiv betrachtet besser gehen und mich umziehen.« Ich halte meine Stimme absichtlich kühl. »Vielen Dank für die Unterrichtsstunde.«

»Willst du wissen, was ich denke?«, fragt Ben langsam.

»Nicht unbedingt.«

»Ich denke, du kannst mich nicht so wenig leiden, wie du es gerne glauben würdest«, sagt er mit dieser weichen Stimme, die ich ihn gegenüber anderen Mädchen habe benutzen hören. Und da ist auch dieses flirtende Augenzwinkern.

»Oh?« Ich hebe meine Augenbrauen. »Ist dies der berühmte Charme, von dem ich so viel gehört habe?«

Er sieht ertappt aus.

»Ich habe nichts gegen dich, Ben, aber du kannst dir die Vorführung sparen«, sage ich, leicht amüsiert jetzt. »Ich habe diesen Charme schon in Aktion gesehen, und ich bin sicher, er funktioniert wunderbar bei manchen Leuten, nur fürchte ich, bei mir zieht er nicht.«

Etwas, das ich nicht identifizieren kann, leuchtet in seinen Augen auf.

»Oh wirklich?«, fragt er sanft.

»Wirklich.« Ich nicke.

»Wie schade.« Seine Stimme ist leise, er kommt ein wenig näher, und das prickelnde Gefühl der Spannung zwischen uns wächst wieder. Mein Herz schlägt unregelmäßig in meiner Brust. Kurz darauf sind wir uns so nah, dass ich sicher bin, er hört es auch. Ich hebe mein Kinn und sehe hinauf in seine so blauen Augen. Genau das gleiche Blau wie auf den Flügeln eines Schwalbenschwanzes, stelle ich fest.

»Möchtest du einen Kuss von mir, Bea?«, fragt er sacht.

Ich ziehe scharf die Luft ein. Will ich, dass er mich küsst? Mein Körper scheint der Meinung zu sein, dass ja, wenn man bedenkt, dass er sich gerade ihm zuwendet wie eine Blume der Sonne.

»Absolut nicht«, sage ich, erleichtert zu hören, dass meine Stimme fest und stabil klingt.

»Nun, dann küsse ich dich nicht.« Seine Stimme ist immer noch leise. Vertraulich.

»Jedenfalls« – einer seiner Mundwinkel zieht sich zu einem Grinsen nach oben – »nicht, bis du mich darum bittest. Höflich.«

Ich mache einen Schritt zurück, unfähig zu glauben, dass sein grinsender Mund noch vor Sekunden so anziehend wirkte. »Das wird nicht geschehen«, sage ich sehr überzeugt, und das nervöse Gefühl in meinem Bauch gefällt mir gar nicht.

»Wir werden sehen«, antwortet er, so leichthin, dass es mich wütend macht. Ich schenke ihm das kühlste, ruhigste Lächeln, das ich zustande bringe, dann drehe ich mich auf dem Absatz um und gehe. Sein selbstgefälliges Lachen folgt mir, als ich in den von Bäumen gesäumten Weg einbiege, entschlossen, so viel Abstand zwischen uns zu bringen wie möglich.

KAPITEL 15

Als ich eilig um eine Ecke biege, stoße ich mit Ursula zusammen.

Sie trägt weite rote Seidenhosen und ein pfauenblaues Hemd, eine große Sonnenbrille mit einem blauen Rahmen sitzt auf ihrer Nase, und ihre Lippen sind scharlachfarben. Sie sieht aus wie ein besonders bezaubernder Schmetterling.

»Oh, tut mir leid«, sage ich und strecke eine Hand aus, um sie zu halten, damit sie nicht fällt.

»Vorsicht!« Sie macht einen Satz zurück und starrt meine farbverschmierten Finger an, obwohl die inzwischen weitgehend getrocknet sind.

»Wie kommt es«, fragt sie, ausdrucksvoll eine Augenbraue erhoben, »dass du ständig mit Farbe bekleckert herumrennst?«

»Genau genommen ist dies erst das zweite Mal«, antworte ich.

Ich bin noch immer durcheinander von dem seltsamen Moment mit Ben, doch das Adrenalin ist abgebaut, ersetzt von einer merkwürdigen, bis in die Knochen reichenden Erschöpfung. Ich bin nicht sicher, dass ich mich in der Lage befinde, ein Wortgefecht mit Ursula zu führen. Ihre Stimmungen schwanken; im einen Augenblick ist sie zurückgezogen und im nächsten voller Leben und Enthusiasmus.

Sie sieht mich einen Moment lang an. Dann dreht sie sich um.

»Komm mit«, sagt sie und geht weiter den Weg hinunter, auf dem wir uns befinden, ehe sie einen kleinen schmalen Pfad entlang verschwindet, der nach rechts abbiegt. Sie dreht sich nicht um, um zu sehen, ob ich ihr folge, aber natürlich tue ich das, überrascht von dem schnellen Schritt, den sie vorgibt. Ich haste ihr nach durch die Bäume und stelle fest, dass ich mich einem Gebäude nähere, das ich vorher nie gesehen habe.

Es ist eine kleine, niedrige, etwas baufällige Holzhütte. Eine Veranda führt um die Außenseite herum, und eine Garnitur etwas mitgenommener Korbmöbel mit verblassten Kissen schart sich an der Vorderseite um einen Tisch voller Flaschen und schmutziger Gläser.

»Los, komm!«, ruft Ursula über die Schulter, und ich folge ihr zu diesem faszinierenden Gebäude. Ich dachte, ich hätte alle Geheimnisse der Villa erkundet, doch hier zeigt sich, dass es noch immer verborgene Ecken und Winkel gibt, die darauf warten, entdeckt zu werden.

»Wo sind wir?«, frage ich und sehe mich um an dem von Licht und Schatten gesprenkelten Ort, den Stechpalmenbäume säumen. Offenbar ist dies eine künstlich geschaffene Lichtung, doch es wirkt ein wenig wie eine Holzfällerhütte aus einem Märchen.

»Leo nennt es das Sommerhaus«, sagt Ursula, die auf der Veranda stehen geblieben ist. »Ziemlich euphemistisch, ich weiß. Er hat es vor ein paar Jahren in einem Anfall von Übermut bauen lassen und dann prompt vergessen. Es war ein bisschen runtergekommen, als wir ankamen. Er und Filomena haben mir erlaubt, es zu nutzen, während ich hier bin.«

Als wir näher kommen, sehe ich, dass das Gebäude wirklich recht vernachlässigt aussieht. Das Dach ist geflickt, und der Holzveranda fehlen mehrere Bodenbretter. Von dort, wo ich stehe, kann ich durchs Fenster in einen großen quadratischen Raum mit einem ungemachten Bett und einem kleinen Schreibtisch an der Wand sehen. Auf dem Boden sind Hunderte von Blättern verteilt.

»Hier gibt es Wasser«, sagt Ursula und wedelt mit der Hand, und ich gehe ihr nach und sehe, dass sich seitlich des Hauses eine Wasserpumpe befindet. »Du kannst dich waschen.«

Sie verschwindet und lässt mich allein, damit ich mich säubern kann. Das Wasser, das aus der Erde heraufkommt, ist eisig, und ich wasche meine Hände, entferne die Farbflecke, die bis zu meinen Ellenbogen hinaufreichen, und ringe nach Atem vor Kälte. Ein Stück italienischer Seife liegt neben der Pumpe, und sie hinterlässt einen Geruch von Minze und Eisenkraut auf meiner Haut, einen sauberen, süßen Duft, der meine Lebensgeister wieder weckt. Ich wasche auch mein Gesicht und bemerke, dass zwar Farbe auf meinem Hemd ist, meine Hose jedoch unbehelligt davongekommen zu sein scheint. Am Ende streiche ich das Haar aus meinem Gesicht und winde es zu einem Knoten, danach fühle ich mich so präsentabel, wie es möglich ist, ohne mich umzuziehen.

Als ich um das Haus herum zurück zur Veranda gehe, finde ich Ursula dort, die Drinks mischt, ihre Sonnenbrille ins Haar zurückgeschoben, eine unangezündete Zigarette zwischen den Lippen.

»Ah«, sagt sie an der Zigarette vorbei. »Hier. Nimm das.«

Sie hält mir ein Glas mit einem ordentlichen Schuss einer dunklen, kaffeefarbenen Flüssigkeit hin, und ich nehme es.

Dann greift sie mit der freien Hand in die Tasche und zieht ein Feuerzeug heraus, entzündet ihre Zigarette und inhaliert tief, ehe sie auf einen der niedrigen Korbsessel zeigt.

»Bitte, setz dich«, sagt sie und bläst einen dünnen Rauchfaden durch die Lippen. »Zigarette?«

»Nein danke.« Ich schüttle den Kopf, etwas verblüfft über all diese Gastfreundschaft. Der Sessel ist groß genug für mich, um die Füße hinaufzuziehen, also streife ich meine Schuhe ab und schlage die Beine unter. Durstig nehme ich einen Schluck aus meinem Glas und schnappe nach Luft, als die Flüssigkeit flammend scharf meine Kehle hinabrinnt und sich in meiner Brust ausbreitet. Ursula grinst, und ich versuche, unbewegt auszusehen, als sie sich auf den Sessel mir gegenüber setzt, in derselben Pose wie ich.

»Was ist das?«, frage ich und nicke zu meinem Glas hin.

»Nocino«, sagt Ursula. »Sie machen ihn aus Walnüssen. Ich bekomme meinen von einer Frau im Dorf. Sie schwört, ihre Familie hätte das beste Rezept.«

Eine Weile sitzen wir schweigend da; die einzigen Geräusche kommen vom Orchester der Vögel und Zikaden, deren Musik auf einer leisen Brise zu uns getragen wird. Nach dem anfänglichen Brennen des Drinks finde ich den Geschmack nicht unangenehm, ich nippe diesmal etwas vorsichtiger daran und fühle, wie sich mein Körper entspannt. Die Kühle des Schattens hier ist eine willkommene Erleichterung nach der drückenden Hitze.

»Du hattest also deine Kunststunde mit Ben«, sagt Ursula schließlich und bricht die Stille.

»Ja«, sage ich.

Sie sieht mich gespannt über den Rand ihres Glases hinweg an.

»Und fandest du die Erfahrung … erhellend?«

»Nicht wirklich«, antworte ich, ihren zweideutigen Ton ignorierend. »Ich fürchte, es hat mich nur darin bestätigt, dass ich kein Gramm künstlerische Begabung in mir habe.«

»Hmmm«, murmelt Ursula, zieht noch einmal an ihrer Zigarette und schließt ihre Augen halb, was sie auf interessante Weise katzenhaft aussehen lässt.

»Ich hatte mich gefragt, ob du von Ben etwas anderes als das Malen gelernt hast.«

Ich nehme noch einen Schluck von meinem Drink. »Nein. Ehrlich gesagt haben wir uns kaum unterhalten. Ich bin nicht sicher, dass wir einander besonders leiden können.«

Ursula lässt ein kleines, unwilliges Lachen hören.

»*Ich* bin nicht sicher, ob du das wirklich glaubst oder nicht«, sagt sie.

»Natürlich glaube ich es«, erwidere ich und wische alle Zweifel weg. Dann zögere ich. »Wir hatten allerdings gerade einen … etwas sonderbaren Moment.«

Ich entscheide mich, jemandem von der Sache zu erzählen, und dieser Jemand kann genauso gut Ursula sein.

»Er hat gefragt, ob er mich küssen soll, und ich habe Nein gesagt. Aber das war das Ende der Geschichte.«

Ursula drückt ihre Zigarette in dem gesprungenen Porzellanaschenbecher neben sich aus und zuckt die Schultern; eine Bewegung, die durch ihren ganzen Körper läuft. »Ich dachte nur, dass jemand dich vielleicht warnen sollte.«

»Mich warnen?«, frage ich erschrocken.

Sie lehnt sich in ihrem Sessel zurück. »Ja, dich warnen.« Sie greift nach ihrer Zigarettenpackung und spielt mit einer weiteren Zigarette herum, ehe sie sie unangetastet zurücksteckt.

»Ben ist charmant.« Sie macht eine Pause, als ich dazu nur schnaube. »Oder jedenfalls kann er es sein. Aber er ist kein Mann für immer, Bea.« Ihre Stimme ist jetzt erstaunlich sanft. »Er ist nett, doch, wirklich – doch im Grunde ist er selbstsüchtig. Um es kurz zu machen …« Jetzt zieht sie die Zigarette doch aus der Packung und hebt sie zum Mund. »Er ist nichts für dich.«

Sie sagt dies sehr bestimmt, dann wendet sie sich ab, um die Zigarette anzuzünden.

»Aber ich will ihn doch gar nicht!«, erwidere ich, plötzlich irritiert. »Was du sagst, ist also irrelevant. Und«, füge ich hinzu, während ich einige rasche Schlüsse ziehe, »ich denke, *du* bist diejenige, die mehr von ihm erwartet.«

Sie sieht auf. »Ich mag dich, Bea«, sagt sie mit einem plötzlichen Lächeln. »Ich dachte nicht, dass ich dich mögen würde. Aber ich mag dich.«

Ich beobachte sie misstrauisch, doch in ihrem Blick liegt nichts als vollkommene Aufrichtigkeit.

»Vielleicht gab es eine Zeit, in der ich mir mehr von Ben erhofft habe«, sagt sie langsam. »Aber jetzt sind wir gute Freunde. Gerade deshalb bin ich besonders qualifiziert dafür, diese Warnung weiterzugeben. Du warst offensichtlich noch nie verliebt … Glaub mir, wenn ich dir sage, dass Ben nicht der Richtige ist, um damit anzufangen. Es sei denn, du legst es darauf an, mit gebrochenem Herzen zurückzubleiben.« Sie bläst einen weiteren Rauchfaden. »Ich habe dir meinen Rat gegeben. Mach damit, was du willst.«

Ich sitze einen Moment lang nur da und verarbeite, was Ursula gesagt hat.

»Schau«, sage ich endlich. »Du brauchst mir nicht zu sagen, dass Ben niemand ist, der sich häuslich niederlassen möchte. Warum nimmst du an, dass *ich* das vorhabe?«

»Weil du die typische junge englische Lady bist. Du bist Onkel Leos Nichte, also musst du aus gutem Hause stammen, und ist es nicht das, was ihr alle tut – euch häuslich niederlassen? Partys zur Einführung in die bessere Gesellschaft besuchen, gute Verbindungen knüpfen, heiraten?« Sie rümpft angewidert die Nase.

»Das ist es, was meine Eltern mich gerne tun sehen würden, aber glaub mir, wenn ich dir sage, dass ich *sehr* froh bin, von all dem wegzukommen«, erkläre ich kurz angebunden. »Ich bin ganz sicher nicht hier, um mir einen Ehemann zu angeln, wenn es das ist, worauf du hinauswillst. Meine Güte, ich bin siebzehn. Ich habe noch nicht mal wirklich *gelebt.*« Selbst ich kann die Frustration in meiner Stimme hören.

Ursula lächelt. »Verstehe. Wo Klaus und ich herkommen, sind sie auch sehr traditionell. Wir waren nicht glücklich dort, aber wir hatten einander.« Sie macht eine kurze Pause. »Wir sind weggegangen, sobald wir konnten. Dann, ehe wir nach Italien kamen, waren wir eine Weile in Berlin, und es war so wundervoll dort. So frei. Es passierte so viel, so viel Kreatives.« Ihre Stimme glüht jetzt förmlich, ihre Augen sind groß und strahlen, als wären sie von innen erleuchtet. Doch dann verschwindet das Licht und macht einem gequälten Ausdruck Platz. »Ich würde gerne nach dem Sommer nach Berlin zurückkehren, aber ich denke, das geht nicht.«

»Warum nicht?«, frage ich.

»Es wird zu gefährlich in Deutschland. Vor allem für Menschen wie Klaus und mich, die genug jüdisches Blut in sich haben, um als … problematisch betrachtet zu werden. Wenn die Dinge so weiterlaufen wie im Moment, fürchte ich, dass es für Leute wie uns bald schwierig werden könnte, dortzubleiben. So viele gehen bereits.«

Ich schaudere. Es ist eine Sache, die nüchternen Zeitungsberichte zu lesen, die uns aus Deutschland erreichen, aber sie enthalten nur vage Hinweise. Dies hier fühlt sich sehr real an.

»Das tut mir leid«, sage ich unpassenderweise, und sie schüttelt den Kopf.

»Sprechen wir lieber über Ben. Wenn du nur eine vorübergehende Beziehung willst, ist es etwas anderes«, sagt sie, offenbar froh, das Thema zu wechseln. »Aber selbst dann – du hast nicht die Erfahrung, dich mit einem gewieften Verführer wie Ben zu messen.«

»Ich denke, ich kann mich gegen ihn behaupten, vielen Dank«, sage ich fest. »Er ist weder so schlau noch so charmant, wie er glaubt. Obwohl ...« Ich zögere. »Obwohl du durchaus recht damit hast, dass ich keine großartige Erfahrung auf dem Gebiet der ... Verführung habe.«

Das ist eine Untertreibung.

»Tja, Liebes.« Eine neue Sorte von Lächeln kräuselt sich auf Ursulas Lippen, und ihre Stimme wird zu einem Schnurren. »Wenn du einen Rat auf *diesem* Gebiet brauchst, bist du zur richtigen Person gekommen.«

KAPITEL 16

Was folgt, ist recht erhellend. Mein Glas wird in der nächsten entspannten Stunde ein paarmal wieder aufgefüllt, und Ursula und ich reden.

Oder eigentlich redet sie. Sie breitet die Geschichten ihrer verschiedenen romantischen Beziehungen vor mir aus, und eine ist skandalöser als die andere. Ich bin ziemlich sicher, dass sie versucht, mich zum Erröten zu bringen, doch es gibt nichts Neues unter der Sonne, wie man sagt, und wenn man die Welt der Natur so genau beobachtet hat, wie ich es habe … Nun, sagen wir einfach, es ist viel schwieriger, mich zu schockieren, als sie vielleicht denkt.

»Die Bienenköniginnen paaren sich mitten im Flug, weißt du«, sage ich an einem Punkt der Unterhaltung. »Aber die männliche Biene stirbt wenig später, weil ihre Geschlechtsorgane während der Kopulation aus ihrem Körper gerissen werden.« Ich nippe gedankenvoll an meinem Drink. »Ich frage mich, ob es das wert ist.«

Ursulas Augenbrauen schießen empor, und sie sieht mich an, als hätte ich ihr damit den Wind doch sehr aus den Segeln genommen. »Ich nehme an, da musst du die Biene fragen«, murmelt sie schließlich. Dann steht sie auf, streckt sich und hält mir ihre Hand hin. »Komm mit. Lass mich dich herumführen.«

Sie zeigt mir den Rest des Sommerhauses – nicht dass da eine Menge zu zeigen wäre –, und es stellt sich heraus, dass das, was ich drinnen auf dem Boden habe liegen sehen, die Seiten ihres aktuellen Manuskripts sind, alle in einer engen, zackigen Schrift. Sie schreibt draußen, sagt sie, und tippt ihre handgeschriebenen Texte danach drinnen auf der rostigen Schreibmaschine ab, die auf dem Tisch steht.

»Ich kann dieses Ding nicht wirklich mit mir herumschleppen«, erklärt sie und nickt zu der klobigen Maschine hin. »Und es liegt etwas in der Luft hier … Ich komme so gut voran! Es ist nicht der Ort, es sind die Menschen. Filomena hat etwas Außergewöhnliches erschaffen. Die Ideen, die Diskussionen …« Sie verstummt, doch ich nicke bereits zustimmend. Ich verstehe das Gefühl, das sie beschreibt. Es ist etwas, das ich ebenfalls fühle.

Endlich beschließe ich, Ursula ihrer Arbeit zu überlassen, und mache mich auf den Rückweg. Als ich die Pfade entlanggehe, stelle ich fest, dass ich etwas unsicher auf den Beinen bin. Auf der Terrasse entdecke ich Filomena, ins Gespräch versunken mit Ben. Es ist seltsam, ihn so bald nach diesem Nachmittag wiederzusehen, vor allem nach meiner Konversation mit Ursula.

»Bea!«, ruft Filomena. »Gerade die Person, die ich sehen wollte.« Sie sieht so ruhig aus wie immer, aber Bens Ausdruck ist ungewöhnlich besorgt. »Alles in Ordnung mit dir?«, fragt sie und mustert mein Gesicht von Nahem. »Du bist ganz rot.«

»Ein bisschen zu viel Sonne«, murmle ich.

»Ah.« Sie lächelt. »Vielleicht möchtest du dich etwas ausruhen vor dem Abendessen?«

Ich nicke zustimmend und bemühe mich, nicht zu schwanken. »Absolut.«

»In den nächsten paar Stunden erwarten wir noch mehr Gäste«, fährt Filomena fort. »Ich sollte also sehen, dass ich mit den Vorbereitungen weiterkomme.« Mit einem Winken, das ihre goldenen Armreife zum Klingeln bringt, wirbelt sie davon ins Haus und ruft mit ihrer melodischen Stimme nach Leo.

»Wie fühlst du dich?«, fragt Ben.

»Gut.« Ich schenke ihm ein großzügiges Lächeln. »Absolut und ohne Frage gut.«

Ein Grinsen wie das der Grinse-Katze aus Alice im Wunderland breitet sich über sein Gesicht.

»Du bist betrunken«, stellt er fröhlich fest.

»*Du* scheinst betrunken zu sein«, sage ich, ohne nachzudenken. »Ich meine, ich bin *nicht* betrunken.« Ich schüttle den Kopf und versuche, den Gesprächsfaden zu fangen, der mir durch die Finger zu gleiten droht. »Ich *hatte* einen Drink. Aber ich bin *nicht* betrunken.« Obwohl die Welt um mich ehrlich gesagt eine recht verwaschene Form angenommen hat; an den Ecken flimmert alles ein wenig.

Bens nervtötendes Lächeln flimmert als Einziges nicht, und es macht mich unverhältnismäßig ärgerlich, dass er so selbstsicher ist. Ich sehe ihn mit zusammengekniffenen Augen an, plötzlich wütend über die Perfektion seines Gesichts.

Wozu muss irgendjemand so ein Gesicht haben? Kein Wunder, dass es ein Mädchen verwirrt und aus der Bahn wirft.

»Warum starrst du mich so an?«, fragt er.

»Dein Gesicht«, sage ich und zeige anklagend auf ihn, »ist ein Ärgernis.«

Bevor ich mehr sagen kann, gehe ich lieber hinein und hinauf zu meinem Zimmer. In meinem Kopf dreht sich alles.

Eins ist sicher, entscheide ich – der *Nocino* ist kein Freund von mir.

Zurück in meinem Zimmer gieße ich mir ein großes Glas Wasser aus dem Krug auf dem Nachttisch ein, dann liege ich eine Weile einfach auf meinem Bett und warte darauf, dass die Wände aufhören zu wanken. Ich verfluche Ursula und ihren Nocino und verbanne sie in Gedanken an einen dunklen Ort. Dumpfe Kopfschmerzen beginnen, hinter meinen Augäpfeln zu klopfen, und meine Arme und Beine fühlen sich müde und schwer an. Ein Bild taucht ungebeten vor meinem inneren Auge auf: Bens Gesicht, direkt vor mir, als er gefragt hat, ob er mich küssen soll. Ich schließe die Augen ganz fest.

Als ich sie wieder öffne, ist das Zimmer dunkel, und ich weiß einen Moment lang nicht, wo ich bin. Mein Magen knurrt ungnädig. Es muss Abendessenszeit sein.

Ich stütze mich auf die Ellenbogen und schüttle versuchsweise den Kopf. Er schmerzt noch ein wenig, aber das Gefühl, alles verschwommen zu sehen, ist fort. Nach einer raschen kalten Dusche fühle ich mich viel besser, und ich schlüpfe in ein sauberes Hemd.

Erst da bemerke ich den Umschlag auf dem Nachttisch. Ich erkenne die leicht blumige Handschrift sofort – sie gehört meiner Mutter.

Ich setze mich aufs Bett, reiße den Umschlag auf und ziehe die nach Lavendel duftenden Seiten heraus, überfliege die Zeilen. Da ist der gewöhnliche Klatsch und Tratsch, ein paar aktuelle Informationen zu ihren gesellschaftlichen Kontakten, Neuigkeiten über die Töchter ihrer Freunde – die sich stets viel besser benehmen als ich – und deren Errungenschaften, die vor allem ehelicher Natur zu sein scheinen. Schließlich stoße ich auf einen Absatz, der mir einen eiskalten Schauer über den Rücken jagt.

Dein Vater und ich haben am Donnerstag einen sehr erfreulichen Abend mit den Astleys verbracht. Ich denke, es ist uns gelungen, den Großteil der Wellen zu glätten, die eine gewisse unerquickliche Szene im letzten Monat ausgelöst hat. Am Ende des Abends hat Cuthbert sogar zugegeben, dass er dein lebhaftes Temperament recht charmant findet! Ich glaube, es gibt noch Hoffnung, wenn du lernen kannst, deine Wildheit ein wenig zu zügeln, Beatrice. In der Tat hat Philip durchblicken lassen, dass er einer Verbindung zwischen euch ausgesprochen wohlwollend gegenübersteht.
Nun, Abwesenheit lässt, wie man so sagt, Herzen mehr füreinander empfinden; also wollen wir hoffen, dass sich dies im Falle des jungen Cuthbert als wahr herausstellt! Wirklich, Beatrice, gebildete junge Männer wachsen nicht auf Bäumen, und wir müssen beginnen, uns deiner Zukunft mit größerer Sorge anzunehmen …

Der Rest der Seiten verschwimmt vor meinen Augen, und ich zerknülle das Papier zwischen meinen Fingern, die leicht zittern. Eine altbekannte Schwere legt sich auf meine Brust. Mit ihm kommt die Erkenntnis; dass mein Besuch hier nicht mehr ist als eine vorübergehende Gnadenfrist von den Plänen meiner Eltern.

Na gut, denke ich, lasse den Brief zu Boden segeln und schiebe ihn mit dem Fuß unters Bett, außer Sichtweite. *Wenn das so ist, dann hole ich am besten so viel wie möglich aus dem hier heraus.*

KAPITEL 17

»Da steckst du!«

Ich blicke auf und finde Hero in der Tür.

»Kommst du mit raus in den Garten?«, fragt sie. »Die Leute, die heute Abend hier sind, hören und hören nicht auf, von Politik zu sprechen, und ich habe es satt.«

Ich zwinge mich zu einem Lächeln und verbanne Mutters Brief in den hintersten Winkel meines Gehirns. »Solange es eine Menge zu essen gibt«, sage ich. »Ich bin am Verhungern.«

Wir kommen zum Abendessenstisch und stellen fest, dass es natürlich eine Menge zu essen gibt und dass Hero recht hat: Die Politik bestimmt das Gespräch.

»Italien ist die Heimat der Kunst, der Kultur, der Zivilisation!«, ruft ein Mann und wedelt mit seiner Zigarette, um jeden Satz noch zu unterstreichen. »Wir sind die Kinder des römischen Reichs!«

»Also glauben Sie, es ist Ihre Geschichte, die Sie heute anderen überlegen macht, oder wie ist das zu verstehen?«, fragt ein anderer.

»Er hat nicht ganz unrecht, Liebling«, wirft eine Frau ein.

»Oh, ich hatte nicht bedacht, dass Sie schon so lange leben, dass Sie persönlich das Verdienst der Schlacht von Karthago für sich beanspruchen können!«

Das Gesicht des ersten Sprechers wird fleckig rot. »Unsere Geschichte lebt in unserem Blut. Sie ist unser Geburtsrecht. Mussolini versteht das …«

Ich nehme mir einen Teller und häufe gegrillten Fisch und Paprika darauf, während ich lausche. Das meiste, was ich über Mussolini weiß, kommt aus der Wochenschau, wo man enthusiastisch seinen Bemühungen applaudiert, das Land wieder aufzubauen: seinen Bemühungen darum, dass alles läuft wie ein Uhrwerk. Ich habe Stummfilme gesehen von jungen, starken Truppen, die in perfekt geraden Linien marschieren. Doch das Kalte, Mechanische daran hat mich mehr beunruhigt als beeindruckt. Während ich nicht so viel über Mussolini und Italien weiß, weiß ich doch etwas über Mosleys British Union of Fascists, und was ich dort beobachte, ängstigt mich.

»Aber sehen Sie sich Deutschland an«, sagt eine andere Stimme. »Sehen Sie sich an, was dort passiert! Das ist die Gefahr. Glauben Sie nicht, es könnte hier nicht passieren.«

»Sie können nicht leugnen, dass die Verhältnisse sich verbessern, jetzt unter Mussolini«, sagt Onkel Leo und nippt an seinem Wein. Er ist nicht allein – andere nicken.

»Was ist mit den Schwarzhemden?«, frage ich.

»Oh, nicht du auch«, stöhnt Hero leise. »Ich gebe auf.« Sie dreht sich auf dem Absatz um und stürmt zurück in Richtung Haus.

»Was weißt du über die Schwarzhemden?« Leos Lächeln ist nachsichtig.

»Dass einige ihrer Methoden wenig liebenswürdig sind«, sage ich ruhig. »Und dass, wenn man die Geschichte betrachtet, fanatischer Nationalismus gewöhnlich nicht gut endet.«

Eine kurze Stille entsteht, und Leo sieht mich voller Staunen an.

»Nun, als ich ihn traf, fand ich, Il Duce war recht charmant«, sagt eine zarte rothaarige Dame, ehe sie Ben, der eben auf der Terrasse erschienen ist, ein umwerfendes Lächeln schenkt. Die Debatte nimmt wieder Fahrt auf. Ich nutze die Gelegenheit, um in eine Scheibe warmen Brotes zu beißen, schließe kurz die Augen und huldige Rosas Genie.

»Schön, dich wiederzusehen, Simone«, murmelt Ben, schließt seine Finger um die der Frau und lächelt in ihre großen grünen Augen hinab. Der Blick, mit dem sie einander ansehen, ist ein langer, und ich frage mich plötzlich, ob sie schon miteinander im Bett waren. Dann schiebe ich den Gedanken fort. Es geht mich schließlich nichts an.

»Ah, Benedick«, seufzt sie. »Schön, dass du hier bist.«

»Benedick?« Ich ersticke halb an einem Lachen, und er schaut mich warnend an. Simone sieht herüber, und der Blick ihrer großen Augen schweift ohne Eile über mich und nimmt alles in sich auf; sie mustert mich vom Kopf bis zu den Zehenspitzen. Die Art, wie sie leicht die Nase rümpft und ihren Mund zu einem Ausdruck der Verachtung zusammenzieht, sagt mir, dass sie mich in jeder Hinsicht mangelhaft findet. Aus irgendeinem Grund amüsiert mich das eher, als dass es mich beleidigt.

»Komm und setz dich zu mir.« Sie wendet sich wieder ganz Ben zu und zeigt auf einen Stuhl. »Wir haben so viel nachzuholen.« Ihre Stimme ist ein Schnurren. Es ist alles so klischeehaft, und ich habe Ben diese Sorte von Szene jetzt so oft spielen sehen, dass ich es ziemlich lustig finde. Aber als ich hochschaue, bemerke ich, dass Ben sie gar nicht ansieht, er sieht mich an, und da ist etwas Merkwürdiges in seinem

Gesichtsausdruck. Ich frage mich, ob er ihren missbilligenden Blick aufgefangen hat.

Er zögert.

»Oh, kümmere dich nicht um mich, *Benedick*«, sage ich fröhlich. »Ich bin nur wegen des Essens da.«

Er starrt mich wütend an; er weiß, dass ich mich über ihn lustig mache, und das gefällt ihm nicht. Doch bevor er antworten kann, taucht Klaus neben mir auf.

»Da bist du ja!«, sagt er und lehnt sich näher zu mir. »Ursula und ich sind vor diesen Leuten geflohen«, flüstert er. »Fils Gäste heute Abend lassen ein wenig zu wünschen übrig.« Seine Augen ruhen einen Moment voller Widerwillen auf Simone.

»Was schlägst du vor?«, frage ich.

»Dass du mitkommst und mit uns picknickst natürlich«, antwortet Klaus prompt und schenkt mir ein Grinsen, das seine weißen Zähne auf vorteilhafte Weise präsentiert. »Wir sind unten beim Springbrunnen. Ursula hat mich raufgeschickt, um Wein zu holen. Und dich.«

»In dieser Reihenfolge, nehme ich an.«

Und jetzt ist es an Klaus, zu lachen. Seine Lippen sind ganz nah an meinem Ohr. »Deine einzige Aufgabe ist es, den Nachtisch ausfindig zu machen.«

»Du hast dir die Richtige ausgesucht für diese Mission«, erwiderte ich. »Rosa enttäuscht uns sicher nicht. Nimm das für mich mit, ja?« Ich reiche ihm meinen voll beladenen Teller, und er deutet eine Verbeugung an.

»Zu deinen Diensten, Lady Bea, wie immer«, murmelt er.

»Wie galant!«, sage ich über die Schuler, schon auf dem Weg zur Küche.

Einmal drinnen, stelle ich fest, dass ich die Situation richtig eingeschätzt habe. Obwohl sie nirgends zu sehen ist, hat Rosa

Reihen von hausgemachten Cannoli auf einem Seitentisch hinterlassen: Die Krusten des frittierten Gebäcks sind so hübsch wie ein Gemälde, gefüllt mit süßem, cremigem Ricotta, ihre Enden in dunkle Schokolade getaucht und verziert mit zarten grünen Pistazien. Ich nehme einen Teller und beginne, ihn zu beladen.

»Was tust du?« Bens Stimme lässt mich erschrocken herumfahren.

»Ich besorge Nachtisch«, sage ich.

»Für dich und Klaus?«, fragt er beiläufig, schlendert herüber und schnappt sich eine Cannoli von meinem Teller.

»Ja«, antworte ich. »Was tust du hier? Solltest du dich nicht draußen im Garten in der Kunst der Verführung üben?«

Er lehnt sich an die Anrichte hinter ihm, die Arme verschränkt. »Was meinst du damit?«

»Oh, das weißt du«, murmle ich und wende meine Aufmerksamkeit wieder dem Gebäck zu. »Ein etwas zu langer Blick, ein Anlehnen, ein Arm, der wie zufällig den ihren streift, ein paar verführerisch ins Ohr gewisperte Worte … Das muss ich dir wohl kaum erklären?«

Ben sieht aus, als wäre er hin- und hergerissen zwischen Ärger und Amüsiertheit.

»Du scheinst ja genau aufzupassen«, sagt er trocken. »Studierst du mich wie eines deiner Glühwürmchen?«

»Ob ich junge Männer studiere?« Ich lache ertappt. »Du und Klaus, ihr seid mit Sicherheit interessante Exemplare.«

»Oh, ich bin sicher, Klaus wird *hocherfreut* sein, dir auf jede erdenkliche Weise bei deinen Studien zur Hand zu gehen.« Ben verdreht die Augen.

»Ja, das denke ich auch«, stimme ich zu. »Alles in allem ist er sehr viel zugänglicher als du.«

»Nun, natürlich ist er das«, sagt Ben, seine Stimme nicht ganz so entspannt wie sonst. »Er hat ein Auge auf dich geworfen seit dem Moment, in dem du angekommen bist.«

»Hat er? Tatsächlich?«, frage ich überrascht. »Ich nehme an, damit meinst du, er betrachtet mich als potenzielle Sexualpartnerin?«

Ben starrt mich einen Moment lang an. »Komische Art von behüteter Erziehung, die du da hattest«, knurrt er schließlich.

»Ich habe nie verstanden, warum man über Sex nicht reden darf.« Ich schüttle den Kopf. »Ich meine, um Gottes willen – ohne würde keiner von uns hier sein. Es ist kein großes Mysterium, oder?«

»Jaja«, sagt Ben, »aber es ist nicht unbedingt etwas, das man so offen diskutiert. Vor allem nicht mit …«

»Jungen Damen?« Ich seufze. »Ich weiß, und gerade das ist ja das Bedauerliche. Ursula und ich hatten heute Nachmittag ein sehr gutes Gespräch darüber, und ich glaube wirklich, eine Menge spricht für eine modernere Einstellung.« Ich bin dabei, mich für das Thema zu erwärmen. »Immerhin, Ben, es ist klar, dass du nicht unbedingt ein enthaltsames Leben führst. Nimm dich und Simone, zum Beispiel.«

»Was Simone und ich tun …« Ben gerät ins Schwimmen. »Oder … getan *haben*, geht dich nichts an.«

»Genau wie, sagen wir, das, was Klaus und ich tun, dich nichts angeht.«

»Was genau habt ihr denn vor?« Bens Stirnrunzeln ist zurück.

»Es war nur ein Beispiel. Du hast damit angefangen.«

»*Du* hast angefangen, über potenzielle Sexualpartner zu sprechen«, sagt Ben dickköpfig. »Und ich glaube, du wirst feststellen, dass es einen großen Unterschied zwischen der

Theorie und der Realität gibt auf diesem Gebiet. Es ist alles viel komplizierter, als du denkst.«

Ich sage nichts mehr. Es ist wahr, dass ich wenig echte Erfahrung mit Romanzen habe. Und er hat nicht unrecht – es *gibt* einen großen Unterschied zwischen dem, was man in Büchern liest, und dem, was man selbst erlebt. Theorie versus Praxis.

»Du hast recht«, sage ich schließlich.

»Gut«, erwidert Ben automatisch. Und dann: »Warte … recht womit?«

»Damit, dass es mir an Erfahrung mangelt.«

Ich bedenke Ben mit einem Blick, bei dem meine Mutter ihn warnen könnte, dass er nichts Gutes bedeutet. »Ich sollte etwas mehr Recherche betreiben«, fahre ich fort, mein Ton absichtlich nachdenklich. »Um ehrlich zu sein, vielleicht sollte ich mir einen Liebhaber zulegen.«

Und damit tänzle ich an ihm vorbei zur Tür hinaus.

KAPITEL 18

Ben folgt mir, leicht zusammenhanglos stammelnd.

»Einen Liebhaber zulegen!«, höre ich ihn vor sich hin murmeln, und ich versuche, ein kaum zu bändigendes Lachen zu unterdrücken. Ich bin überrascht, wie einfach es war, ihn zu schockieren. Ich hatte angenommen, er wäre aus stärkerem Stoff gemacht als die Gäste auf den Abendeinladungen meiner Eltern.

»Du lässt Simone im Stich«, bemerke ich, als wir den Pfad entlang tiefer in den Garten hinein wandern. »Ich denke, du warst da auf einem guten Weg?«

Er würdigt dies nicht mit einer Antwort.

Als wir Ursula und Klaus finden, sitzen sie bequem auf einer alten roten Decke vor dem Brunnen. In der Mitte steht ein gotisch wirkender Messingkerzenständer mit Kerzen, die die beiden in ein warmes goldenes Licht tauchen. Noch mehr Kerzen brennen in Marmeladengläsern um den Springbrunnen herum, und ein improvisiertes Festmahl ist auf der Decke ausgebreitet, zusammen mit zwei Flaschen Wein.

»Was hast du so lange gemacht?«, begrüßt mich Ursula und streckt ihre Hand aus, um das Gebäck mit der Ehrfurcht entgegenzunehmen, die ihm gebührt.

»Wir haben uns nur unterhalten«, sagt Ben, und sein lockerer Charme scheint wiederhergestellt.

»Ich weiß nicht, worüber ihr so lange gesprochen haben könnt«, beklagt sich Klaus und reicht mir meinen Teller. »Und warum das meinen Nachtisch von mir ferngehalten hat.«

»Ben hat vorgeschlagen, dass ich mir einen Liebhaber zulege«, erkläre ich und widme mich meinem Abendessen.

Klaus verschluckt sich an seinem Wein, Ben stützt den Kopf in die Hände und stöhnt. Ursulas Blick trifft meinen, und da ist ein anerkennendes Schimmern in ihren Augen.

»Was für ein exzellenter Gedanke«, sagt sie. »Hatte Ben, hm, jemand Bestimmten im Sinn?«

»Nun …«, beginne ich.

»Nein, das hatte er nicht.« Ben klingt resigniert. »Und ich wäre dir dankbar, wenn du diese Idee nicht mir zuschreiben würdest.«

»In diesem Fall …« In Klaus' Stimme zittert ein leises Lachen, »frage ich mich, was einen solchen Vorschlag ausgelöst hat?«

Er hält mir ein Glas Wein hin, und ich nehme es.

»Ben hat mich nur darauf aufmerksam gemacht, dass es einen großen Unterschied gibt zwischen Theorie und praktischer Erfahrung«, erläutere ich. »Die logische Folge davon ist, dass ich, wenn ich diesen Unterschied wirklich verstehen möchte, einen Liebhaber brauche. Es wäre eine Art Experiment.«

Jetzt lacht Klaus laut heraus.

»Ein Experiment?«, ruft er.

»Noch einmal«, wirft Ben ein. »Ich möchte klarstellen, dass das nicht mein Vorschlag war. Das ist nur Beas Idee von einem wahnsinnig guten Witz.«

»Nun, du hast es mir leicht gemacht. Ich hatte nicht erwartet, dass du so prüde bist auf dem Gebiet«, sage ich über den

Rand meines Glases, während ich mit diebischer Freude beobachte, wie er sich windet.

»Warum sollte es nur ein Witz sein?«, fragt Ursula. »Ich finde, es ist eine wundervolle Idee.«

»Ich auch«, stimmt Klaus zu. »Ich bin sicher, es wäre leicht, einen geeigneten Kandidaten zu finden.«

»Ermutige sie nicht!«, stöhnt Ben. »Die Idee ist lächerlich.«

Ich fühle, wie ich mich versteife. Ist die Idee einer Romanze mit mir wirklich *so* absurd?

»Eigentlich«, sage ich etwas gezwungener, als ich vorhatte, »könnte es genau das sein, was ich brauche.«

»Ein romantisches *Experiment*? Eine Art nüchterne wissenschaftliche Studie über *Romantik?«* Ben schüttelt den Kopf. »Das ist doch ein Widerspruch in sich. Was ist mit, ich weiß nicht … Wahrem Herzschmerz und Gedichten und leidenschaftlichen Liebesschwüren in nach Gardenien duftenden Gärten? Sollten Frauen nicht diese Dinge wichtig sein?«

»Ich glaube nicht, dass Gardenien hier gut wachsen würden«, sage ich zweifelnd und nehme einen Bissen. »Sie hätten sicher mit der Hitze und der Trockenheit zu kämpfen. Sie können sehr launisch sein.«

»Die Gardenien sind irrelevant!«, ruft Ben in einem Ton absoluter Verzweiflung.

»Nun, du hast von ihnen angefangen.« Ich betrachte ihn neugierig. »Ist es das, was *du* dir wünschst? Herzen und Gedichte und Gardenien?«

Ursula lacht in das Weinglas an ihren Lippen.

»Ich?« Ben sieht entsetzt aus. »Gott, nein. Das ist das Letzte, wonach ich mich sehne.« Er verlagert sein Gewicht unbehaglich. »Aber das ist es, was Frauen wollen, oder nicht?«

Ich zucke die Schultern. »Woher soll ich das wissen?«

»Falls du noch nie Objekt romantischer Aufmerksamkeiten in England warst, dann ist alles, was ich sagen kann: Die Engländer scheinen eine sehr kühle Sorte Mensch zu sein«, sagt Klaus galant.

Ich zögere. »Das würde ich nicht unbedingt sagen. Aber gut – du würdest mich verstehen, wenn du Cuthbert getroffen hättest.«

»Wer ist Cuthbert?«, fragt Ursula und lehnt sich zurück, um eine Zigarette anzuzünden.

Ich erzähle ihnen die ganze Geschichte unserer kurzen »Bekanntschaft« und lasse auch die Unterhaltung bei Tisch auf der schrecklichen Dinnerparty nicht aus, und als ich zum Ende komme, prusten sie alle los. Ursula, munterer, als ich sie je erlebt habe, wischt sich Lachtränen aus den Augen.

»Du hast den Pfarrer über das Paarungsverhalten von Glühwürmchen belehrt?«, fragt Ben schwach. »Oh, natürlich hast du das getan.«

»Ich wünschte, ich wäre dabei gewesen«, bringt Ursula heraus. »Das ist also der Plan, ja?«, fährt sie fort, nachdenklicher jetzt. »Deine Eltern wollen dich an irgendeinen blassen Adeligen verheiraten, damit der im Familiensitz einzieht?«

»So ungefähr.« Ich fühle einen leisen Schmerz, als ich mich an den Brief meiner Mutter erinnere, den ich in meinem Zimmer unters Bett geschoben habe. »Sie tun es nicht, um grausam zu sein«, füge ich rasch hinzu. »Ich weiß, dass sie tatsächlich denken, es wäre das Beste für mich. Sie können die Art von Leben, die ich mir selbst wünsche, einfach nicht verstehen.«

»Und wirst du sie das tun lassen?«, fragt Ben, sein Blick auf mir ruhend. »Lässt du sie dich mit dem armen Tropf verheiraten?«

»Ich weiß nicht. Ich glaube, sie haben immer gedacht, ich

würde mich eines Tages ändern«, sage ich und betrachte die Hände in meinem Schoß. »Die Sache ist die …«, fahre ich leiser fort, »… ich wünschte beinahe, ich könnte es. Mich ändern. Jemand anderer werden: die Tochter, die sie wollen. Ich würde sie trotz allem gerne glücklich machen. Ich nehme an, am Ende ist es das, was ich tun werde; mich niederlassen und jemanden wie Cuthbert heiraten. Ich habe nicht wirklich die Wahl, oder? Ich kann nicht mein Leben lang zu Hause herumhängen. Und« – ich versuche, etwas fröhlicher zu klingen – »ich vermute, eine Heirat würde mir eine gewisse Art von Freiheit verschaffen – Freiheit von der Herrschaft meiner Eltern zumindest.«

Ein langes Schweigen folgt, und ich bin froh, dass niemand etwas sagt. Ich hätte dies alles wahrscheinlich bei Tageslicht niemals sagen können, doch hier, in der Stille, unter einem Firmament voller Sterne, fühlt es sich an, als gäbe es Raum für geflüsterte Geheimnisse.

»Nun«, sagt Klaus in die Stille hinein. »Unter diesen Umständen erscheint mir eine Sommerliebschaft genau das Richtige.«

»Ja«, sagt Ursula. »Absolut das Richtige. Ein Sommer voller verspielter Verliebtheit – voll mit Küssen und Romantik –, allerdings ohne Erwartungen für die Zukunft.«

Ich schnaube. »Romantik? Du bist genauso schlimm wie Ben.«

»Tja.« Ursula grinst. »Er ist schließlich der bekannteste Verführer im Umkreis von *Meilen*.«

Ich beiße in eine von Rosas Cannoli und schließe kurz die Augen, um sie zu genießen. »Um ehrlich zu sein, habe ich Bens Bemühungen, mit Damen anzubandeln, eine Zeit lang beobachtet«, sage ich und lecke Sahne von meinen Fingern.

»Und ich muss sagen, ich finde die Dynamik recht faszinierend. Obwohl ich bezweifle, dass solche Art von Charme bei mir persönlich sehr viel bewirken würde.«

»Warum probierst du es nicht aus?«, fragt Ursula.

Ben beugt sich vor und nimmt ein Gebäckstück. »Was meinst du damit?«

»Na ja«, sagt Ursula langsam. »Auf der einen Seite haben wir Bea, die keine Erfahrung mit Romanzen hat, und auf der anderen Ben, einen erfahrenen Frauenhelden und Experten in der Kunst der Romantik, der behauptet, er könnte das Herz jeder Dame gewinnen.« Sie lächelt, und jetzt sehe ich ihren Gesichtsausdruck: Es ist ein Ausdruck puren Übermutes. »Ich denke, die Lösung ist naheliegend.«

Ein ersticktes Husten ist zu hören, als Ben einen Teil seines Cannoli versehentlich einatmet.

»Aber – aber das ist eine schreckliche Idee!«, sage ich.

Ursula lacht. »Warum? Hast du Angst?«

»Nein! Kein bisschen! Es ist nur – es ist wirklich völlig lächerlich.«

»Natürlich ist es das«, sagt Ben, als er wieder sprechen kann, und obwohl er mir zustimmt, wurmt mich das.

»Tja, wenn *du* Nein sagst, Ben«, meint Klaus sanft, »dann wäre ich hocherfreut, Bea in ihrem Experiment zur Seite zu stehen.«

Ben runzelt die Stirn. »Ich sage nicht Nein.«

»Warte. Tust du nicht?«, frage ich verwirrt.

Sein Blick trifft den meinen. »Ja«, sagt er. »Ich sage nicht Nein.«

»Oh.« Dieses eine Mal weiß ich nicht, was ich sagen soll.

»Außer, *du* tust es?« Bens Worte sind eine Herausforderung. »Nein sagen?«

»Bea wäre niemals solch ein Feigling«, erklärt Ursula. »Sie ist nicht so spießig wie ihre Eltern.« Sie grinst. »Oder? Ist sie doch?«

Ich sehe sie einen Moment lang an. »Fein«, sage ich dann. »Ich mach's. Wenn Ben will.«

Eine kurze Pause entsteht. »Okay«, sagt er schließlich, doch sein Gesicht verrät nichts. Ich spüre, wie mein Herz schneller schlägt.

Ursula klatscht in die Hände.

»Es müsste natürlich ein paar Regeln geben«, überlegt Klaus.

»Gute Idee«, pflichtet Ursula ihm bei und befasst sich ganz nüchtern mit der Angelegenheit. »Nummer eins – der zeitliche Rahmen.«

»Das ist recht einfach«, meint Klaus. »Bea ist bis Ende August hier.«

Ich spüre wieder mein Herz, doch ich versuche, meine Miene so neutral zu halten wie möglich. »Das ist korrekt.«

»Also, das sind sechs Wochen«, sagt Ursula. »Genau die richtige Zeitspanne für eine Romanze.«

Ich frage mich, ob das wissenschaftlich richtig ist, aber ich nehme an, wir werden es herausfinden.

»Nummer zwei. Wir vier müssen die Einzigen bleiben, die davon wissen«, fährt sie fort, und Klaus nickt ernst.

»Ja, es ist unser Geheimnis. Die anderen heißen es vielleicht nicht gut. Immerhin …« Hier grinst Ursula spitzbübisch. »… sollte Bea sich eigentlich unter der strengen Aufsicht ihres Onkels befinden. Wir möchten Leo nichts aufbürden, was er ihren Eltern gestehen müsste.«

Ich sehe hinüber zu Ben, und er verdreht die Augen. Es ist, als wären wir beide gar nicht da.

»Und, Nummer drei, Ben muss Bea die komplette romantische Erfahrung ermöglichen«, sagt Klaus. »Er muss sie kunstgerecht umwerben und ihre Gunst gewinnen. Alles zu ihren Bedingungen.« Er sieht listig zu Ben hinüber. »Wenn du denkst, dass du das hinbekommst.«

»Ich denke, ich stelle mich der Herausforderung«, sagt Ben mit einem etwas aufgesetzten Seufzen. »Also hatte ich doch die ganze Zeit über recht – es wird eine Liebesgeschichte in einem nach Gardenien duftenden Garten.«

»Die Gardenien liegen nicht im Bereich des Möglichen«, erinnere ich ihn. »Der Boden hier ist …«

Ben winkt ab. »Kleinigkeiten«, sagt er leichthin. »Ich glaube, ich kann Beatrice zu ihrer Zufriedenheit umwerben.« Er reckt sich träge. »Es bedeutet, dass ich meinen inneren Romantiker entfesseln kann.«

»Entfesseln?« Ich hebe die Augenbrauen. Das klingt recht … alarmierend.

Ben lächelt wölfisch. »Normalerweise muss ich etwas Zurückhaltung zeigen. Ich will ja nicht lauter gebrochene Herzen hinterlassen, verstehst du.«

Ich zögere, denke an unsere bisherigen Begegnungen. »Ich bin nur nicht sicher, wie das funktionieren soll. Wir streiten eine Menge für Leute, die sich kaum kennen.«

»Das ist es, was es interessant macht«, meint er, und sein Blick trifft wieder meinen. Dieses Mal merke ich, wie ich erröte.

»Dann ist es beschlossen«, sagt Ursula rasch. »Klaus und ich sind Zeugen der Abmachung.«

»Da ist nur eine Regel, die wir nicht erwähnt haben.« Ben hält einen Finger in die Luft, und ich frage mich, was er sagen wird. Eine erwartungsvolle Pause entsteht.

»Du darfst dich nicht, *unter gar keinen Umständen*, tatsächlich in mich verlieben.«

Das bringt mich dazu, überrascht zu lachen.

»Das wird *sicherlich* kein Problem werden«, sage ich schließlich. »Und *du* musst versprechen, dich nicht in *mich* zu verlieben.«

Das verächtliche Geräusch, das Ben an dieser Stelle macht, ist eigentlich ziemlich beleidigend.

»Also abgemacht?«, fragt Klaus.

Ich sehe Ben an, fordere ihn heraus, doch noch Nein zu sagen. Sein Blick ist ruhig, und er nickt langsam.

»Ich freue mich auf die Zusammenarbeit.« Ich strecke meine Hand aus, und Ben nimmt sie, um sie zu schütteln. »Ich möchte nur nicht, dass du dich schlecht fühlst, falls deine Technik nicht funktioniert.«

»Oh«, sagt Ben, ein gefährliches Funkeln in den Augen. »Du hast um eine Romanze gebeten, und du wirst eine kriegen.«

Ich versuche, mir keine Sorgen darüber zu machen, dass das klingt wie eine Drohung.

TEIL DREI:
VILLA DI STELLE
JULI 1933

Du und ich, wir sind zu klug für friedvolles Werben.

WILLIAM SHAKESPEARE:
VIEL LÄRM UM NICHTS, AKT V, SZENE 2

KAPITEL 19

Gegen Mittag am nächsten Tag wird ein Umschlag unter meiner Tür durchgeschoben. Darin befindet sich eine Notiz in einer etwas sorgfältigeren Schrift als die, die mich zu meiner Malereistunde zitiert hat.

Bea,
dies ist ein romantischer Brief.
Du verstehst noch nicht, dass er romantisch ist, weil du neu bist auf diesem Gebiet, aber ich dachte, ich warne dich besser sehr deutlich, damit du dich dafür stählen kannst.
Bis du bereit?
Triff mich, oh mein Engel mit dem Rabenhaar, um drei Uhr auf der Terrasse zu einem romantischen Rendezvous. Mein Herz sehnt sich nach dir, und ich zähle die Minuten, die vergehen, bis wir wieder zusammen sind.
– B.

»Mein Engel mit dem Rabenhaar« ist ein Ausdruck, der mich wirklich umwirft, und ich bekomme einen so hysterischen Lachanfall, dass mein Bauch schmerzt. Nicht, so male ich mir aus, das Ergebnis, das Ben sich vorgestellt hat. Ich versuche, mir mich selbst als Hauptdarstellerin in einem Liebesroman vorzustellen, und versage kläglich. Vielleicht bin ich einfach nicht geeignet für diese ganze Liebesgeschichtensache. Was, wenn Ben diese Sorte blumiger Romantik an mir persönlich ausprobiert und ich ihm gegenüber lachen muss? Ich bin ziemlich sicher, dass das nicht gut ginge.

Dennoch beschließe ich, wenn Ben sich schon die Mühe macht, werde ich es auch tun. Was, frage ich mich und gehe zum Schrank hinüber, trägt eine Heldin in einem Liebesroman?

Für einen Moment gleitet mein Blick hinüber zu meinen alten Kleidern. Ich schüttle mich. Nicht die. Die sind für ein anderes Ich. Ganz bestimmt nicht das Ich, das sich in ein Liebesabenteuer stürzt.

Stattdessen wähle ich eine moosgrüne Hose, die hoch auf der Taille sitzt, und ein frisches weißes Hemd, dessen Ärmel ich bis zu den Ellenbogen hochrolle. Ich stecke mein Haar so gut hoch, wie ich kann, und zähme die ungehorsamsten Locken mit Haarnadeln in einem Versuch, einigermaßen annehmbar auszusehen.

Dann trete ich einen Schritt zurück und betrachte mich im Spiegel.

Ich bin nicht sicher, ob ich aussehe wie eine Romanfigur, aber ich sehe aus wie ich, und das fühlt sich wichtiger an.

Ich werfe einen Blick auf die Uhr und beschließe, dass ich bei Ursula vorbeischauen werde. Ich habe noch jede Menge Zeit vor meiner Verabredung mit Ben, und ich freue mich darauf, mit einer Frau die Ereignisse des gestrigen Abends zu besprechen.

Als ich das Sommerhaus erreiche, versucht Ursula gerade, ihre Schreibmaschine in Brand zu stecken.

»Du wirst mehr Anzündholz brauchen, wenn das funktionieren soll«, bemerke ich, während sie ein weiteres Streichholz in die schwelende Glut unter der klobigen Maschine wirft.

»Ich hasse sie!«, faucht Ursula, wirft die Streichhölzer hin und versetzt der Maschine einen heftigen Tritt. Ohne nennenswertes Resultat, abgesehen von einem Strom deutscher Schimpfwörter, als Ursula herumhüpft und ihre schmerzenden Zehen umklammert.

»Die Arbeit geht also nicht so gut voran?«, frage ich sanft.

Ursula starrt mich böse an. »Sag mir, Sherlock Holmes – wie kommst du denn darauf?«

Sie wendet sich wieder der Schreibmaschine zu, Worte murmelnd, die ich nicht verstehe, von denen ich mir aber sehr sicher bin, dass es äußerst fantasievolle Flüche sind, dann stürmt sie zu der wackeligen Veranda und gießt sich einen Drink ein.

»Mein Werk ist tot!«, ruft sie theatralisch.

»Oh weh«, sage ich.

»Oh weh«, echot Ursula sauer. »Ihr Engländer! Ihr seid immer so kalt und leidenschaftslos.«

»Ja, wahrscheinlich sind wir das.«

»Obwohl …« Ein Glitzern flackert in ihren Augen auf, und sie nippt an ihrem Drink. »Dieses Experiment sollte damit aufräumen, was?«

Ich werde rot, und sie lächelt.

»Lass mich nicht alleine trinken«, sagt sie.

Ich trete zu ihr auf die Veranda und nehme das Glas entgegen, das sie mir reicht. Ursula setzt sich in einen Korbsessel, angelt nach dem Päckchen auf dem Tisch neben uns, klopft eine Zigarette heraus und steckt sie sich zwischen die Lippen.

»Ich dachte, du wärst gegen diese ganze Idee einer Romanze zwischen Ben und mir«, sage ich. Und halte kurz inne. »Wird das nicht … sehr schmerzhaft für dich sein? Weißt du, ich würde nie …«

»Oh Gott«, sagt Ursula um die kalte Zigarette herum. »Fang bloß nicht damit an, ich bitte dich!« Sie entzündet die Zigarette mit einer großen Geste und inhaliert tief. »Ich halte jetzt wirklich keine dieser schrecklichen weinerlichen Szenen aus, in denen wir einander schwören, dass niemals ein Mann zwischen uns stehen wird.« Sie wedelt mit der Hand in der Luft herum und hinterlässt eine dünne Spur aus Rauch.

»Ich hatte ganz bestimmt nicht vor zu weinen«, sage ich. »Du?«

Ursula lacht, wenn auch zögernd. »Nein«, sagt sie dann. »Keine Tränen auf meiner Seite.«

»Gut.« Ich streiche mit den Händen über meine Hose. »Also … würdest du mir erzählen, warum du das Ganze vorgeschlagen hast?«

Ursula raucht einen Moment schweigend weiter, ihre Augen halb geschlossen, als dächte sie über die Antwort nach. »Ich glaube, es könnte amüsant sein«, erklärt sie schließlich.

»Amüsant?«, frage ich überrascht.

Sie sieht mich nachdenklich an. »Ich habe dich unterschätzt, Bea. Zuerst dachte ich, du wärst nur eins von diesen englischen Mädchen der besseren Gesellschaft. Einfach, behütet aufgewachsen.«

»Ich *bin* behütet aufgewachsen«, protestiere ich. »Ich habe fast mein ganzes Leben im Umkreis von fünf Meilen verbracht.«

»Aber nicht hier oben.« Ursula tippt sich an die Stirn. »Du bist schlau, Bea.« Sie macht eine weitere Pause. »Ich glaube, du könntest Ben guttun. Und«, sagt sie langsam und klopft etwas Asche von ihrer Zigarette, »ich glaube, er könnte dir guttun.«

»Guttun?«, frage ich. »Wie das?«

»Ben mag dich, das weiß ich. Und ich denke, er wird sich als zufriedenstellender Liebhaber erweisen.« Ihr Blick trifft meinen, und sie lächelt. »Wie auch immer« – ihr Ton verändert sich, wird brüsker – »ich schätze nicht, dass es eine längere Beziehung wird. Er ist kein Typ für eine längere Beziehung, und das wird perfekt sein für dich. Was du brauchst, Bea, ist ein Abenteuer.«

Ich bedenke das. »Nun, dem stimme ich auf jeden Fall zu. Aber warum glaubst du, ich wäre gut für Ben?«

Ursula strahlt, ein Strahlen, das all ihre makellosen Zähne entblößt. »Weil Bens Ego einen kleinen Stich vertragen kann, und du, meine Liebe, bist die perfekt gespitzte Nadel.«

»Danke«, sage ich ironisch. »Das ist eines der hübschesten Dinge, die irgendwer je über mich gesagt hat.«

Wir sitzen schweigend da, während ich versuche, meine Gedanken zu ordnen. Schließlich entscheide ich mich, ihr etwas zu erzählen, das mir Sorgen bereitet.

»Die Art, wie ich … auf Ben reagiere«, beginne ich vorsichtig. »Wenn er nahe bei mir steht oder wenn er mich berührt …« Ich mache eine Pause. »Es ist seltsam. Es fühlt sich … unvorhersehbar an, als könnte ich es nicht kontrollieren.« Ich riskiere es, ihr in die Augen zu sehen. »Ich bin nicht sicher, ob mir das gefällt.«

Ursula seufzt wieder, tiefer diesmal. »Beatrice, mein süßes Unschuldslamm. Was du beschreibst, ist der Beginn einer Liebesgeschichte. Ist dir das nicht klar?« Sie schüttelt den Kopf. »Nein, ist es nicht, aber das wird es. Du sagst, du willst leben, Bea. Tja, dann musst du Risiken eingehen. Du musst verwundbar werden. Du kannst dich in einem kalten, einsamen englischen Landhaus einschließen, und dein Herz wird nie auch nur eine Schramme erleiden – aber dann wirst du auch nur ein halbes Leben leben.«

Einen Moment lang denke ich darüber nach. Ursula hat recht, entscheide ich dann. Ich mag mich gegen meine Eltern auflehnen, gegen Langton Hall, aber trotz allem habe ich Angst vor dem, was draußen auf mich wartet, jenseits dieser Mauern, in einer Welt, die unordentlich und unvorhersehbar ist, einer Welt, die nicht den sorgfältig aufgestellten Regeln folgt, die ich bei meinen Naturstudien anwende.

»Du bist nur zwei Jahre älter als ich, Ursula«, sage ich. »Wie kommt es, dass du so vieles weißt?«

»Ich habe gelebt, Liebes.« Sie zieht wieder an ihrer Zigarette und schenkt mir ein trauriges Lächeln. »Ich habe gelebt.«

KAPITEL 20

Als ich mich auf den Weg durch die Gärten zurück zur Terrasse mache, zu meiner Verabredung mit Ben, bin ich zugegebenermaßen ein wenig nervös. Das ist dumm, sage ich mir selbst; schließlich ist es nur Ben, und es ist nicht so, als wäre irgendetwas hiervon *real* – es ist ein Experiment, eine Herausforderung, ein Arrangement. Man kann es nennen, wie man will, es gibt keinen Grund für mein Herz, so wild zu schlagen.

Ich habe mich gerade selbst von all dem überzeugt, da entdecke ich Ben.

In meinem momentanen Geisteszustand fühlt sich sein gutes Aussehen an wie ein Angriff. Seine große muskulöse Figur wirkt wie hingegossen in einen der Stühle, die Sonne lässt sein goldenes Haar leuchten und umschmeichelt sein perfektes Gesicht.

»Du bist spät«, bellt er, als er mich sieht.

Ich bleibe stehen. »Ich denke, du wirst gleich merken, dass ich äußerst pünktlich bin.«

Genau in diesem Moment beginnt die Standuhr im Salon des Hauses drei zu schlagen.

Ben sieht etwas verlegen aus. »Diese Uhr geht nach.« Eine Pause. »Ich dachte schon, vielleicht hast du es dir anders überlegt.«

»Oh nein«, sage ich leichthin. »Ich habe vor, das hier bis zum Ende durchzuziehen.«

»Im Geiste wissenschaftlicher Recherche?«, fragt er und lächelt. »Na dann. Du siehst sehr hübsch aus, übrigens.«

Er reicht mir einen kleinen Blumenstrauß, zusammengehalten von einem blauen Band.

»Danke.« Ich verberge mein Gesicht in den Blumen, damit er die aufkommende Röte auf meinen Wangen nicht sieht, und atme den süßen Duft ein.

»Alles Teil des Service.« Er steht auf. »Da man dich ohnehin immer draußen findet, dachte ich, wir könnten picknicken.«

Ich bemerke einen Bastkorb zu seinen Füßen. »Das klingt perfekt.«

»Dann lass uns gehen.«

Der Ort, den er gewählt hat, befindet sich tief im Inneren des wilden Grundstücks, weit entfernt vom Haus oberhalb eines Hangs. Man muss ein wenig klettern, um dorthin zu gelangen, und wieder bin ich dankbar für meine Hosen, die mir erlauben, mich so frei zu bewegen, wie Ben es tut. Hin und wieder halte ich an, um zu Atem zu kommen – und die sich ständig verändernde Landschaft zu genießen: die hübsch angeordneten Reihen der Weinstöcke, die Zypressen mit ihrer militärischen Haltung vor dem sanften Auf und Ab der Hügel.

»Da sind wir«, sagt Ben endlich.

Wir befinden uns auf einer grünen Wiese, hoch oben auf einem der Hügel, die einen wunderbaren Blick nach unten gewähren. Ben legt eine Decke in den Schatten einer uralten Eiche und beginnt, Päckchen mit Essen aus dem Korb zu befördern.

Ich nehme mir einen Moment, um den sich bietenden Ausblick und das sachte Kitzeln einer kühlen Brise in meinem Nacken zu genießen, ehe ich mich setze und meine Knie ans Kinn hochziehe.

»Es ist wunderschön hier«, sage ich.

Bens Grübchen erscheinen. »Ich dachte mir, dass es dir gefällt. Ich komme ab und zu hier heraus, um zu malen.«

»Ich verstehe, warum«, erwidere ich.

Das Aufblitzen von etwas Gelbem lässt mich den Kopf drehen. »Oh!«, rufe ich. »Ben, schau!«

Auf einem Ast neben uns hat sich ein Schmetterling in der Farbe sonnenbeschienener italienischer Zitronen niedergelassen. Ganz vorn auf seinen Vorderflügeln prangt ein perfekter orangefarbener Fleck, der beinahe aussieht wie eine untergehende Sonne.

»*Gonepteryx cleopatra*«, hauche ich, während ich mich leise erhebe und näher schleiche.

»Keine Ahnung, was du gerade gesagt hast.« Ben folgt meinem Blick. »Aber die Farben sind unglaublich.«

Er kommt herüber zu mir.

»Es ist ein Kleopatra-Falter, ein Männchen«, erkläre ich wispernd. »Du siehst es an seiner Färbung. Die Männchen sind viel auffälliger als die Weibchen.«

Darüber lacht Ben leise. Mit einem leichten Zittern seiner Flügel erhebt sich der Schmetterling wieder in den Himmel und gleitet rasch aus unserem Blickfeld, ist fort wie ein Traum. Als ich mich aufrichte, merke ich, dass Ben und ich sehr nahe beieinanderstehen.

Ich fühle die Wärme seines Armes auf meinem.

»Hunger?«, fragt Ben und hält meinen Blick lange.

»Am Verhungern«, bestätige ich entschlossen und lasse

mich zurück auf die Decke fallen. Ben setzt sich zu mir. Er greift in den Picknickkorb und reicht mir ein mit Wachspapier umwickeltes Paket. Unsere Hände berühren sich, und ich fühle einen elektrischen Strom meinen Arm hinauflaufen; meine Wangen sind plötzlich heiß.

Diese unfreiwilligen physischen Antworten, die ich in seiner Gegenwart an mir bemerke, erweisen sich wirklich als äußerst interessant, sage ich mir selbst und bemühe mich, meinen Atem gleichmäßig zu halten.

»Woran denkst du?«, fragt Ben, seine Stimme ein wenig heiser.

»Ich dachte gerade, dass die physiologischen und psychologischen Gründe des Errötens zutiefst faszinierend sind«, erwidere ich, während ich mit dem Wachspapier um mein Sandwich kämpfe.

»Natürlich dachtest du das«, seufzt Ben und lehnt sich zurück auf seine Ellenbogen.

»Charles Darwin nannte das Erröten den eigentümlichsten und menschlichsten aller Ausdrücke«, erläutere ich und beiße in das Sandwich, das mit gegrillter Paprika und Räucherschinken belegt ist. Ich gebe einen Ton der Anerkennung von mir. »Das hier ist erstaunlich.«

»Ich weiß«, sagt Ben und wendet sich seinem eigenen Mittagessen zu. »Ich glaube, es ist Rosa, die ich am meisten vermissen werde, wenn der Sommer vorbei ist.«

Mein Mund ist plötzlich trocken. »Sprich nicht einmal davon«, sage ich. »Es kommt mir vor, als könnte all dies hier nie enden.«

Offenbar kann Ben etwas von meiner Traurigkeit auf meinem Gesicht lesen. »Was denkst du, wirst du tun?«, fragt er. »Wenn du wieder zu Hause bist?«

»Tun?«, wiederhole ich tonlos. »Nichts, um ehrlich zu sein. Überhaupt nichts.«

»Was für eine Verschwendung.« Ben taucht seine Finger in ein Glas mit schwarzen Oliven, die glänzen wie glatte schwarze Kiesel aus Magnetit.

Ich zwinge mich zu einem Lächeln. »Ich habe keine besonders große Freiheit, was das angeht.«

»Unsinn«, sagt Ben kurz angebunden. »Für jemanden, der so ein vorlauter, stets widersprechender Unruhestifter ist, bist du ziemlich sanft und milde, wenn du über deine Heimkehr sprichst.«

»Na vielen Dank«, sage ich.

»Es sollte eigentlich ein Kompliment sein«, entgegnet Ben. »Ich begreife einfach nicht, warum du versuchst, dich selbst so ... so klein zu machen, so brav zu tun, wo das doch überhaupt nicht zu der Person passt, die du bist.«

»Das«, sage ich, »liegt daran, dass du das Privileg hast, ein Mann zu sein, und daran, dass du ganz offensichtlich nicht solche Eltern hast wie ich.« Plötzlich strömen die Worte aus mir heraus. »Wenn *du* siebzehn Jahre lang zu hören bekommen hättest, dass du dich kleiner machen solltest und still sein und aus dem Weg gehen, dass alles, was du je geliebt und genossen hast, falsch ist und nicht damenhaft; wenn du jedes Mal nur Schuldzuweisungen, ärgerliche Worte und Tränenfluten zur Antwort bekommen hättest, sobald du irgendwelche Erwartungen nicht erfüllt hast, und wenn dir das immer und immer wieder passiert wäre, obwohl du versucht hast, alle glücklich zu machen ... ein wenig Anerkennung zu gewinnen ... Nun, dann würdest du verstehen, dass man mehr als zwei sonnige Wochen braucht, um die Art zu ändern, auf die man sich selbst siehst.«

Stille senkt sich auf uns herab, nachdem ich mit meiner kleinen Rede zum Ende gekommen bin. Ich kann die Hitze auf meinem Gesicht spüren, das Flattern meines Pulses. Ich zittere, als hätte ich etwas freigelassen, das ich im Zaum gehalten habe, so lange ich mich erinnern kann.

Ben sitzt ganz still, seine Hand noch immer in dem Olivenglas und einen Ausdruck der Überraschung auf seinem Gesicht.

»Geht's dir jetzt besser?«, fragt er schließlich.

»Ein bisschen«, gebe ich zu und lache ein etwas unsicheres Lachen. Und ich fühle mich tatsächlich besser, aber ich spüre auch einen Stich der Illoyalität, als wären meine Worte eine neue Art, meine Eltern zu verraten.

»Ich will wirklich nicht über das Ende des Sommers nachdenken«, sage ich leise. »Nicht jetzt, wo er gerade erst begonnen hat.«

Die Stille streckt sich zwischen uns, und ich pflücke einen Grashalm.

Auch Ben schweigt einen Moment lang.

»Du hast recht, ich habe keine solchen Eltern wie du«, sagt er endlich. »Aber ich weiß, was du meinst, zumindest verstehe ich ein klein wenig, wie du dich fühlst. Ich … nun, ich habe die Dinge selbst in die Hand genommen, nehme ich an. Ich bin mit vierzehn von zu Hause weggelaufen.«

»Vierzehn ist sehr jung, um auf sich allein gestellt zu sein.«

»Das ist es«, stimmt er zu und lächelt ein wenig freudlos.

»Nicht älter als Hero.«

»Oh, aber ich war viel draufgängerischer als Hero.« Ben grinst. »Frag Filomena.«

»Du hast Filomena damals schon gekannt?« Ich bin überrascht. Ich habe nie wirklich darüber nachgedacht, woher sie und Ben sich kennen. Es erschien mir wohl einfach immer so, als würde Filomena interessante Menschen irgendwo finden und aufsammeln wie Muscheln an einem Strand.

Ben nickt, sein Blick gibt nichts preis. »Ja, ich kannte sie«, sagt er nur.

Einen Moment bin ich abgelenkt von einem Summen in meinem Ohr. Ich fege mit der Hand etwas weg und stelle fest, dass es eine fliegende Ameise ist.

»Also«, sagt Ben plötzlich munter. »Zurück zur Romantik.«

»Ich bin bereit.« Ich bemühe mich, den gleichen Ton zu treffen wie er. »Ich bin ehrlich gesagt sehr gespannt darauf, eine Projektskizze mit deinen Vorschlägen zu den Einflussfaktoren des Experiments und seines zu erwartenden Ergebnisses zu hören.« Noch eine Ameise fliegt an meinem Gesicht vorüber.

Ben starrt mich an. »Wir brauchen keine Projektskizze«, sagt er sanft, aber mit leiser Verzweiflung in der Stimme. »Dies ist ein romantisches Picknick, Bea. Einflussfaktoren und zu erwartende Ergebnisse sind nicht romantisch.«

»Richtig«, sage ich, abermals abgelenkt von einer weiteren Ameise. Und ich ahne, dass wir ein dringlicheres Problem haben. »Ehrlich gesagt, Ben …«

»Nein, Bea«, sagt er und hält die Hand empor, um mich zu bremsen. »Ich weiß, du denkst, du kannst das hier angehen wie deine anderen Experimente, aber in dieser Angelegenheit musst du zugeben, dass ich ein wenig mehr von der Materie verstehe als du …«

»Fein. Die Sache ist nur, Ben …«, versuche ich es noch einmal, während ich mit der Hand wedle, als noch eine Ameise vor meinem Gesicht erscheint.

»Bea!«, ruft er. »Wenn du mich dauernd unterbrichst, wie soll ich mich dann konzentrieren? Du warst die, die gesagt hat, sie benötigt eine romantische Szenerie, und ich hatte tatsächlich verschiedene Ideen.« Er holt ein dünnes Büchlein hervor. »Ich dachte … etwas Poesie vielleicht? Ich weiß, du hast gesagt, es ist Zeitverschwendung, aber *dies* – nun, dies wird deine Meinung ändern.«

Ich sehe zum Himmel auf, während er beginnt, laut aus dem Buch vorzulesen. Mehrere Krähen ziehen hoch über uns ihre Kreise und schnappen in die Luft. Ich überlege, ob ich ihn darauf aufmerksam machen soll oder nicht, doch dann beschließe ich, mich einfach zurückzulehnen und darauf zu warten, wie die Ereignisse sich entwickeln.

»Doch der ewigliche Sommer …« Ben bricht ab und wischt über sein Gesicht.

»Ja?«, sage ich milde.

»Der ewigliche Sommer …«, beginnt Ben von Neuem und hört auf zu lesen, weil er mit der Hand nach etwas an seinem Ohr schlägt. »Oh, schwirrt ab, ihr verdammten Dinger!«, murmelt er, als immer mehr Insekten sich dem ersten hinzugesellen. »Was zum Teufel ist hier los?«

»Hm«, sage ich. »Wie ich schon versucht habe, dir mitzuteilen … Ich glaube, wir haben ein Nest von *Lasius niger* bei ihrem Hochzeitsflug gestört.«

Ben sieht mich an, als wäre mir ein zweiter Kopf gewachsen.

»Und im Klartext, bitte?«

»Fliegende Ameisen«, antworte ich.

»Natürlich«, knurrt er, rafft die Reste des Picknicks zusammen und stopft sie hastig zurück in den Korb, während die Wolke aus Ameisen am Himmel über uns rasch wächst.

»Wenn man versucht, *dich* irgendwohin mitzunehmen, tauchen auf einmal Schwärme von fliegenden Grashüpfern auf.«

»Grashüpfer?«, gluckse ich und falte die Decke zusammen. »Oh, Ben, du könntest nicht mehr danebenliegen. Grashüpfer zählen zur Ordnung der *Orthoptera*, während Ameisen zur Ordnung der *Hymenoptera* gehören, gemeinsam mit Wespen und Bienen.«

»Sehr interessant«, sagt Ben frostig.

»Ist es, ehrlich gesagt.« Ich pausiere, um eine Ameise zu beobachten, die gerade auf meinem Handrücken gelandet ist. »Der Hochzeitsflug findet statt, wenn die jungen Königinnen das Nest verlassen, um auszuschwärmen und neue Kolonien zu gründen. Sie paaren sich in der Luft mit den kleineren, männlichen Ameisen.« Ich sehe hinauf zu dem Gewimmel. »Die männlichen Ameisen leben nur einen oder zwei Tage lang nach dem Flug – ihre einzige Aufgabe ist es, die neuen Königinnen zu befruchten.« Ich lächle ihn an. »Wie so oft in der Natur, geht es nur um Sex.«

Ben greift nach meiner Hand und zieht mich weg von dem Schwarm in Richtung der Villa.

»Vielleicht sollten wir bleiben und zusehen«, protestiere ich. »Es geschieht nur an einem einzigen Tag im Jahr.«

»Von einer Horde von *Hymenopteras* angegriffen zu werden war *nicht* meine Vorstellung von romantischen Aktivitäten«, faucht er.

»Du verwendest das Wort falsch«, merke ich an.

»Dieses Experiment wird in einer Katastrophe enden, wenn du es nicht ernst nimmst«, sagt Ben sauer. »Du hast die romantische Ader eines … eines … Holzbretts.«

»Das ist nicht fair!« Wir sind jetzt in sicherer Entfernung von den Ameisen, und ich ziehe meinen Arm aus seinem

Griff. »Und«, füge ich hinzu, »wenn du glaubst, dass Gedichte bei mir wirken, irrst du dich. Warum hast du beim Lesen so mit den Armen herumgewedelt?«

»Man nennt es Ergriffenheit«, sagt Ben und wirft mir einen düsteren Blick zu. »*Gewöhnlich* ist es etwas, das Frauen gefällt.«

Als wir zurück zur Villa kommen, sind wir in brütendes Schweigen verfallen. Auf der Terrasse begrüßen uns Filomena und Hero.

»Ah!«, ruft Filomena aus. »Da bist du ja! Dein Onkel hat dich gesucht, Bea. Ich fürchte, er muss für eine Weile nach Mailand fahren, der Geschäfte wegen. Er wollte sich von dir verabschieden, aber er konnte dich nicht finden.«

Obwohl wir nichts Verkehrtes getan haben, registriere ich mit Interesse, dass Ben ein wenig rot wird.

»Wir waren picknicken«, erkläre ich, während Ben gleichzeitig sagt: »Wir hatten eine Malstunde.«

Filomenas amüsierter Blick gilt uns beiden. »Verstehe.«

»Immerhin hast du es diesmal geschafft, dich nicht komplett mit Farbe zu bekleckern, Bea«, sagt Hero. »Du wirst offenbar besser. Nicht der kleinste Fleck nirgendwo.«

Eine Pause entsteht.

»Ich denke, ich werde besser, ja«, stimme ich schließlich zu.

»Auf jeden Fall … bemüht sie sich«, sagt Ben. *»In jedem erdenklichen Sinn«*, fügt er leise hinzu, sodass nur ich ihn hören kann.

Ich beschließe, das zu ignorieren. »Wie war *dein* Unterricht, Hero?«, frage ich.

Doch ich merke sofort, dass das ein Fehler war, denn meine Cousine bricht in eine recht zusammenhanglose Schimpfkanonade über Signora Giuliani und ihre verschiedenen Defizite aus; sowohl als Lehrerin als auch als Mensch. Der schmerzliche Blick Filomenas lässt mich ahnen, dass sie dies alles nicht zum ersten Mal hört.

»Sie ist einfach so fürchterlich!«, jammert Hero. »Fürchter-lich!«

»Ich weiß, ich weiß«, sagt Filomena tröstend. »Aber wir müssen die Wünsche deines Vaters respektieren, mein Liebes.«

Heros Mund ist eine zusammengekniffene gerade Linie. »Ich sehe nicht ein, warum, wenn er nicht einmal hier ist!«, ruft sie, dreht sich um und stapft fort in Richtung Haus. Filomena folgt mit einem tiefen Seufzen.

»Hero!«, ruft sie. »Hero! Warte!«

Ben und ich bleiben allein auf den Stufen. Wir sehen einander nicht an.

»Tja«, breche ich schließlich das Schweigen und räuspere mich. »Sieht aus, als wäre unser romantisches Rendezvous ein ziemliches Desaster gewesen, was?«

»Ach was, überhaupt nicht«, erwidert Ben rasch. »Ich denke, es bedeutet nur, dass ich meine Bemühungen verstärken muss.«

»Das Picknick war eine sehr hübsche Idee«, sage ich ermutigend.

»Beim nächsten Mal werde ich versuchen, die schwärmenden Insekten auf ein Minimum zu reduzieren.«

»Mach dir um mich keine Sorgen«, antworte ich fröhlich. »Ich wäre gern dageblieben, um sie zu beobachten.«

»Das wärst du tatsächlich, was?« Ben kratzt sich nachdenklich im Nacken. »Ich sehe schon, ich muss meine Taktiken überdenken.«

»Ich glaube nicht, dass es eine militärische Operation werden soll.«

»Oh. Nein?« Er hebt eine Augenbraue. »Nun, zumindest ist es eine Herausforderung. Und eine, die ich zu meistern gedenke.« Da ist ein Funkeln in seinen Augen, als er das sagt, ein Funkeln, das ein seltsames Kribbeln über meinen Rücken laufen lässt. Und er wirkt sehr stolz, als er sich umdreht und geht.

Ich sehe ihm nach, bis er um eine Ecke verschwindet, dann setze ich mich mit einem Seufzer auf die Stufen. Junge Männer sind, wie es aussieht, sogar noch interessanter als Glühwürmchen.

KAPITEL 21

Obgleich ich hätte schwören können, dass meine Zeit in Italien nicht noch entspannter werden könnte, sieht es aus, als hätte ich falschgelegen.

Die Abwesenheit meines Onkels hat merkwürdige und unerwartete Auswirkungen auf die Stimmung in der Villa. Alle scheinen ein wenig aufzuatmen. Während die Tage vergehen und übergangslos miteinander verschmelzen, verlieren wir unsere ohnehin lose Verbindung mit der Realität vollkommen.

»Wie spät ist es?«, frage ich eines Morgens von der Liege aus, auf der ich mich ausgestreckt habe, meinen breitkrempigen Hut tief ins Gesicht gezogen. Eine zerlesene Ausgabe von »Lady Chatterley's Lover« baumelt zwischen meinen Fingern. Ursula hat mir das Buch zu lesen gegeben mit der Bemerkung, wenn ich meine romantische Erziehung ernst nehmen würde, wäre das der richtige Anfang. Bisher war es sehr erhellend.

»Ich habe keine Ahnung«, murmelt Ursula von der Liege neben mir. »Du bist die Wissenschaftlerin. Kannst du die Uhrzeit nicht am Sonnenstand ablesen oder so?«

»Unglaublich, wie heiß es ist«, stöhne ich und ignoriere ihren Kommentar. »Wie kann es immer noch heißer werden?«

Ein Rinnsal Schweiß fließt meine Brust hinunter, und ich fächere mir müde mit dem Buch Luft zu. Während der letzten paar Tage haben wir unter einer Hitzewelle gelitten, die Temperaturen sind so weit gestiegen, dass es unmöglich ist, einem Gefühl der Erstickung und Erdrückung zu entkommen. Diese Hitze ist etwas ganz Eigenes. Etwas Schweres, Pulsierendes, das sich um uns alle schlingt, um uns den Atem zu nehmen, etwas, das ölige Streifen in der Luft zu hinterlassen scheint. Die Villa ist ungewöhnlich still, jetzt, wo nur Klaus, Ursula und Ben da sind, zusammen mit Filomena, Hero und mir.

»Ich werde schwimmen gehen«, ächzt Klaus von seinem Stuhl aus, den er sich in den Schatten gezogen hat. »Gleich, wenn ich mich erinnert habe, wie man sich bewegt, werde ich schwimmen gehen.« Er trägt nur Badeshorts und hat den Kopf zurückgelegt, die Arme hängen schlaff an seinen Seiten.

Im Moment tragen wir alle so wenig Kleidung wie möglich, und ich bin erstaunt, wie rasch ich mich daran gewöhnt habe.

Nun ja, fast. Ich finde es immer noch recht gewagt, dass ich in meinem Badekostüm hier draußen liege, aber dieses Kleidungsstück ist direkt prüde verglichen mit Ursulas Zweiteiler. Als ich ihn zuerst sah, fielen mir fast die Augen aus dem Kopf, und Ursula lachte und nannte mich »die kleine Viktorianerin«.

»Schwimmen wird nicht helfen«, stöhne ich. »Der Pool ist warm. Alles ist warm. Ich werde nie wieder nicht schwitzen.«

»Ich brauche Wasser«, sagt Klaus heiser.

»Ja!«, sagt Ursula sehnsuchtsvoll. »In einem hohen Glas mit Eiswürfeln.«

»Oooh«, wimmere ich.

»Los.« Ursula tritt halbherzig mit dem Fuß in meine Richtung. »Du gehst.«

»Ich kann mich nicht bewegen. Geh du.«

»Hat jemand Drinks bestellt?« Ben erscheint, ein Tablett in den Händen.

»Ist das … kalte Limonade?« Ursula scheint sich etwas zu erholen und schiebt die Sonnenbrille hoch, um Ben entgegenzublinzeln. »Bist du eine Vision? Ein Engel?«

»Luzifer, vermutlich«, sage ich und lächle zu ihm auf.

»Willst du einen Drink oder nicht?«, fragt Ben zuckersüß.

»Ja, bitte.« Ich nehme das Glas, das er mir reicht, und leere es in einem langen, durstigen Zug. Die Limonade ist eiskalt und süß und gleichzeitig so sauer, dass meine Lippen prickeln; absolut herrlich.

»Wo warst du?«, fragt Ursula Ben. Wiederbelebt durch das Getränk stemmt sie sich in eine sitzende Position hoch und bewundert die hübsche Bräune ihrer Beine.

»Ich habe gearbeitet.« Ben nimmt einen Schluck und wischt seinen Mund mit dem Handrücken ab. Mein Blick verweilt einen Moment auf seinen Lippen. »Wie der Rest von euch es auch tun sollte.«

»Ich nicht«, sage ich zwischen Ursulas und Klaus' Stöhnen. »Ich bin im Urlaub. Oder vielleicht eher im erzwungenen Exil. Um über mein schlechtes Benehmen nachzudenken.«

»Na, ich denke, damit solltest du mehr als genug zu tun haben.« Ben setzt sich und hält die Beine in den Pool.

»Fühlt sich an wie Badewannenwasser!«, ruft er.

»Diese Hitze ist unnatürlich«, sagt Ursula. »Ich erinnere mich nur noch vage, wie es ist zu frieren.« Ihre Stimme nimmt einen wehmütigen Ton an. »Sich in Mäntel und Schals wickeln zu müssen gegen den beißenden Wind.« Sie seufzt. »Ich fange direkt an, Wien zu vermissen.«

»Sei nicht dumm«, sagt Klaus und kommt endlich auf die Füße. »Dieser Ort ist der Himmel, und du weißt das.«

»Klaus hat recht«, bestätige ich schläfrig. »Ich kann mir keinen Ort vorstellen, an dem ich lieber wäre.«

Klaus schenkt mir ein charmantes Lächeln, und ich lächle zurück und senke meine Augenlider dabei auf eine, wie ich hoffe, flirtende Art. Beim Flirten scheint es eine Menge um flatternde Augenlider zu gehen, und schließlich wird von mir erwartet, dass ich etwas über Romantik lerne.

»Hast du was im Auge?«, fragt Ben säuerlich.

»Lass mich für dich nachsehen«, bietet Klaus an, und er beugt sich zu mir hinunter, bis sein Gesicht nahe an meinem ist, und legt eine Hand um mein Kinn.

»Hmm«, murmelt er, sein Atem warm auf meiner Haut. »Ich … sehe nichts.«

»Bist du sicher?«, frage ich sanft. Das hier funktioniert hervorragend. Note eins im Flirten; sieht aus, als würde ich mich doch noch als Naturtalent entpuppen.

»Er ist sicher«, sagt Ben. »Da er beinahe in dein Auge geklettert ist, kann er wohl nicht noch genauer nachgucken.«

Klaus gibt mein Kinn frei und tritt lachend zurück. »Ich glaube, die Hitze macht dich nervös, mein Freund.«

»Läuft unser kleines Experiment möglicherweise nicht nach Plan?«, murmelt Ursula. »Vielleicht ist Bea weniger empfänglich für deinen Charme als die übrigen, Benedick.«

Ben grinst, ein Aufblitzen weißer Zähne in seinem gebräunten Gesicht.

»Ich denke, Bea muss dem nur noch etwas länger ausgesetzt sein.«

Er steht auf und hält mir eine Hand hin. »Und ehrlich gesagt bin ich gekommen, um genau das mit dir zu diskutieren,

Bea, falls du nichts gegen ein Wort unter vier Augen einzuwenden hast.« Er sieht zu Ursula und Klaus hinüber, die eifrig lauschen. »Es ist von einem Mann doch etwas viel verlangt, all sein Werben vor Publikum zu absolvieren.«

»Natürlich«, sage ich. »Lass uns reden.«

Ich lege meine Hand in seine und lasse ihn mich auf die Füße ziehen, dann hebe ich die Hosen neben meiner Sonnenliege auf und schlüpfe hinein, ehe ich meine Sandalen überstreife.

Ben führt mich auf die andere Seite einer hohen Lorbeerhecke, ehe er sich mir zuwendet. Er hält noch immer meine Hand fest, ganz sacht nur, seine Finger verflochten mit meinen.

Ich sehe zu ihm auf und warte darauf, dass er etwas sagt, aufs Neue überrascht, wie blau seine Augen sind.

»Du flirtest mit Klaus«, sagt er.

»Oh, tue ich das?«, frage ich zufrieden. »Das ist gut. Ich war nicht ganz sicher, ob ich es richtig gemacht habe.«

Ben sieht aus, als sei er einmal mehr hin- und hergerissen zwischen Ärger und Amüsiertheit. »Oh, du machst es genau richtig«, flüstert er, und seine Finger spielen sanft mit meinen. »Ich nehme an, ich hatte nur gehofft, wenn es irgendwelche Flirtereien gibt, wäre ich es … Ich meine, dem sie gelten.«

»Oh«, sage ich.

»Ich weiß, das Picknick ist nicht nach Plan gelaufen«, sagt er. »Trotzdem finde ich, wir sollten der Sache eine weitere Chance geben.«

Ich bedenke das einen Moment. »Ein gutes Experiment muss immer auch Raum für Irrtümer lassen.«

»Also können wir es noch einmal versuchen?« Das Lächeln, das Ben mir schenkt, ist tatsächlich ein wenig erleichtert.

»In Ordnung«, sage ich. »Wenn du willst, versuchen wir es noch einmal.«

Ben zieht mich an der Hand ein wenig näher, und wir stehen jetzt sehr nah beieinander. Ich weiche zurück, um ihm ins Gesicht zu sehen, und stelle fest, dass sich meine Augen genau auf der Höhe seines Mundes befinden. Mein Hirn leert sich, und für eine Sekunde ist da etwas Elektrisches in der Luft um uns; der wenige Abstand, der zwischen uns war, scheint rasch zu schmelzen, und ich fühle, wie Bens Arm sich um meine Hüfte legt.

»Oh, ich denke, wir bekommen noch etwas Besseres hin als das hier«, murmelt er.

Einen Moment bleibt mir der Atem weg, als sein Gesicht sich meinem nähert. Eine Explosion aus Stimmen und Gelächter dringt vom Pool zu uns herüber und lässt den Moment wie eine Seifenblase zerplatzen. Ich ziehe mich von Ben zurück, überrascht, dass mein Atem ein wenig unregelmäßig scheint.

»Lass uns zurückgehen«, sage ich.

»Wie du willst.« Er ist, fällt mir auf, ebenfalls ein wenig rot geworden, doch er bietet mir seinen Arm an, und als wir uns auf den Rückweg machen, kehrt sein entspannter Charme wieder zurück.

Wir erreichen den Pool, um Hero und Filomena bei den anderen vorzufinden. Filomena trägt einen mit Farbe und Gips bekleckerten Anzug, Heros Gesicht ist rosarot, und sie runzelt die Stirn.

»Seht euch nur an! Ihr macht euch also einfach eine schöne Zeit«, beklagt sie sich, »während ich mit Signora Giuliani drinnen sitzen und die ganze Zeit Verben konjugieren muss.«

»Dein Vater wäre nicht erfreut, wenn ich dir erlauben würde, den Unterricht schleifen zu lassen«, merkt Filomena sanft an.

»Ich finde es trotzdem nicht gerecht«, erklärt Hero.

Es ist schwer für sie – der Abstand von drei Jahren, der uns trennt, kommt ihr manchmal riesig vor, und ich weiß, bisweilen fühlt sie sich von der Gruppe ausgeschlossen.

»Es ist viel zu warm, um zu lernen«, seufzt sie. »Ich wünschte, es würde regnen.«

»Regen«, wiederholt Ursula verträumt. »Ich erinnere mich an Regen.«

»Es ist langweilig und heiß«, sagt Hero noch einmal. »Oh, ich wünschte, etwas würde geschehen.«

Filomena sieht Hero verständisvoll an.

»Tja, dann führt kein Weg daran vorbei«, sagt sie und drückt Heros Arm, »dass wir heute Abend ein Fest zu Ehren Jupiters feiern, des Gottes aller Gewitter, in der Hoffnung, dass wir ihn gütig stimmen und er uns Regen bringt.«

Hero schnappt nach Luft.

»Wirklich, Filomena?«, fragt sie mit glänzenden Augen. »Ein Fest zu Ehren Jupiters? Wird es ein Ritual geben? Ein blutiges Tieropfer?«

Filomena gluckst. »Kein Tieropfer«, sagt sie, und Heros Gesicht verfinstert sich so dramatisch, dass Ben vor Lachen prustet. »Aber ein Ritual auf jeden Fall«, fährt Filomena fort, und jetzt hüpft Hero glücklich von einem Fuß auf den anderen. »Wir werden unsere alten römischen Vorfahren anständig ehren.« Filomena sieht sich in der Runde um. »Ich hoffe, ihr werdet alle teilnehmen?«

»Wenn es Regen bedeutet, dann bin ich dafür«, sagt Ursula.

»Ich auch«, sagt Klaus.

»Was müssen wir tun?«, frage ich misstrauisch.

»Überlass das nur mir.« Filomena gibt sich geheimnisvoll. »Ihr wartet einfach auf meine Anweisungen.« Sie wendet sich Hero zu. »Komm, Hero, wir haben viel zu organisieren.«

»Warum nur klingt das so unheilvoll?«, fragt Ben, während wir alle zusehen, wie Hero eilig ihrer zukünftigen Stiefmutter folgt.

KAPITEL 22

Später an diesem Abend sitze ich vor dem Spiegel. Ich kann nicht aufhören, über den Moment mit Ben im Garten nachzudenken. Was wäre passiert, wenn der Lärm, den Hero und Filomena veranstaltet haben, uns nicht unterbrochen hätte? Hätte Ben mich geküsst?

Das Spiegelbild vor mir zeigt mir ein Ich mit weit aufgerissenen, glänzenden Augen, und ich kann kaum still sitzen.

Meine Gedanken werden von einem Klopfen an der Tür unterbrochen, ich öffne und finde Hero, die strahlt und sich einen Stapel Bettlaken an die Brust drückt.

»Was hast du da?«, frage ich.

»Dein Kostüm natürlich.« Sie tritt über die Schwelle.

»Mein was?«

Hero lässt die Tücher aufs Bett fallen, und ich stelle fest, dass sie etwas anhat, das man nur als weiße Toga beschreiben kann.

»Oh nein«, sage ich rasch und hebe abwehrend die Hände. »Ich trage nichts dergleichen.«

»Du hast keine Wahl«, sagt Hero und kichert schadenfroh. »Das ist alles Teil des Rituals.«

Ich betrachte die Laken mit einem unbehaglichen Gefühl.

»Ich helfe dir beim Anziehen – Filomena hat mir beigebracht, wie man es macht«, beharrt sie. »Ich bin sicher, du wirst umwerfend aussehen, Bea. Wie eine echte römische Göttin. Bitte, lass mich, alle anderen sind schon verkleidet.«

»Das ist lächerlich.« Ich seufze, aber ich kann Heros flehendem Blick nichts entgegensetzen. »Na, dann los«, sage ich widerwillig.

»Zieh deine Kleider aus«, befiehlt Hero, während sie siegessicher ein riesiges weißes Tuch ausbreitet.

Ich stehe also in meiner Unterwäsche da und lasse Hero das Tuch um mich winden, sie bewegt die weiße Baumwolle hierhin und dorthin, ihr Gesicht ganz verkniffen vor Konzentration.

»Au!«, schreie ich, als sie mich mit einer Nadel pikt.

»Tut mir leid, tut mir leid«, murmelt sie. »Es sah viel einfacher aus, als Filomena es gemacht hat.«

»Ich kann nicht glauben, dass ich das hier über mich ergehen lasse«, sage ich. »Oder dass Ursula es getan hat.«

»Nicht nur Ursula.« Hero grinst. »Klaus sieht sehr attraktiv aus in einem Betttuch.«

»Erzähl mir nicht, Fil hat die Männer ebenfalls dazu bekommen, dem hier zuzustimmen?«

»Mmm-hmm.« Hero nickt, die Stirn in angestrengte Falten gelegt, während sie mit dem Tuch kämpft, das sie über meine Schulter gelegt hat.

»Okay.« Sie lächelt, tritt zurück und betrachtet mich stolz. »Fertig.«

Ich drehe mich um, um in den Spiegel zu sehen, und es ist leider kein besonders umwerfender Anblick. Ich bin weit davon entfernt, auszusehen wie eine römische Göttin. Ich sehe aus, als hätte man mich in zwei weiße Bettlaken gewickelt: eines um meine Hüfte und eines um meinen Oberkörper, das an einer Schulter zusammengehalten wird. Das Ganze wird abgerundet von einem geflochtenen weiß-goldenen Band um meine Taille, das ich als Vorhangkordel aus Leos Arbeitszimmer identifiziere.

Doch Hero sieht so zufrieden aus, dass ich lediglich irgendwas darüber murmle, wie überraschend bequem das Ganze ist (das zumindest ist wahr, auch wenn ich einer schlecht eingewickelten Mumie gleiche).

»Lass mich jetzt dein Haar machen«, kommandiert Hero und zeigt gebieterisch auf den Stuhl vor dem Spiegel.

Ich setze mich, und sie verbringt die nächsten paar Minuten damit, mein Haar sorgfältig zu flechten und zu einem glänzenden Knoten auf meinem Kopf einzudrehen, den sie dort feststeckt. Dieser Teil der Verkleidung, ich muss es zugeben, ist recht schmeichelhaft, und ich drehe meinen Kopf nach allen Seiten, um ihre Arbeit zu bewundern.

»Du bist wirklich geschickt, Hero«, lobe ich.

»Filomena hat es mir beigebracht«, erklärt sie. »Ich nehme an, Mutter hätte mir auch eines Tages gezeigt, wie man es macht …« Sie verstummt, ihre Hand liegt federleicht auf meiner Schulter. Ich greife danach und drücke sie.

»Ja, das nehme ich auch an«, sage ich, obwohl ich mir Tante Thea nur schwer als Teil der Festivitäten des heutigen Abends vorstellen kann. »Bist du glücklich, Hero? Ich meine, über die Sache mit Onkel Leo und Filomena?«

»Oh ja«, erwidert Hero, ein klein wenig zu fröhlich. »Ich denke, Filomena ist wundervoll. Ich nehme allerdings an, es ist ein bisschen komisch, sich vorzustellen, wie die beiden heiraten.«

Ich weiß, was sie meint. Heiraten klingt so respektabel und normal, dass es schwer ist, sich auszumalen, wie Filomena es tut. Möglicherweise, denke ich, ist das der Grund für die leichte Zurückhaltung, die ich auf ihrer Seite bemerkt habe, und auch dafür, dass niemand jemals ein Hochzeitsdatum erwähnt hat. Vielleicht ist eine Ehe gar nicht das, was sie wirklich will.

Ich beiße mir auf die Lippe und sehe zu Heros Spiegelbild auf. Sie spielt mit einer losen Locke, die sie absichtlich aus meiner kunstvollen Frisur hat entkommen lassen, lässt sie so fallen, dass sie meine bloße Schulter berührt, ihr Gesicht ein Bild der Konzentration. Ich hoffe, Hero wird nicht zu enttäuscht sein, falls Filomena ihre Meinung zur Hochzeit ändert.

»Gut«, sagt sie jetzt und klatscht in die Hände. »Bist du bereit?«

»So bereit, wie ich nie wieder sein werde«, antworte ich und stehe auf.

»Dann lass uns gehen.«

Hero führt mich durchs Haus und dann hinaus. Ich bin überrascht, als wir die leere Terrasse hinter uns lassen und weiter und weiter durch die Gärten wandern, auf die Reihe dichter Bäume zu, die die Grenze der Ländereien darstellt, welche zum Anwesen gehören.

Es dämmert gerade, und der Himmel ist klar; keine einzige Regenwolke in Sicht. Die ersten Sterne zeigen sich, hell blinkend vor dem Hintergrund des tiefblauen Himmels, und ich weiß, bald werden es Tausende sein, wie Flitter verschwenderisch in die Nacht gestreut. Ich weiß das, weil es jede Nacht so ist, aber es fühlt sich noch immer an wie ein Geschenk.

Es ist noch immer warm, und die Luft ist feucht. Ich vermute, in ein dünnes Betttuch gewickelt herumzulaufen hat seine Vorteile. Tiefer und tiefer dringen wir in das Wäldchen aus Stechpalmenbäumen vor, und dann sehe ich die sorgsam vorbereitete Szenerie: Da ist eine plötzliche Öffnung im Gehölz, eine Art Lichtung, und es ist genau die Sorte Ort, wo man erwartet, über römische Götter zu stolpern. In der Mitte des Platzes befindet sich eine Feuerstelle, umgeben von einem Kreis aus weißen Steinen, und dort ist bereits ein kleines Feuer entzündet; orange Zungen lecken über eine hohe Pyramide krachender trockener Zweige und tauchen alles in ein seltsames, fiebrig glühendes Licht.

Auf dem Boden um das Feuer herum sind farbenfrohe Picknickdecken ausgebreitet, und überall stehen dunkle Steingutschalen mit hoch aufgetürmtem gegrilltem Huhn, Brot, Käse und tiefvioletten Weintrauben. Dazwischen finden sich flache silberne Teller mit Gruppen dicker Kerzen.

Die Hitze des Feuers steigert den surrealen Effekt der Szene noch, und es gebiert Schatten, die sich um uns herum bewegen, als stünden wir in der Mitte einer Laterna magica.

»Beatrice!«, ruft Filomena, ihre Stimme etwas heiser, als sie auf mich zukommt.

Das Feuer hinter ihr betont die Kurven ihrer Silhouette, ihre Toga ist jedoch, im Gegensatz zu meiner und der von Hero, blutrot, und sie trägt einen Kranz roter Rosen im Haar.

»Das ist für dich«, sagt sie und hält eine Krone aus Lorbeerblättern empor, zusammengehalten mit weißem Seidenband, die sie sodann sanft auf meinen Kopf setzt.

»Ähm, danke«, sage ich, versuche, meine Stimme ernst klingen zu lassen – und vernehme unterdrücktes Gelächter.

Ich entdecke Ursula, auf eine der Decken hingestreckt wie eine Katze, halb verborgen in der Dunkelheit. Nur die Zigarette in ihrer Hand und der vertraute Glanz ihres scharlachroten Lippenstifts verraten, dass sie keine antike Göttin ist, versehentlich aus der Zeit gefallen.

Die weiße Toga sieht an ihr weit überzeugender aus als an mir, muss ich leider zugeben.

»Komm und setz dich, Göttin Beatrice«, murmelt sie. »Möglicherweise gefällt dir die Aussicht von hier aus.«

Ich setze mich neben sie, die Hitze des Feuers prickelnd auf meiner Haut. Dann sehe ich, was sie meint: Die Aussicht besteht aus Ben und Klaus, die gerade auf uns zukommen.

Ben winkt mir etwas steif zu, und ich lächle.

»Ich nehme an, das Experiment geht gut voran?«, erkundigt Ursula sich.

»Ich denke.«

»Deine Art zu flirten ist schon professioneller geworden.« Sie sieht mich an, eine Augenbraue erhoben. »Pass auf, dass mein Bruder nicht auch über dich herfällt.«

Ich lache. »Ben war ziemlich sauer über meinen Erfolg in dieser Richtung.«

»Männer, Liebes«, seufzt sie. »Soo unsicher.«

Als die beiden uns erreichen, jubeln und pfeifen Ursula und ich.

Klaus glättet seine Toga. »Dies ist viel weniger hinderlich als die gewöhnliche Abendgarderobe«, erklärt er. »Ich könnte mich daran gewöhnen.«

»Ich kann nicht glauben, dass ich mich von Filomena zu diesem Unsinn habe überreden lassen«, knurrt Ben, doch sein Grinsen straft seine Worte Lügen.

»Oh, hör auf!«, rufe ich. »Sieh nur, wie glücklich Hero ist.«

Wir alle sehen zu Hero hinüber, die lacht, während Filomena die Lorbeerkrone auf ihrem Kopf zurechtrückt. Bens Miene wird weicher. »Sie sieht wirklich glücklich aus«, sagt er.

»Und ich finde, ihr beide seid sehr attraktiv so«, füge ich hinzu.

»Ich muss sagen, dem stimme ich zu«, meint Ben und sieht an seiner provisorischen Toga hinab, die zugegebenermaßen seine muskulösen Arme und Schultern ausgesprochen vorteilhaft betont.

»Ihr *beide*«, wiederhole ich.

»Aber ich besonders, nehme ich an.« Ben grinst, und ich stöhne. Hero kommt mit Lorbeerkränzen für die beiden zu uns herübergetänzelt.

»Bitte, nehmt nun Platz«, sagt sie feierlich. »Es ist Zeit, mit der heiligen Zeremonie zu beginnen.«

Ben rollt mit den Augen, doch er lässt sich gutmütig neben mir auf der Decke nieder und greift über mich hinweg, um eine der violetten Trauben abzupflücken, und steckt sie in den Mund.

»Noch ist das Festmahl nicht eröffnet!«, ruft Hero, sodass Ben zusammenzuckt. »Es gibt bei diesen Dingen eine Reihenfolge, die gewahrt werden muss!«

»Hero hat recht.« Filomena steht jetzt neben ihr, das Licht des Feuers tanzt über ihr Gesicht. »Heute Nacht sind wir hierhergekommen, um einen Pakt mit den Göttern zu schließen. Wir werden essen, feiern, tanzen, und all das werden wir tun, um die alten Bräuche zu ehren.« Sie gießt aus einer Glasflasche eine rote Flüssigkeit in eine große irdene Schüssel. Ich bin mir fast sicher, die Fruchtbowle aus der Küche darin wiederzuerkennen. »Wir beginnen mit dem zeremoniellen Wein.«

»Zeremonieller Wein ist genau das, was ich brauche, um das hier durchzustehen«, sagt Ben, aber als ich seinen Blick auffange, fasst er sich und setzt sich gerader hin.

Hero nimmt die Schüssel von Filomena entgegen und betritt unseren Kreis, sie stellt sich zwischen mich und Ursula.

»Oh, Jupiter!«, beginnt sie. »Wir kommen heute Nacht zu dir, um dich um Regen zu bitten. Lass die ausgetrocknete Erde deine Tränen einmal mehr auf ihrem lieblichen Gesicht fühlen.« Sie hebt die Schüssel hoch empor und bringt sie dann an ihre Lippen; trinkt einen Schluck, ehe sie sie an Ursula weiterreicht.

»Das war exzellent«, wispere ich, als sie sich neben mich setzt. »Sehr dramatisch.«

»Ich wollte es auf Latein sagen, aber ich konnte mich nicht mehr an die korrekte Grammatik erinnern, und ich wollte es nicht vermasseln«, flüstert sie eifrig. »Ich würde ungern etwas tun, das die Götter verärgert.«

»Ich fand, es war ein sehr effektvoller Trinkspruch. Poetisch sogar«, versichere ich Hero, ehe ich mich Ben zuwende, der mir die Schale hinhält. Ich nehme sie, hebe sie zum Mund und trinke ebenfalls einen Schluck, ehe ich sie Hero zurückgebe.

»Und jetzt …« Hero legt eine bühnenreife Pause ein. »Lasset das Fest beginnen!« Damit schleudert sie die Schale ins Feuer, wo sie entzweibricht.

Ihr Publikum jubelt laut, obwohl ich nicht umhinkann zu denken, dass es doch schade ist um die schöne Obstschale. Nun, vermutlich gehört all dies zur Vorstellung.

Die Schalen mit Hühnchen werden herumgereicht, und wir fallen über das Essen her, lachen und werfen die Hühnerknochen in die Flammen – ein weiteres Zeichen unseres Opfers.

Als wir fertig sind, erhebt Filomena sich und rezitiert ein Gedicht auf Latein. Sie ist sehr viel überzeugender als Ben auf dem Gebiet der Schauspielkunst; ihre Stimme ist leise, aber sie zieht uns alle in ihren Bann, und ich kann die Worte gerade so verstehen.

»Da mi basia mille, deinde centum,
dein mille altera, dein secunda centum,
deinde usque altera mille, deinde centum.
dein, cum milia multa fecerimus,
conturbabimus illa, ne sciamus.«

»Was sagt sie?«, wispert Ben, seine Stimme warm in meinem Nacken.

»Gib mir tausend Küsse, darauf noch einmal hundert«, beginne ich, und dann drehe ich mich um und stelle fest, dass er mich ansieht. Die tanzenden Flammen des Feuers spiegeln sich in seinen Augen, und mein Mund wird trocken. Ich schüttle den Kopf. »B-beim Rest bin ich mir nicht sicher«, sage ich schwach. Die Wahrheit ist, dass die Teile, die ich verstehe, so herzzerreißend romantisch sind, dass ich es nicht über mich bringe, sie auszusprechen, vor allem nicht ihm gegenüber.

Der Wein fließt in Strömen. Sie haben das aufziehbare Grammophon mitgenommen, und Hero legt eine Platte auf. Die Musik klingt wilder hier draußen, sie besteht ganz aus kreischenden Blechbläsern und klimperndem Piano. Das Kratzen der Nadel auf der Platte ist ein Echo der knisternden Flammen, als würde die Musik selbst brennen. Wir tanzen mit bloßen Füßen ums Feuer, glücklich und staubig, und heben unsere Gläser wieder und immer wieder, um den Göttern des Gewitters zuzuprosten. Es fühlt sich ein wenig magisch an, das alles, ein wenig, als stünden wir wirklich in Verbindung mit den Elementen. Als könnte in dieser Nacht alles geschehen.

Höher und höher schlagen die Flammen, Funken glühen in der Luft auf wie Stücke von Kupferfolie, die um uns herum zu Boden fallen.

Klaus nimmt meine Hände in seine und dreht und dreht mich im Kreis herum, bis ich mich krümme, atemlos vor Lachen. Es ist beinahe fiebrig heiß jetzt, die Luft stickig, sie schmeckt nach Rauch, und die Sterne beginnen zu verschwinden, als Wolken am Himmel aufziehen.

Eine Hand greift nach meiner, ich wirble herum und schaue in Bens Gesicht. Er nimmt mich in die Arme, und die Musik wird langsamer, wird zu einer träumerischen Melodie, ein Sänger singt von zwei Liebenden und dem Sternenlicht. Bens Hand umfasst fest meine Taille, und als ich meine Hände auf seine Brust lege, kann ich sein Herz so rasch schlagen fühlen wie mein eigenes. Wir bleiben stehen, und ich sehe zu ihm auf, und auch er schaut mich an.

»Es funktioniert, es funktioniert!«, schreit Hero, als in der Ferne ein Blitz die Nacht zerreißt. Ein Donnergrollen rollt heran, und die Luft um uns erzittert. Ich ziehe mich von Ben zurück, als die ersten Regentropfen fallen. Und dann öffnen sich endlich die Schleusen des Himmels.

»Yarooo!« Der Triumphschrei steigt zum Firmament empor, und die anderen tanzen lachend, halb schon auf dem Weg zurück zum Haus, ihre Arme in der Luft; ihre Freudenrufe erfüllen die Dunkelheit um uns.

Ich will ihnen folgen, doch Ben hält mich zurück. Legt eine Hand auf meinen Arm.

»Was ist?«, frage ich und sehe wieder zu ihm auf. Ein nervöses Gefühl lässt mich erbeben.

»Es geht um das Experiment«, sagt er und zieht mich näher an sich heran. »Ich glaube, da ist etwas, das Ursula erwähnt hat und das wir noch nicht ausprobiert haben.« Ein winziger Hauch von Unsicherheit liegt in seinen Augen. »Wenn du interessiert bist, meine ich.«

Plötzlich habe ich keine Angst mehr. Ich fühle mich so lebendig, absolut und unkontrollierbar lebendig. Regen tropft von Bens goldenen Locken, und ein unaufhaltsames Grinsen breitet sich auf meinem Gesicht aus.

»Du siehst zufrieden mit dir selbst aus«, murmelt er.

Ich lehne mich an ihn, lege die Hand auf seine Wange und ziehe ihn zu mir herab, meine Lippen nah an seinem Ohr. »Möchtest du, dass ich dich küsse, Ben, ist es das?«, wispere ich weich, und ich spüre, wie er erstarrt. »Du brauchst nur zu fragen.« Ich kämpfe gegen das Lachen an, das in mir aufsteigt; die Freude daran, den Spieß einmal umzudrehen, ist so allumfassend. »Höflich.«

Eine Pause entsteht, eine halbe Sekunde lang, die mir vorkommt wie eine Ewigkeit.

»Ja«, antwortet er dann. »Bitte.«

KAPITEL 23

Einen Moment lang kann ich nicht glauben, dass es wirklich passieren wird, und dann passiert es, einfach so.

Ich küsse Ben.

Und es stellt sich heraus, dass Ben zu küssen Magie innewohnt. Sein Mund streift meinen, leicht nur zuerst, und meine Arme schlingen sich wie von selbst um seinen Nacken. Ich recke mich ihm mit einem leisen Seufzen entgegen und fühle sein Lächeln auf meinen Lippen. Dann ziehe ich ihn noch näher zu mir, meine Augen geschlossen, und ich genieße das Gefühl, ihm so nah zu sein.

Er schmeckt nach Wein und etwas Süßem und Würzigem, etwas wie Zimt.

Der Regen prasselt um uns herum auf die Erde, während der Kuss sich vertieft, hungriger wird; ja, es ist, als wäre mein Körper hungrig nach etwas, das ich nicht einmal verstehe, die Sehnsucht füllt mich ganz aus. Bens Hand zerzaust mein Haar, Heros sorgfältig platzierte Nadeln fallen alle heraus, und es fühlt sich an, als würden elektrische Ströme zwischen uns hin und her laufen, als gäbe es überall, wo er mich berührt, Funken und Lichtblitze. Dies alles ist gierig und dringlich und lässt mich zittern. Nach einem Moment, der mir zugleich flüchtig und endlos vorkommt, komme ich zu mir.

Ich löse mich von Ben und blinzle, und die Welt um mich taucht langsam wieder auf. Die anderen sind alle fort. Ben und ich stehen allein im Regen und sehen uns an. Seine Augen sind weit aufgerissen, und wir ringen beide nach Atem.

Ich versuche, mir das Experiment in Erinnerung zu rufen, diesen Kuss als faszinierendes Ergebnis zu betrachten, das dokumentiert werden muss, doch mein normalerweise recht stabiles emotionales Gleichgewicht hat mich verlassen. Alles, was ich tun kann, ist, Ben anzusehen, und das einzig Erleichternde ist, dass sein Gesichtsausdruck so verwundert ist, wie meiner sein muss.

Noch ein Blitz erleuchtet den Himmel und reißt mich schließlich aus meiner Starre. Ich stehe, so wird mir bewusst, mitten im Regen, mitten in einem Gewitter, und habe bis eben einen Mann geküsst, der mit einem Bettlaken bekleidet ist. Beinahe ersticke ich an einem Kichern, das mehr als nur einen Hauch von Hysterie enthält.

»Wahnsinn, es regnet tatsächlich«, sagt Ben und sieht sich um.

»Der signifikante Anstieg der Luftfeuchtigkeit heute hat es recht wahrscheinlich gemacht«, antworte ich automatisch.

»Oder die Götter des Gewitters wurden milde gestimmt.«

Bens Grübchen erscheint, und schon ertappe ich mich bei dem Gedanken, wie es wäre, ihn noch einmal zu küssen. Sein Blick fällt auf meinen Mund, und ich weiß, ich denke diesen Gedanken nicht allein. Wir nähern uns einander wieder, wie Magneten, die unweigerlich voneinander angezogen werden. Ich spüre die Wärme seines Atems auf meiner feuchten Wange.

»Wir sollten gehen«, wispere ich, meine Stimme heiser, während ich versuche, standhaft zu bleiben.

»Natürlich«, sagt Ben und blinzelt. »Ja.«

Ich wirble herum, zwinge mich, mich von ihm zu entfernen, doch meine Beine fühlen sich irgendwie wacklig an. Ich drehe mich nicht um, um zu sehen, ob Ben mir folgt. Obwohl es unmöglich erscheint, erreichen wir die Villa nur ein paar Minuten nach den anderen, die noch immer juchzen und den Regen aus ihren Kleidern schütteln. Allein Ursula scheint unser kurzes Verschwinden bemerkt zu haben, und ich frage mich, was der Blick, den sie mir zuwirft, bedeutet.

Ich zittere. Sicher liegt das nur daran, dass Feuchtigkeit auf meiner Haut verdampft. Filomena reicht bereits Handtücher herum, und ich wickle mich in eines davon und freue mich über die Wärme.

»Wir haben es geschafft! Wir haben es geschafft!«, ruft Hero, während sie durch die Küche hüpft.

Sie umarmt in ihrer Aufregung Ben, und sein Blick trifft über ihren Kopf hinweg meinen. Mein Magen fühlt sich an, als würde ich unerwartet aus großer Höhe hinabfallen. Was um alles in der Welt ist los mit mir? Vielleicht bin ich krank. Ich lege meine Finger auf mein Handgelenk. Mein Puls ist definitiv etwas schneller als gewöhnlich.

»Ich werde gehen und mich umziehen«, sage ich, denn plötzlich sehne ich mich nach einem Moment allein, um meine durcheinandergewirbelten Gedanken und Gefühle zu sortieren.

»Jaja«, sagt Filomena und wedelt mit einer Hand. »Geh und zieh dir etwas Trockenes an, und dann trinken wir heißen Tee in der Küche. Ich werde nicht zulassen, dass ihr alle die Grippe bekommt, während Leo weg ist. Ich weiß ja, wie empfindlich ihr Engländer seid – ich habe genug Jane Austen gelesen.«

Nachdem ich die Tür zu meinem Zimmer hinter mir geschlossen habe, lehne ich mich für einen Moment gegen das solide Eichenholz und versuche, zu Atem zu kommen. Mein Herz hüpft noch immer. Ich werfe einen Blick in den Spiegel, und daraus sieht mir ein zerzaustes, sehr nasses Mädchen mit aufgerissenen Augen entgegen. Mein Haar steht in feuchten Strähnen vom Kopf ab, mein Gesicht ist ein bleicher Mond. Meine provisorische Toga ist ebenfalls durchnässt, doch dank Heros Wickelkunst wenigstens nicht durchscheinend.

»Es war nur ein Kuss.«

Ich bin selbst überrascht, als ich die Worte laut in das leere Zimmer hinein sage. Sie scheinen noch einen Moment lang in der Luft zu hängen; meine Stimme klingt fest und überzeugt.

Dennoch … Ich hebe die Finger an meine Lippen, und das blasse Mädchen im Spiegel tut es mir gleich. Dieser Kuss. Es ist, als wäre all die seltsam prickelnde Spannung zwischen Ben und mir Schwarzpulver gewesen, das zu dieser unvermeidbaren Explosion führen *musste.*

Ich hatte keine Ahnung, *nicht die leiseste Ahnung,* dass es so sein würde, so sein könnte. Ich frage mich, ob es das immer ist. Ich frage mich, ob Ben so überrascht ist wie ich, oder ob es für ihn bloß *noch* ein Kuss mit irgendeinem weiteren Mädchen war.

Mechanisch beginne ich mich auszuziehen und schlüpfe in mein Nachthemd. Ich trockne mein Haar und gebe mein Bestes, es zu ordnen, nehme es zusammen und streiche es aus meinem Gesicht, dann klettere ich ins Bett und verstecke mich unter der Decke wie ein Kind.

Ich kann unmöglich heute Abend zu den anderen zurückgehen. Ich bin zu erfüllt von dem, was geschehen ist. Wenn ich Ben jetzt noch einmal sehe, ist es möglich, dass ich einfach platze. Als Hero vor meiner Tür leise nach mir ruft, tue ich so, als schliefe ich schon.

Von Ferne höre ich, wie die ausgelassene Feier in der Küche weitergeht, hin und wieder dringen schallendes Gelächter oder ein aufgeregter Ruf zu mir. Noch immer hämmert der Regen draußen auf Erde und Piniennadeln. Das Geräusch ist wie Musik, die durchs Fenster dringt, und ich höre eine lange, lange Zeit zu, ehe ich schließlich in den Schlaf hinübergleite.

KAPITEL 24

Am nächsten Morgen wache ich auf und fühle mich zerschlagen. Als ich die Fensterläden öffne, werde ich von einem weiteren perfekten sonnigen Tag begrüßt, und es ist fast nicht zu glauben, dass es gestern Nacht wirklich geregnet hat.

Fast, aber nicht ganz, denn die Luft riecht so süß und sauber, so frisch wie nur nach einem Gewitter. Ich atme tief ein und genieße den grünen Duft der Hügel. Einen Moment lang stehe ich da, schaue nach draußen, ohne den Ausblick wirklich wahrzunehmen, denke wieder an das Gefühl von Bens Lippen auf meinen. Erst der Gesang des Wiedehopfs bringt mich wieder zurück in die Realität, und ich greife nach meinem Fernglas. Ich bin erleichtert, dass der Kuss mein Gehirn nicht völlig außer Gefecht gesetzt hat. Aber auch diesmal kann ich keinen Blick auf den Vogel erhaschen, der mir ständig entkommt.

Nachdem ich mich rasch gewaschen habe, schlüpfe ich in meine geliebten Hosen und ein weiches Hemd in der Farbe der Glockenblumen, die jeden Frühling die Wälder bei Langton Hall mit einem blauvioletten Teppich überziehen. Dann nehme ich meinen Strohhut und gehe nach unten.

Alles ist ruhig, kein Zeichen von den anderen.

Ohne wirklich zu wissen, wohin ich will, wandere ich durch den Garten, folge den Pfaden, die zwischen den Hecken entlangführen, bis ich den steinernen Springbrunnen im Zentrum erreiche.

Ich nehme an, ein Teil von mir wusste, dass ich ihn hier finden würde. Er sitzt auf dem breiten Steinrand, der den Brunnen begrenzt, ein Buch in der Hand. Er sieht entspannt aus, etwas zerknittert vielleicht, seine langen Beine hat er ausgestreckt und die Füße an den Knöcheln übereinandergelegt.

»Hallo«, sage ich.

Er legt das Buch weg und steht auf. Ich kenne es, es ist ein Kriminalroman voller sensationeller Wendungen und Überraschungen – ich habe es selbst gelesen, um ehrlich zu sein, habe ich es hinter Mutters Blumentöpfen versteckt gefunden.

»Ich wusste gar nicht, dass du Krimis liest«, sage ich.

»Dieser ist einer der besten«, erklärt er.

Seine Stimme klingt warm, irgendwie vertraulicher als sonst, als spräche er jetzt auf andere Art mit mir.

Er lässt sich zurück auf den Brunnenrand fallen und klopft auf den Platz neben sich, doch ich bleibe stehen und sehe zu ihm hinab, die Hände hinter meinem Rücken verborgen, sodass er nicht sehen kann, wie ich sie nervös ineinander verschränke. »Wegen letzter Nacht …«

»Oh ja«, sagt er. »Das hat mich auch beschäftigt.«

»Hat es?«

»Ich habe an nichts anderes gedacht.« Er verzieht einen Mundwinkel zu einem Grinsen. »Klaus hat wirklich nicht den Körperbau, um in der Öffentlichkeit eine Toga zu tragen.«

Ich verbeiße mir ein Lachen. »Ich meinte den Kuss.«

»Mmm«, murmelt Ben, und sein Blick gleitet zu meinem Mund. »Nun, *das* war wirklich eine ziemliche Offenbarung.«

Er streckt sich und sieht sehr zufrieden mit sich aus. »Eine gute Einführung in die Aktivität des Küssens, du stimmst sicher zu.«

Ich fühle leisen Ärger in mir aufsteigen. Schließlich hatte ich auch etwas damit zu tun.

»Nun, ja«, sage ich rasch. »Es war ausreichend.«

»Ausreichend?« Er sieht mich mit offenem Mund an.

»Ja.« Ich wedle nonchalant mit der Hand. »Ich bin sicher, beim nächsten Mal wird es noch mehr …« Hier lege ich eine Pause ein, schürze die Lippen und bemühe mich um einen nachdenklichen Gesichtsausdruck.

»Noch mehr *was?*«, fragt er eisig.

»Ich weiß nicht«, sage ich gedankenvoll. »Einfach … nun, *mehr.*«

Er springt auf die Füße, Lachen und Ärger zugleich auf seinem Gesicht, und ich genieße einen Moment des Triumphs, bevor mir klar wird, dass ich ihn küsse. Schon wieder.

Keine Ahnung, wer diesmal zuerst wen küsst, aber es ist, als wäre da gar kein Raum zwischen dem Kuss der letzten Nacht und diesem. Seine Hände umfassen mein Gesicht, und bei seiner Berührung strömt all das Verlangen, das ganze wunderbare, köstliche Gefühl der letzten Nacht wieder durch meinen Körper; wie eine Lunte, die angezündet wurde.

Als wir uns schließlich voneinander lösen, sieht Ben mich mit so etwas wie einem Vorwurf in den Augen an.

»Ausreichend, in der Tat«, sagt er.

»Tut mir leid«, erwidere ich mit einem atemlosen Lachen, »aber du sahst so schrecklich selbstgefällig aus, Ben. Ich konnte einfach nicht widerstehen, das zu sagen.«

Er nimmt seinen Platz wieder ein, und ich setze mich

neben ihn und ziehe meine Füße hoch in den Schneidersitz. Die Wildheit des Kusses sollte beunruhigend sein, aber stattdessen ist es, als sei das Eis gebrochen. Nun, weniger gebrochen als absolut und komplett geschmolzen. Wobei ich nicht ganz verstehe, warum.

»Ein zufriedenstellendes Ergebnis«, sage ich. »Das erste Mal hätte auch ein Ausreißer in den Erhebungen sein können, doch es scheint nicht so.«

»So kann man es auch ausdrücken«, sagt Ben und sieht mich an, als hätte er ein wenig Angst davor, was ich als Nächstes sagen werde.

»Das ist gut.« Ich ziehe ein Notizbuch aus meiner Tasche und schlage es auf, seinen vernachlässigten Roman nutze ich als Unterlage. »Denn ich habe ein paar Fragen.«

Jetzt sieht Ben erschrocken aus. »Fragen?«

Ich mustere ihn aus zusammengekniffenen Augen. »Du hast offensichtlich noch nie zuvor an einem Experiment teilgenommen. Akkurate Informationen zu sammeln ist äußerst wichtig.«

»Ich könnte mir Wichtigeres vorstellen«, sagt er ein wenig heiser, eine Hand auf meinem Knie.

»Oh, tatsächlich?«, frage ich, ziehe einen Bleistift aus der Tasche und lasse ihn über dem Papier schweben. »Und das wäre was genau?«

Es gibt eine Pause, und Ben schüttelt den Kopf, er wirkt ein wenig verzweifelt und zieht seine Hand zurück. »Warum beginnen wir nicht einfach mit deinen Fragen?«, fragt er schließlich, sein Tonfall resigniert.

»In Ordnung«, stimme ich zu. »Zuerst der Kuss. Wir haben schon festgehalten, dass er etwas über dem Durchschnitt lag …«

»Das haben wir.«

»Aber es wäre hilfreich, wenn du mehr Details über deine Reaktion einbringen könntest.«

»Zum Beispiel?« Ben hebt eine Augenbraue.

»Nun, du hast eine weitaus größere Vergleichsgruppe. Ich bin zuvor nur einmal geküsst worden, und nicht schrecklich erfolgreich. Unsere Zähne schienen zu sehr aneinanderzustoßen, und es war etwas … nass.«

»Freut mich zu hören, dass dieses Experiment eine Verbesserung darstellt«, sagt Ben schwach.

»Eine signifikante Verbesserung.«

Ein Ausdruck von Stolz gleitet über Bens Gesicht.

»Also?« Ich hebe meinen Bleistift wieder, bereit für mehr.

»Also was?«

»Also, wie war es für dich? Rein wissenschaftlich betrachtet, selbstverständlich.«

»Rein wissenschaftlich betrachtet.« Ben schüttelt den Kopf. »Es war … ich weiß nicht, Bea! Es war … gut.«

»Gut?« Ich notiere das. »Könntest du das etwas genauer definieren?«

»Sehr gut«, sagt Ben. »Schreibst du das auf?«

»Sehr gut«, sage ich bedächtig, und mir wird ganz warm.

»Ja, Bea.« Er hebt verzweifelt seine Hände. »Sehr gut. Exzellent, in der Tat. Unter den besten fünf Küssen der *Millionen* Küsse, die ich ja offensichtlich schon erlebt habe.«

»Unter den besten fünf?« Ich überlege einen Moment, den Bleistift über der Seite. »Wie erfreulich. Und ohne jede Übung … Das muss ein gutes Zeichen sein. Vielleicht bin ich ein Naturtalent.« Ich sehe mir den nächsten Punkt auf meiner Liste an. »Ah, richtig. Die Technik.«

»Technik?«, wiederholt Ben mechanisch.

»Ja.« Ich schiebe eine Locke hinter mein Ohr. »Zum Beispiel war da … eine Sache, die du mit meinem Hals gemacht hast, die ich besonders angenehm fand.«

»Oh?«

»Ja.« Ich berühre die Haut direkt unterhalb meines Kiefers. »Hier.«

Ganz langsam streckt Ben den Arm aus und streicht über meine Haut – und es ist, als würde alles Blut plötzlich in meine Wangen fließen. »Hier?«, fragt er sanft.

»J… ja.« Ich bin erstaunt, als ich mich beim Stottern ertappe.

Ben beugt sich näher zu mir. Er lässt seine Lippen sacht die Stelle streifen und haucht eine Reihe federleichter neuer Küsse entlang der Seite meines Halses.

»So?«, fragt er und zieht sich ein wenig zurück. Sein Gesicht ist dem meinen ganz nah, seine Augen sind groß und dunkler als sonst, meerblau.

»Ja«, sage ich, und meine Hand stiehlt sich hinauf, um seine Wange zu berühren. »Genau so. Was ist mit dir? Was gefällt dir?«

Anstelle einer Antwort lehnt er sich vor und drückt seine Lippen auf meine. Sein Mund ist weich und köstlich. Er bedeckt meinen Hals mit Hunderten dieser schrecklich wunderbaren Küsse und bringt mich zum Zittern. Wir küssen uns eine lange Zeit: langsame, berauschende Küsse, die keinen Beginn und kein Ende kennen, und ich fühle mich träge und träumerisch. Es ist seltsam, wie wenig seltsam es sich anfühlt, wie absolut richtig und gut alles ist.

Als wir uns voneinander lösen, sehe ich ihn wortlos an.

»Schreibst du das nicht auf?«, fragt Ben und hebt eine Augenbraue, doch seine Stimme zittert leicht.

»Ich bin nicht ganz sicher, wie ich das aufschreiben soll«, gebe ich zu.

»Nun«, sagt er, »wenigstens wissen wir, dass wir den Teil des Experiments, der das Küssen anbelangt, gemeistert haben.«

»Ja.« Ich hebe meine Finger an die Lippen, die sich empfindlich und leicht geschwollen anfühlen. »Vermutlich schon.«

Bens Buch ist zu Boden gefallen. Ich betrachte das Notizbuch auf meinem Schoß. Es wird definitiv schwierig sein, einen kühlen Kopf zu behalten. »Ist es immer so?«, frage ich.

»Nein, Bea.« Ben atmet langsam aus. »Das ist es nicht.«

»Oh.« Ich weiß nicht, ob ich mich jetzt besser oder schlechter fühlen soll. »Also …« Einen Moment ringe ich mit mir, denn ich will ihn nicht zu sehr bedrängen, aber die Antwort interessiert mich doch. »Ich bin … anders als andere?«, fragte ich endlich.

Ben nimmt meine Hand in seine, verflicht seine Finger mit meinen und drückt sie sanft. »Ich denke, um ehrlich zu sein, du bist … außergewöhnlich.«

»Denkst du das?« Ich blinzle.

»Hm, ja«, sagt Ben. »Ich meine, du bringst einen auf die Palme, natürlich, aber du bist klug und interessant und lustig – manchmal sogar absichtlich.«

»Oh«, bekomme ich nur heraus, ganz taumelig ob des plötzlichen Schwalls all dieser Komplimente. »Danke.«

»Bilde dir nicht zu viel darauf ein«, warnt mich Ben rasch. »Schließlich sind Komplimente Teil der ganzen Werbungssache. Ich bin vertragsmäßig dazu verpflichtet, sie zu produzieren. Ich wäre mehr als glücklich, hier zu sitzen und all deine Fehler aufzulisten, aber das war nicht Teil der Abmachung.«

»Das Gefühl beruht auf Gegenseitigkeit«, entgegne ich, doch ich lächle dabei. Selbst wenn die Komplimente nur ein Teil des Experiments sind, ist es doch hübsch, sie zu hören.

»Gut.« Ben räuspert sich.

Was auch immer er als Nächstes sagen will, in diesem Moment lenkt mich der Ruf des Wiedehopfs ab. Inzwischen kenne ich ihn gut. Dann, ganz plötzlich und ohne große Umstände, landet der Vogel, den ich so unbedingt sehen will, auf einem Ast in unserer Nähe und schüttelt seinen weichen pfirsichfarbenen Flaum aus, wobei er seine Krone aus langen schwarz-weißen Federn eindrucksvoll ausbreitet.

»Guck, Ben!«, rufe ich aus und zeige hin.

Meine plötzliche Bewegung überrascht ihn offenbar, denn er weicht zurück und rudert einen Moment lang auf komische Weise mit den Armen in der Luft, während er für eine Sekunde auf dem steinernen Rand um sein Gleichgewicht kämpft – dann fällt er mit einem mächtigen Platschen in den Brunnen.

Ich springe auf und flüchte vor der Flutwelle, die er auslöst. Schließlich taucht Ben aus dem Wasser auf, würdelos prustend, sein Gesicht verzerrt vor Wut.

»Oh weh«, sage ich.

Er bleibt, wo er ist, bleibt im Springbrunnen sitzen und blinzelt einen Moment zu mir auf. Kleine Wasserbäche fließen aus seinem Haar, und er streicht es zurück und aus seinen Augen.

»Lass mich raten«, sagt er endlich. »Da war eine Libelle?«

»Oh nein«, sage ich schnell. »Ein Wiedehopf, Ben, guck!« Ich drehe mich um, doch der Vogel ist davongeflogen. »Oh.« Ich runzle die Stirn. »Du musst ihn erschreckt haben.«

»Wie gedankenlos von mir«, murmelt er.

»Ich nehme nicht an, dass du es absichtlich getan hast. Aber ganz ehrlich, Ben, du bist ein wenig ungeschickt.«

Ben starrt mich an. »Ich war nicht ungeschickt, ehe ich dich getroffen habe.«

»Ich glaube kaum, dass du mir die Schuld zuschieben kannst«, sage ich. »*Du* hast ein Problem mit deinem Gleichgewicht. Vielleicht stimmt etwas nicht mit dir, medizinisch gesehen. Du solltest das überprüfen lassen. Schwindel kann ein Symptom vieler verschiedener Dinge sein. Wie fühlst du dich jetzt?«

»Wie ich mich fühle?« Ben scheint darüber nachzusinnen und hebt eine Hand, um sich nachdenklich das Kinn zu reiben. »Was *glaubst* du, wie ich mich fühle?«

»Recht nass, könnte ich mir vorstellen.« Ich bemühe mich, ein Lachen zu unterdrücken.

Er kommt mit einer raschen Bewegung auf die Beine und löst – wie ein Meeresungeheuer, das sich aus den Tiefen erhebt – eine neue Welle aus, die sich am Rand des Bassins bricht.

»Na, na, Ben«, sage ich schmeichelnd. »Sei nicht sauer. Schau, ich habe das Wichtigste gerettet.« Ich strecke meine Hand aus, um ihm sein Buch zu zeigen, leicht feucht, jedoch größtenteils unbeschädigt.

Er hält einen Moment inne und sieht von meinem Gesicht zu dem Buch in meiner Hand.

»Du«, sagt er, eher zu sich selbst, »bist die seltsamste Person, die ich kenne.«

»Außergewöhnlich«, erinnere ich ihn. »Du findest, ich bin außergewöhnlich.«

»Außergewöhnlich lästig«, ergänzt er bissig.

»Das scheint nicht wirklich zum Geist unserer Vereinbarung zu passen, Ben«, sage ich zuckersüß. »Du warst doch *so gut* im Komplimentemachen!«

Ich ziehe ihn absichtlich auf, und das macht Spaß, doch der Ausdruck auf seinem Gesicht sagt mir, dass es möglicherweise auch gefährlich ist. Es ist ihm durchaus zuzutrauen, dass er mich aus fehlgeleiteten Rachegelüsten heraus in den Springbrunnen wirft. Ich weiche zurück.

»Nun«, sage ich fröhlich. »Dies alles war sehr erhellend, aber ich denke, ich sollte jetzt besser gehen.«

Und ich drehe mich um und beeile mich wegzukommen, wobei ich den Wutausbruch ignoriere, der hinter mir in der Luft explodiert.

KAPITEL 25

Die folgenden Tage verfliegen wie im Traum, sie sind berauschend und extrem lehrreich.

Ben wirft sich mit großem Enthusiasmus in unser Experiment, und inzwischen hat es genug verstohlene Küsse gegeben, um zwei Notizbücher mit Beobachtungen zu füllen. Bislang haben wir uns nicht an das Thema herangewagt, was nach dem Küssen noch kommt, doch ich muss sagen, meine verschärfte Wahrnehmung seines und meines eigenen Körpers hat mir bislang äußerst spannende Erkenntnisse gebracht.

Im Moment ist später Nachmittag, und das Licht ist schwer und golden.

Wir sitzen im Garten, und obgleich ich es besser weiß, erlaube ich Ben, es noch einmal mit Liebesgedichten zu versuchen.

»Da ist nicht der leiseste Hauch von Romantik in deiner Seele«, knurrt er, als ich meine Lippen aufeinanderpresse, damit ihnen kein Kichern entschlüpft – und scheitere.

»Ich denke, es ist der Stil, in dem du liest. Es sind nicht nur die Worte«, erkläre ich, um fair zu bleiben. Offenbar liebt Ben die Rolle des Romantikers, aber mich scheinen – wie ich befürchtet habe – schwülstige, hochdramatische Ausdrucksweisen wie »du Schönheit mit dem Rabenhaar« nur zum

Lachen zu bringen. »Filomenas Gedicht am Lagerfeuer neulich Nacht mochte ich.«

Ben fällt im Gras vor mir auf die Knie. »Ah, richtig.« Sein Lächeln ist wölfisch. »Oh, gib mir hundert Küsse …«

»Tausend«, korrigiere ich ihn.

»Ehrlich, Bea«, murmelt er und beugt sich zu mir. »Du bist unersättlich.«

Ich lache, als seine Lippen meine berühren.

Da ist ein Geräusch, ganz in der Nähe, ein Fuß, der auf einen Zweig tritt, und jemand räuspert sich umständlich. Als Filomena auftaucht, sind Ben und ich schon auseinandergesprungen, unsere Kleider noch immer etwas zerknittert, die roten Flecke auf unseren Wangen verräterisch.

Das Grinsen auf Filomenas Gesicht macht klar, dass wir hier niemandem etwas vormachen.

»Da seid ihr«, sagt sie. »Ich war auf der Suche nach euch.«

»Warst du?«, fragt Ben in dem Versuch, nonchalant zu klingen.

Filomena nickt. »Ich habe mich gefragt, wie es mit den Stunden in Malerei vorangeht?«

Sie sieht sich demonstrativ in der Umgebung um, in der ein frappanter Mangel an Malzubehör auffällt.

»Malerei, ja«, sage ich und versuche fieberhaft, mein Gehirn wieder zum Funktionieren zu bringen.

»Bea macht durchaus Fortschritte«, sagt Ben rasch. Er wirft mir einen hintergründigen Blick zu. »Mit ein wenig mehr Übung wird sie sich ganz gut machen.«

»Es war ein etwas holperiger Anfang.« Ich nicke und schenke ihm einen ebensolchen Blick. »Bens Lehrmethoden sind etwas verbesserungswürdig. Aber die Dinge entwickeln sich definitiv zum Positiven.«

»Wundervoll«, sagt Filomena ernst. »Ich freue mich darauf, die Ergebnisse zu sehen. Vielleicht kann Bea etwas zu der Ausstellung beitragen.«

»Ausstellung?«, frage ich schwach und sehe zwischen ihr und Ben hin und her.

»Das ist vermutlich eine ziemlich grandiose Beschreibung«, gibt Filomena zu. »Es ist eigentlich nur eine große Party, bei der wir ein paar Arbeiten zeigen, die über den Sommer hier entstanden sind.«

»Oh ja«, murmle ich. »Ich denke, Leo hat das erwähnt, als ich ankam.« Es fühlt sich an, als wäre das sehr lange her.

»Ich hatte es fast vergessen«, sagt Ben, mehr zu sich selbst.

»Das dachte ich mir«, erwidert Filomena sanft. »Allerdings könnte es eine gute Gelegenheit für dich sein, Ben. Einige einflussreiche Leute kommen.«

»Ja.« Ben reibt sich gedankenverloren das Kinn. »Ich weiß.«

»Und«, fügt Filomena hinzu, »wenn Bea auch etwas beiträgt, denke ich, wird Leo sich freuen.«

Er nickt.

»Gut. Dann lasse ich euch beide allein.«

Sie wendet sich ab und geht mit wiegenden Hüften, ihr langes, dunkles Haar schwingt sacht um ihre Taille.

Ben starrt ihr nach.

»Alles in Ordnung?«, frage ich. Er antwortet nicht, und ich berühre seinen Arm.

»Was?«, sagt er und dreht sich um. »Oh. Ja.« Er setzt sein gewöhnliches sorgloses Grinsen auf.

»Sieht aus, als müsstest du ein Werk von umwerfender Qualität produzieren, damit ich meine Brötchen hier auch verdiene«, meint er.

»Ich hoffe, du bist darauf vorbereitet, hungrig zu bleiben«, knurre ich.

Eine Stunde später stehen wir beide vor Leinwänden an unserem – jetzt zum Glück ameisenfreien – Picknickort. Und wieder versuche ich halbherzig, den Ausblick vor uns zu malen, während Ben sanft einige der vielen Fehler korrigiert, die ich mache.

Ich seufze schwer und betrachte das Chaos aus Linien und Flecken auf der Leinwand. »Ist das irgendwie besser?«

»Lass es uns noch mal von vorn versuchen«, sagt Ben, ziemlich diplomatisch für ihn. »Gibt es irgendwelche Künstler, die du besonders magst?«

Ich denke einen Moment nach. »Vater hatte einen hübschen Stubbs, bis wir ihn verkaufen mussten«, sage ich schließlich. »Eins seiner Pferdegemälde. Es hing über dem Kaminsims im Wohnzimmer. Ich mochte es. Es sah aus – na ja, ich nehme an, es sah aus wie ein Pferd. Ein echtes Pferd.«

Ich erwarte, dass Ben etwas Geringschätziges sagt; selbst ich weiß, dass das nicht unbedingt eine angemessene Kunstkritik war. Aber er nickt.

»Das ergibt Sinn«, meint er. »Stubbs hat Anatomie studiert, und seine Bilder sind unglaublich akkurat – wissenschaftlich gesehen.« Er schenkt mir ein schiefes Lächeln. »Um ehrlich zu sein, er hat Pferdekadaver seziert und von der Decke einer Scheune hängen lassen, um die verschiedenen Schichten abzutragen und Zeichnungen davon anzufertigen.«

»Das wusste ich gar nicht!«, rufe ich aus. »Das ist interessant.«

»Natürlich. Es war klar, dass du sezierte Kadaver interessant finden würdest.« Ben macht eine Pause. »Er hat ein Buch darüber geschrieben. Die Anatomie des Pferdes«, fährt er dann nachdenklich fort. »Es war anscheinend ziemlich bahnbrechend – die Art, in der es Kunst und Wissenschaft vereinte.«

»Ungefähr so wie wir?«, frage ich.

»Ja.« Er platziert einen raschen Kuss auf meiner Nasenspitze. »Wie wir. Aber mit mehr toten Pferden.«

Ich überlege einen Moment. »Glaubst du, das Zeichnen würde meine anatomischen Studien voranbringen?« Ich werde ein bisschen enthusiastisch bei diesem Gedanken.

»Ich wüsste nicht, weshalb nicht«, antwortet Ben. »Anatomische Studien haben Stubbs zu einem besseren Maler gemacht, Malen könnte dich zu einer besseren Wissenschaftlerin machen. Es ist auf jeden Fall einen Versuch wert. Warum suchst du dir nicht ein geeignetes Objekt und siehst, wohin es dich bringt?«

Während Ben weiter an seinem Gemälde arbeitet, gehe ich also los und mache mich auf die Suche.

Obwohl es mir nichts ausmacht, Tiere zu sezieren, gefällt mir doch die Idee nicht, eines nur zu töten, um es zu zeichnen; doch ungefähr vierzig Minuten später finde ich einen wunderschönen und zweifelsohne toten *Lucanus cervus* in einem der Blumenbeete: einen Hirschkäfer. Den Käfer vorsichtig in einer Hand tragend, kehre ich zurück zu Ben, der hart zu arbeiten scheint.

Ich setze mich auf unsere Decke, ziehe einen Skizzenblock und einen Bleistift aus Bens Tasche und beginne ebenfalls zu arbeiten, indem ich mich sorgfältig bemühe, ein Abbild des Insekts auf die Seite zu bannen.

Es so genau zu betrachten offenbart mir eine komplexe Welt von winzigen Details, die ich tatsächlich so noch nie gesehen habe. Ich versuche, mir ins Gedächtnis zu rufen, was Ben über Form und Perspektive gesagt hat, und obgleich die Zeichnung, die ich anfertige, sicher weit entfernt von Perfektion ist, so stellt sie wenigstens erkennbar einen Käfer dar. Ich empfinde eine große Befriedigung, dass ich so viel beobachtet, so viel über das Lebewesen selbst gelernt habe.

Als Ben herüberkommt, um sich neben mich zu setzen, sehe ich auf. »Hübsch.« Er nickt zu der Zeichnung hin.

»Danke. Ich habe nur die Maxillarpalpen nicht ganz richtig hinbekommen.«

»Was genau sind Maxillarpalpen?«, fragt Ben und lehnt sich herüber.

»Diese hier.« Ich zeige zu den kleinen Fühlern zwischen den großen, hornähnlichen Kiefern des Käfers. »Es sind Sinnesorgane, um Nahrung zu schmecken. Mir ist nie aufgefallen, wie wundervoll und kompliziert der ganze Kiefer ist.«

»Sieht aus, als könnte das Zeichnen wirklich hilfreich sein für eine Naturkundlerin.« Ben stützt sich auf seine Ellenbogen. »Vielleicht kannst du am Ende des Sommers nach Wien reisen und diese menschenfressenden Pflanzen zeichnen.«

»Die Pflanzen sind fleischfressend, nicht menschenfressend«, korrigiere ich automatisch, doch in meinem Kopf dreht sich alles. Niemand hat mich je zuvor eine Naturkundlerin genannt, und ich bin ein wenig atemlos. Es klingt irgendwie so ernst. Als würde er *mich* ernst nehmen.

»Und ich bin keine Naturkundlerin«, sage ich. »Es gefällt mir nur, solche Dinge zu studieren. Ich bin völlige Autodidaktin.«

Ben zuckt die Schultern. »Das sind viele Experten.«

»Vermutlich«, stimme ich zu. »Aber in der Lage zu sein, wirklich zu studieren, von wahren Spezialisten zu lernen und

Vorlesungen zu besuchen und Sektionen …« Etwas macht in mir einen Satz. »Tja, das wäre ein Traum.«

Eine kurze Stille entsteht. Ich merke, dass ich mich wappne, meinen Körper anspanne, während ich auf einen abfälligen Kommentar warte, auf das kalte Wasser, das das Feuer meines Enthusiasmus löscht.

»Verstehe«, sagt Ben. »So habe ich mich gefühlt, als ich in Florenz Kunst studiert habe. Ganz umgeben davon zu sein, umgeben von so viel Wissen und Können, und dann zu versuchen, einen kleinen Teil davon selbst mitzunehmen, besser zu werden, immer besser … Das ist eine gewaltige Erfahrung.«

Ich sehe ihn an, erstaunt. Er versteht mich. Zumindest mehr als irgendjemand bisher.

»Also, warum studierst du nicht?«, fragt Ben. »An der Universität, meine ich.«

»Meine Familie würde das niemals gutheißen.« Ich verschränke die Finger ineinander.

»Du scheinst mir niemand zu sein, der die Zustimmung anderer braucht«, bemerkt Ben trocken.

Ich schüttle den Kopf. Ich werde ihm nie erklären können, wie es bei mir zu Hause ist.

»Wir könnten es uns sowieso nicht leisten«, sage ich stattdessen. »Die Universität ist teuer, und alles Geld, das meine Eltern haben, fließt direkt in unsere Ländereien.«

»Was ist mit einem Stipendium?«

»Einem Stipendium?«

»Ja«, sagt er, als wäre das naheliegend. »Du bist definitiv intelligent genug. Ich meine, du bist die intelligenteste Person, die ich kenne.« Er grinst. »Dieser Kopf, den du hast, enthält so viel Wissen, ich bin eigentlich überrascht, dass sein Gewicht dich nicht zu Boden zieht.«

»Ein Stipendium … Ich glaube nicht, dass das möglich ist.«

Sobald ich die Worte laut ausspreche, merke ich, dass sie gar nicht mehr unbedingt wahr sind. Was in der abgeschiedenen Welt von Langton Hall völlig unmöglich erschien, wirkt hier gar nicht mehr so weit hergeholt.

»Du könntest es schaffen, Bea«, sagt Ben mit absoluter Zuversicht. Dann lehnt er sich zurück und faltet die Hände unter seinem Kopf, schließt seine Augen zum Schutz gegen den Sonnenschein.

Spontan beuge ich mich über ihn und drücke einen raschen Kuss auf seine Wange. Der süße Geruch frisch geschnittenen Grases, der auf seiner Haut liegt, ist berauschend, er lässt meinen Körper prickeln, und ich erwische mich selbst bei dem Gedanken, dass ich ein Vermögen machen könnte, würde es mir gelingen, diesen Geruch in Flaschen abzufüllen. Ben blinzelt und öffnet die Augen.

»Wofür war das denn?«, fragt er.

»Ich bin nicht sicher«, sage ich. »Mir war nur gerade danach. Glaubst du, es markiert ein neues Stadium in unserer Romanze? Wahrscheinlich sollte ich es notieren.«

Ben lächelt, ein langsames, schläfriges Lächeln. »Oh, ich weiß nicht, Bea.« Er streckt den Arm aus und zieht mich zu sich hinunter. »Mir ist immer danach, dich zu küssen.«

Als wir zurück zur Villa kommen, sinkt die Sonne bereits, und ich bin beschwingt, betrunken von Küssen. Ben hält meine Hand auf dem ganzen Rückweg, und ich spüre ein albernes Grinsen auf meinem Gesicht.

Diese ganze Sommerromanze ist wirklich recht angenehm.

Auf der Terrasse sitzt Klaus mit einem Drink. Er sieht auf, als wir uns nähern.

»Bea«, sagt er. »Dein Onkel ist zurück.«

»Oh. Wie schön.« Ich kann nicht verhindern, dass meine Stimme ein wenig hohl klingt. Onkel Leos Rückkehr fühlt sich an wie das Ende von etwas, und ich frage mich, wieso.

»Er ist nicht allein«, murmelt Klaus. »Er hat eine Engländerin mitgebracht ... Lady Frances Irgendwer.« Er wirft Ben einen Blick zu. »Und Sir Hugh ist bei ihm.«

Einen Moment lang ist es still. Ich betrachte Bens Gesicht, das versteinert ist.

»Wer ist Sir Hugh?«, frage ich.

»Niemand, über den es sich zu reden lohnt«, knurrt Ben, und damit wendet er sich ab und geht auf die Türen zu. Ich sehe zu Klaus, fragend, doch er erklärt nichts. Wir folgen Ben nach drinnen. Als wir den Eingang zum Salon erreichen, gehe ich hinein, doch Ben und Klaus bleiben hinter mir in der Tür stehen.

Der Anblick, der sich mir bietet, wirkt wie eine sorgsam arrangierte Szene aus einem Gemälde. Alle haben sich dort versammelt, um Tee zu trinken, obgleich die Hitze im Raum erstickend ist. Ich stehe einen Augenblick lang still und nehme in mich auf, was ich sehe.

Hero sitzt neben Onkel Leo auf einem der Sofas. Ihre Hände sind im Schoß gefaltet, und sie wirkt gelangweilt. Ihr Haar ist ordentlich, ihr Kleid perfekt gebügelt; sie ist, so stelle ich fest, ganz die sittsame junge Lady. Neben ihr sitzt Filomena, ein frostiges Lächeln auf den Lippen. Ursula steht beim Fenster und kehrt allen anderen den Rücken zu, eine Zigarette in der Hand. Ihre Haltung ist angespannt. Regelrecht gefroren.

In dem Sessel, der am nächsten bei dem riesigen Kamin steht, sitzt eine Frau, die aussieht, als wäre sie in den späten

Vierzigern. Sie trägt ausdrucksstarkes Schwarz: ein Kragen aus glänzenden schwarzen Federn ziert ihr Kleid, eine Halskette aus enormen Perlen umgibt ihren Hals, glänzend wie kleine Monde auf ihrer Haut. Ihr blasses Haar ist aus ihrem aristokratischen Gesicht gekämmt, und ihr Make-up ist dezent. Sie sieht sehr entspannt aus und ist gerade mitten im Satz.

»Und natürlich habe ich ihnen gesagt, dass solches Benehmen einfach untragbar ist«, fährt sie fort, hebt eine zierliche Teetasse an die Lippen und nimmt einen Schluck. »Mein Mann war immerhin Botschafter, und ich denke, ich weiß besser Bescheid als *sie*, was den Standpunkt der Faschisten angeht.«

»Hallo«, sage ich und mache noch einen Schritt vor.

»Bea!« Filomena steht auf und streckt mir eine Hand entgegen. Ich glaube, in ihren Augen etwas wie Erleichterung aufflackern zu sehen.

»Da bist du ja, Bea.« Auch Leo erhebt sich. »Wo warst du?«

»Mit Ben unterwegs«, antworte ich schlicht und akzeptiere einen formalen Kuss auf meine Wange.

»Nur ihr beide?« Leos Blick gleitet zu der Frau am Kamin.

»Äh, ja«, sage ich überrascht. »Er gibt mir Unterricht in Malerei, erinnerst du dich?«, füge ich hinzu.

»Ah, natürlich.« Die Miene meines Onkels erhellt sich. »Es ist gut, die Gelegenheit zu nutzen, wenn man solche künstlerisch begabten Typen bei der Hand hat.« Sein Ton ist fröhlich, doch irgendwie fühlen sich die Worte verkehrt an. Ich werfe einen Blick zu Filomena, die sich wieder gesetzt hat, ein angestrengtes Lächeln auf den Lippen.

»Nun, Beatrice«, sagt Leo. »Wie unhöflich von mir – darf ich dir Lady Frances Bowling vorstellen?«

Ich trete gehorsam näher, um die kalte, glatte Hand der Frau zu schütteln.

»Sehr erfreut, Ihre Bekanntschaft zu machen«, sage ich höflich.

Ihr Mund hebt sich in der Andeutung eines Lächelns. »Ich kenne deine Mutter, weißt du.«

»Ach ja?«, frage ich. Ich kann mich nicht erinnern, dass ihr Name je erwähnt wurde.

»Ja, wir waren zusammen beim Debütantinnenball, oh, das muss hundert Jahre her sein.« Frances' Stimme ist locker, ihre Aussprache perfekt.

Mein Onkel lacht höflich über den Witz.

»Das wusste ich nicht«, murmele ich. »Wie interessant.«

»Du bist natürlich eine Langton.« Sie mustert mich wie ein Pferd, das sie möglicherweise zu kaufen gedenkt. »Ein guter Stammbaum zeigt sich immer.« Ihr Blick wandert zu Ben, der in der Tür steht, mit einer Schulter an den Rahmen gelehnt, neben sich Klaus. »Und schlechtes Blut offenbart sich ebenso.«

Ich verstehe die Kränkung nicht – oder warum sie Ben und Klaus ansieht, als wären sie gerade unter einem Felsen hervorgekrochen, doch ich fühle eine starke Welle von Antipathie durch meinen Körper laufen und betrachte die Frau mit Widerwillen.

»Da haben Sie natürlich recht«, stimme ich zu. Meine Mutter könnte an meinem beiläufigen Ton erkennen, dass sich ein Gewitter zusammenbraut, aber diese Leute hier sind völlig ahnungslos. »Andererseits ... Meine Eltern sind nicht blutsverwandt, wie so viele andere Mitglieder des Adels. Kriminell, wozu all diese snobistische Inzucht geführt hat, finden Sie nicht?«

Meine Frage hängt in der Luft wie eine Kampfansage, und das ist sie auch.

Das entsetzte Schweigen, das daraufhin eintritt, wird vom Klang eines Lachens gebrochen.

Ursula wendet sich endlich vom Fenster ab.

»Wundervoll, Bea.« Sie bläst eine Rauchwolke in die Luft. »Wundervoll.« Dann gleitet ihr Blick durch den Raum und bleibt an Frances hängen, ihre Miene zeigt offene Abneigung. »Ich glaube, ich brauche einen Drink«, erklärt sie schroff und verlässt den Raum. Klaus folgt ihr.

»Lady Bowling und ich trafen uns in Mailand«, sagt Leo rasch, die Worte purzeln etwas hektisch in die angespannte Stille. »Ich habe vorgeschlagen, dass sie und ihr Freund Sir Hugh auf ihrem Weg nach Rom hier eine Pause einlegen könnten. Wir haben ein paar Gäste zum Dinner eingeladen, um sie willkommen zu heißen.«

»Verstehe«, sage ich. »Also sind Sie nur ... auf der Durchreise?«

Das Lächeln, das Frances mir schenkt, ist eiskalt. »Unglücklicherweise ja«, sagt sie frostig. »Wie schade, dass wir uns nicht näher kennenlernen werden.«

»Ja.« Ich nicke mit einem Lächeln, das all meine Zähne zeigt. »Wie ausgesprochen schade.«

KAPITEL 26

»Abscheuliche Frau«, zischt Ursula, während sie Drinks eingießt. »Diese frigiden Faschisten bringen mein Blut zum Kochen.«

Auf der anderen Seite der Terrasse nimmt die Faschistin, von der die Rede ist, gerade gelassen ein Glas von meinem Onkel entgegen. Die beiden sind umgeben von Gästen, die ich nicht kenne, eleganteren Gästen als die, die wir sonst in der Villa sehen.

»Wer sind diese Leute?«, frage ich.

Ursula schnaubt. »Freunde deines Onkels«, sagt sie verächtlich. »Dumme, dumme, dumme Freunde, und so spießig, dass es wehtut.«

»Ich frage mich, wo Ben ist«, sage ich. Nach der Szene im Salon hat er sich leise verdrückt, und seitdem ist er nicht zurückgekommen.

»Ich bin sicher, er taucht bald wieder auf«, sagt Klaus. »Er versucht vermutlich nur, sich an die Idee zu gewöhnen, dass Sir Hugh hier ist.«

»Wer *ist* dieser Sir Hugh?«, will ich nun endlich wissen.

Klaus sieht überrascht aus. »Hat dir niemand von ihm erzählt?«

Ich schüttle den Kopf.

»Sir Hugh Falmouth? Der Künstler?«

»*Der* Sir Hugh Falmouth?«, wiederhole ich erstaunt. Selbst ich habe von *diesem* Sir Hugh gehört. Seine Bilder hängen in der National Gallery; wir haben Bücher über ihn in der Bibliothek in Langton.

Klaus nickt. »Er ist ein alter Freund von Filomena, glaube ich. Irgendwie ist er in Mailand mit Lady Bowling zusammengetroffen, und Leo hat die beiden mitgebracht. Soweit ich weiß, hat er sich bisher von der Reise ausgeruht.« Klaus' Augen leuchten amüsiert. »Ich glaube, dein Onkel betrachtet seinen Besuch als *den* sozialen Durchbruch.«

Tatsächlich stolziert Onkel Leo mit der Selbstzufriedenheit eines Pfaus umher, seit er angekommen ist, und jetzt begreife ich endlich.

»Himmel! Selbst Mutter und Vater werden beeindruckt sein, wenn ich ihnen das erzähle.« Es wird ein Ereignis dieser Reise sein, das ich tatsächlich mit ihnen teilen kann. »Aber warum kann Ben ihn nicht leiden?«, frage ich verwirrt.

»Es gibt eine Geschichte zwischen den beiden«, klärt Klaus mich auf. »Ich weiß nicht genau, was für eine.«

»Ich kann nicht glauben, dass ich Hugh Falmouth treffen werde«, sage ich ehrfürchtig.

»Nun, wappne dich dafür!«, wispert Klaus, seine Lippen nah an meinem Ohr. »Er kommt gerade direkt auf uns zu.«

Ich folge Klaus' Blick und sehe, dass Filomena sich nähert, ihre Hand am Arm eines Mannes. Er sieht aus, als wäre er um die sechzig, sein Haar ist vollkommen weiß und aus der hohen Stirn zurückgekämmt. In seinen blauen Augen funkelt der Schalk. Über dem Arm, den Filomena nicht mit Beschlag belegt hat, hängt ein Gehstock mit einem silbernen Griff, obwohl der Mann sich mühelos bewegt, leichtfüßig fast. Er muss unglaublich gut ausgesehen haben in seiner Jugend, und noch immer hat er etwas sehr Einnehmendes. Gekleidet ist er in einem makellosen leichten Abendanzug, und während ich ihn beobachte, lehnt er sich näher zu Filomena und sagt etwas zu ihr, etwas, das ein leises Lächeln auf ihren Lippen erscheinen lässt. Mein Onkel folgt den beiden, an seiner Seite Hero. Er strahlt übers ganze Gesicht.

»Ah, Beatrice!«, ruft er. »Da steckst du!«

Damit drängt er sich zwischen Filomena und den eleganten Besucher. »Sir Hugh, erlauben Sie mir, Ihnen meine Nichte vorzustellen, Beatrice Langton – aus dem Northumberland-Zweig der Langtons.«

Das ist eine so merkwürdige und formale Vorstellung, dass ich zögere, unsicher, wie ich reagieren soll. Es fühlt sich an, als würde ich in einem Roman von Jane Austen jemandem vorgestellt. Als sollte ich knicksen.

»Meine Liebe.« Sir Hugh löst das Problem, indem er vortritt und meine Hand nimmt. »Was für eine Freude, dich kennenzulernen.«

»Sir Hugh«, murmle ich.

»Es ist lächerlich, nicht wahr?« Er kichert jetzt selbst, während er meine Finger drückt. »Dieses Sir-Hugh-Getue – aber ich fürchte, nach dem Ritterschlag haben einige schamlose junge Freunde von mir begonnen, mich so zu nennen, und irgendwie ist es hängen geblieben.«

Ich sehe hinab auf meine Hand in seiner. Er hat schöne Hände, gepflegt und feingliedrig.

»Und dies sind die anderen jungen Leute, die im Moment bei uns wohnen«, sagt Filomena. »Klaus und Ursula.«

»Noch mehr von Filomenas Künstlern«, wirft Leo ein.

»Benedick kennst du ja«, fügt Filomena hinzu und sieht über meine Schulter. Ich habe gar nicht bemerkt, dass er dort steht. Jetzt tritt er vor, und sein gewöhnlich so ausdrucksvolles Gesicht wirkt leer.

»Hugh«, sagt er ruhig.

»Ah, Ben.« Sir Hughs Stimme ist entspannt. »Filomena hat mir erzählt, dass du hier bist. Was für eine schöne Überraschung.«

»Ich wusste nicht, dass ihr euch kennt«, sagt Leo, während sein Blick zwischen ihnen hin und her wandert.

»Es ist viele Jahre her, Ben war noch ein Junge«, erzählt Sir Hugh. »Ich kannte seine Mutter – oh, es ist ein ganzes Leben lang her. Wie geht es ihr?«

Ein seltsamer Ausdruck verschattet Bens Gesicht.

»Sie ist tot«, sagt er tonlos.

»Mein armer Junge.« Sir Hugh hebt eine Hand an seine Kehle. »Es tut mir leid, das zu hören.«

Bens Arme hängen herab, und ich stelle fest, dass er seine Hände zu Fäusten geballt hat. Eine seltsame Spannung, die ich nicht verstehe, erfüllt die Luft.

»Woher kennen Sie und Filomena sich, Sir Hugh?«, frage ich rasch.

»Oh, Filomena hat mir über die Jahre mehrmals Modell gestanden.« Sir Hughs Augen leuchten auf, als er zu ihr hinübersieht.

»Als ich sehr viel jünger war«, fügt Filomena entschieden hinzu.

»Leider«, sagt Sir Hugh, »kann ich sie heute nicht mehr dazu überreden.« Sein Blick gleitet über mich. »Doch ich muss sagen, meine Liebe, wenn *du* zustimmen würdest, mir Modell zu stehen, während ich hier bin, wäre ich entzückt.« Seine Stimme ist seidig, schmeichelnd, doch da ist etwas in der Art, wie sein Blick über mich kriecht, das mich zittern lässt. »Ich denke, du bist … sehr außergewöhnlich«, endet er sanft.

»Hast du das gehört, Beatrice?«, ruft Leo. »Welche Ehre! Ich bin sicher, sie würde das gerne für Sie tun, Sir Hugh.«

»Oh, ich denke, sie würde nicht«, sagt Ben, während Filomena sagt: »Sie hat schon ihre Malstunden …«

»Filomena hat recht«, sage ich, entschlossen, selbst auch etwas beizutragen. »Und überhaupt wäre ich ein völlig nutzloses Modell. Ich kann absolut nicht still sitzen.«

Ich lege genug Endgültigkeit in meine Stimme, um den anderen zu bedeuten, dass das Thema hiermit erledigt ist, obgleich Onkel Leos Mund sich zu einer dünnen Linie verschmälert hat und ich sehen kann, dass er nicht erfreut ist.

»Keine Sorge«, sagt Sir Hugh milde. Er sieht kurz zu Ben hinüber, der neben mir steht, sein Gesicht noch immer versteinert. »Du lässt es mich wissen, wenn du deine Meinung änderst?«

Filomena nimmt Sir Hughs Arm abermals. »Komm, Hugh«, sagt sie. »Ich möchte dich Felix vorstellen – er ist irgendwo hier, und seine Miniaturen sind außerordentlich charmant …« Sie verschwindet mit ihm in der Menge, die ganze Zeit über auf Sir Hugh einredend, der neben ihr glücklich nickt.

»Nun, Beatrice«, sagt Onkel Leo und sieht ihnen mit säuerlicher Miene nach. »Ich denke, einem geschenkten Gaul schaut man nicht ins Maul. Ein Porträt von Sir Hugh Falmouth … Eine Menge junger Damen hätte die Gelegenheit ergriffen.«

»Ich ziehe es vor, meine Füße fest auf dem Boden zu behalten und nicht übermütig zu werden, Onkel«, erwidere ich.

Leo wirft mir einen Blick zu, der mich so sehr an meine Eltern erinnert, dass mir ein Schauer über den Rücken läuft, und ich kreuze meine Arme verteidigend vor der Brust. »Sir

Hugh ist unser Gast, Beatrice.« Leos Stimme hat etwas Stählernes. »Ich vertraue darauf, dass ich mich auf dich verlassen kann und du dich an deine Manieren erinnerst.«

Damit dreht er auf dem Absatz um und geht davon.

Ich atme langsam aus. Während ich noch zusehe, wie mein Onkel sich durch die Menge bewegt, höre ich irgendwo hinter mir Hero über etwas lachen, das Klaus zu ihr gesagt hat.

»Alles in Ordnung?«, fragt Ben.

»Oh ja«, sage ich leichthin. »Mir geht's gut. Meine Verwandten zu enttäuschen ist eine Art Vollzeitbeschäftigung von mir.«

»Er sollte nicht enttäuscht sein«, meint Ben. »Es ist gut, dass du nicht zugestimmt hast, für Hugh Falmouth Modell zu stehen.«

»Filomena hat es getan«, merke ich an.

»Und sie scheint nicht versessen darauf, die Ehre zu wiederholen, oder?« Ben sieht mich an.

»Nein, offenbar nicht«, gebe ich zu. »Und, ganz ehrlich, der Mann ist gruselig.« Ich gebe ihm einen leichten Schubs. »Um gar nicht zu erwähnen, dass ich wirklich eine komplette Katastrophe wäre als Modell. Kannst du dir das vorstellen? Ich würde mich langweilen und am Ende irgendetwas völlig Skandalöses tun.«

Ben zieht eine Grimasse. »Gott, das ist wahr.« Er fährt sich mit der Hand durchs Haar und seufzt. »Der arme Mann täte mir in dem Fall beinahe leid.«

»Hey!«

»*Du* hast das gesagt!«, erwidert Ben.

»Nur weil ich es gesagt habe, heißt das noch lange nicht, dass du mir zustimmen musst«, sage ich und verkneife mir ein Lächeln.

»Ich kann nicht gewinnen.« Er grinst jetzt. »Selbst wenn ich dir zustimme, liege ich falsch. Es ist ein spezielles Talent.«

»Du bist ein sehr talentiertes Individuum«, sage ich. »Nur etwas zu einfach gestrickt für die Feinheiten unserer Konversation.«

»Ah, *so* ist das.« Bens Grübchen erscheinen und lenken mich ab. »Ich habe mir schon Sorgen gemacht, weil du angefangen hast, ein wenig zu nett zu mir zu sein.«

»Vertrau mir«, sage ich fröhlich. »Das ist etwas, worum du dich wirklich nicht sorgen musst.«

KAPITEL 27

Am nächsten Tag überrasche ich Filomena im Salon, wo sie mit Sir Hugh Tee trinkt.

»Oh, tut mir leid, wenn ich störe«, murmle ich und bleibe abrupt stehen. »Ich wollte nur meinen Zeichenblock holen.«

»Kein Problem.« Sir Hugh erhebt sich mit einer noblen kleinen Verbeugung. »Es ist wunderbar, dich wiederzusehen, mein Liebes. Willst du nicht bleiben?«

»Ja, bleib doch, Bea.« Filomena nickt zu dem Sessel neben ihr hin.

Ich zögere, aber ich wüsste zu gerne etwas mehr über Sir Hugh und Bens Abneigung gegen ihn. Ben selbst hat nicht viel darüber gesagt, er hat sogar etwas davon gemurmelt, dass Neugier schädlich ist. Doch ich bin der Wissenschaft verpflichtet, und, so habe ich ihm klargemacht, Neugier ist daher eine meiner Haupteigenschaften.

Was vermutlich der Grund dafür ist, dass ich sage: »Danke. Eine Tasse Tee wäre schön.«

Filomena gießt mir aus einer silbernen Teekanne, die auf dem Tisch neben ihr steht, das Heißgetränk ein: bernsteinfarben und dampfend; eine Erinnerung an zu Hause. Ich lasse mich seufzend auf einem der Sofas mit den harten Lehnen nieder.

»Filomena hat mir erzählt, du nimmst Stunden in Malerei«, sagt Sir Hugh freundlich. »Ich muss sagen, die Villa ist der beste Ort für ein solches Vorhaben.«

»Ja«, stimme ich zu, »obwohl ich fürchte, mein Talent wird diesem Ort in keinster Weise gerecht. Immerhin, ich habe angefangen, ein wenig besser zu werden. Dank Ben.«

Ich strecke meinen Arm nach einem Teller mit flachen, buttergelben Keksen aus, bedeckt von einer delikaten Zuckerkruste, beiße in einen und lasse ihn in einem Wirbel von Vanille auf meiner Zunge schmelzen.

Sir Hugh lacht galant. »Ich bin sicher, du untertreibst.«

Und schon spüre ich die altbekannte schleichende Langeweile höflicher Konversation bei gesellschaftlichen Besuchen auf Langton Hall. Ich rühre den Tee in meiner Tasse um, und das Geräusch des Silberlöffels, der melodisch gegen das Porzellan klingelt, hallt im Raum wider.

Ich suche krampfhaft nach einem Gesprächsthema.

»Sind Sie schon lange in Italien?«, frage ich schließlich.

»Seit ungefähr zwei Monaten.« Sir Hugh nimmt einen Schluck Tee. »Davor war ich in Südfrankreich und davor in Wien.«

»Aber Sie leben in England?«

»Richtig«, bestätigt Sir Hugh. »England wird immer meine wahre Heimat sein. Doch ich habe herausgefunden, dass Reisen mir helfen, Neues zu erschaffen. Natürlich …« Er lächelt Filomena an. »… bin ich dadurch doch ein wenig abhängig von der Gastfreundschaft anderer, wenn ich nicht ständig in Hotels wohnen möchte. Als ich hörte, dass Filomena hier ist, dieser Schatz … Nun, ich gebe zu, dass ich mich möglicherweise selbst eingeladen habe. Es ist einfach zu schön, alte Freunde wiederzusehen, nicht wahr?«

»Ich nehme nicht an, dass es Hotels gibt, die dieser Villa das Wasser reichen«, sage ich und stelle meine leere Teetasse ab.

»Da hast du absolut recht«, antwortet er, noch immer lächelnd. »Dies hier ist wahrhaft etwas Besonderes. Filomena, meine Liebe, du hast hier endlich eine gute Bleibe gefunden.« Sein Ton ist schmeichelnd, doch etwas in seinen Worten lässt mich aufhorchen.

»Oh ja, ich schätze mich glücklich«, sagt Filomena ruhig. »Das tun wir alle, die wir Leos Gastfreundschaft genießen dürfen.«

»Wie ich«, sage ich rasch, denn die Spannung, die plötzlich den Raum erfüllt, gefällt mir gar nicht. »Wenn ich zu Hause festsäße, wäre ich einsam und frierend und unglücklich – und hier …« Ich breite meine Arme weit aus, um all die Großzügigkeit einzuschließen, die uns umgibt.

»Hier hast du Stunden in Malerei«, sagt Sir Hugh.

»Tja, irgendeinen Haken gibt es immer«, sage ich leichthin, und Sir Hugh lacht.

»Ich nehme an, Ben ist nicht der geduldigste aller Lehrer?«, fragt er.

»Ehrlich gesagt ist er ein exzellenter Lehrer. So schwer es mir auch fällt, das zuzugeben.«

»Bea und Ben … Wie sagt man das? Kabbeln sich gerne ein wenig.« Filomena lächelt.

Sir Hugh nippt wieder an seinem Tee. »Benedick konnte immer schon sehr charmant sein. Aber er ist genauso gut darin, Leute gegen sich aufzubringen.«

Ich betrachte ihn nachdenklich. »Dann kennen Sie ihn gut?«

»Ich kenne sein Temperament«, erwidert Sir Hugh, sein Ton auf einmal ernst. »Er ist ein junger Mann mit vielen Problemen. Aber er entwickelt sich zu einem vielversprechenden Künstler, wie man hört.« Er muss meinen neugierigen Blick bemerkt haben. »Das ist eine traurige Geschichte, fürchte ich. Seine Mutter war sehr jung, als er zur Welt kam, und – nun, sie war *unverheiratet* …«

»Ich glaube nicht, dass Bea diese uralten Geschichten hören muss«, wirft Filomena ein, und plötzlich bin ich erleichtert. *Wenn* ich die Geschichte höre, finde ich, dass es Ben sein sollte, der sie mir erzählt.

Ich suche rasch nach einem anderen Thema. »Bleiben Sie länger hier?«, frage ich.

»Das«, sagt Sir Hugh, »ist etwas, das ich gerade mit Filomena diskutiert habe.«

»Ich hoffe, Sie bleiben so lange, wie Sie möchten!«

Ich habe Onkel Leo gar nicht hereinkommen hören, und beim Klang seiner Stimme schauen wir alle zur Tür.

Hinter ihm schwebt Frances ins Zimmer und lässt sich auf einem anderen Sessel nieder, die Beine elegant übereinandergeschlagen. »Es ist uns eine Ehre, Sie bei uns zu beherbergen«, fährt er fort, sein Lächeln gilt beiden, Frances und Sir Hugh.

»Sie sind zu freundlich«, sagt Sir Hugh. »Wie auch immer, wie ich gerade ihrer charmanten Verlobten erklärt habe, Frances und ich müssen in ein paar Tagen zu einer wichtigen Abendeinladung. Mehr kann ich nicht sagen.« Sein Ton ist locker. Neckend.

»Aber warum?« Onkel Leo runzelt die Stirn.

»Beachten Sie ihn gar nicht«, sagt Frances. »Es gefällt ihm, geheimnisvoll zu tun. Die Wahrheit ist, wir werden zu einem bescheidenen Abendessen bei Benito zu Gast sein.«

Ich sehe, wie Filomenas Hand in einer raschen, unbewussten Geste an ihren Hals fährt. »Mein verstorbener Ehemann war, wie Sie wissen, ein guter Freund von Mussolini, und der Duce ist diese Woche in Rom.«

»Eine Ehre, fürwahr«, sagt Leo, seine Augen weit aufgerissen.

»Haben Sie ihn selbst schon getroffen?«, fragt Sir Hugh.

Leo sieht sehnsuchtsvoll aus. »Noch nicht, nein.«

Frances nickt. »Ein großartiger Mann, und *so* charmant. Was er für dieses Land getan hat, nun ... England könnte sich eine Scheibe davon abschneiden. Vielleicht wird der liebe Oswald es schaffen, einige äußerst notwendige Änderungen zu erreichen. Wissen Sie«, sagt sie langsam und tippt nachdenklich an ihr Kinn, »Sie könnten mitkommen, als meine Gäste, wenn Sie es wünschen. Auf diese Weise könnte ich Sie dem Duce selbst vorstellen – das ist das Wenigste, was ich tun kann nach Ihrer großzügigen Gastfreundschaft.«

Leo sieht aus wie ein Kind an Weihnachten. »Rom besuchen, um Mussolini zu treffen?«, haucht er. »Das würden wir sehr gerne, nicht wahr, Liebling?« Strahlend wendet er sich Filomena zu.

»Was für eine Gelegenheit.« Filomenas Stimme ist fest. »Bedauerlicherweise muss ich mit Hero und Bea hierbleiben.« Sie lächelt ihn an. »Aber du musst fahren, mein Lieber. Wir werden es hier gut eine oder zwei Wochen ohne dich aushalten.«

Leo nimmt ihre Hand. »Du beste aller Frauen! Und das, obwohl ich gerade erst zurückgekommen bin! Wahrlich, ich verdiene dich nicht.« Er wendet sich mir zu. »Ist sie nicht wundervoll, Bea?«

»Wundervoll«, stimme ich zu und zwinge mich zu einem mechanischen Lächeln.

Ich bin ein wenig entsetzt von der Idee dieses Besuchs bei Mussolini. Nichts, das ich in der Villa gesehen oder gehört habe, hat mich dazu gebracht, mich den Faschisten in irgendeiner Weise verbundener zu fühlen. Eher ist das Gegenteil der Fall.

Dies ist ein Problem, das ich schon früher hatte – es ist keine besonders tröstliche Erfahrung, wenn man merkt, dass man die Meinung der Erwachsenen um sich herum infrage zu stellen beginnt. Der Gedanke, dass mein Onkel bei einem so wichtigen Thema im Unrecht sein könnte – auf gefährliche Weise im Unrecht –, beunruhigt mich. Ich versuche, das unbehagliche Gefühl abzuschütteln, das mich beschleicht.

Als ich aufsehe, fange ich einen seltsamen Ausdruck auf Sir Hughs Gesicht auf – voller Missfallen, könnte man fast sagen –, während er zwischen Filomena und meinem Onkel hin und her sieht.

»Dann ist es entschieden«, sagt Frances. »Wir wollten morgen losfahren – ist das zu bald?«

»Überhaupt nicht!«, Leo klatscht in die Hände. »Carpe diem, nutze den Tag, das ist unser Motto in diesem Haus.«

Als er aufsteht, sehe ich hinüber zu Filomena. Der Ausdruck in ihren Augen raubt mir den Atem. Es ist ein Ausdruck von abgrundtiefer Traurigkeit, eine Müdigkeit, die ihre Schultern sinken lässt; ihre Hände zittern.

Eine halbe Sekunde später ist alles vorüber, und Filomenas Gesicht ist wieder heiter, sie sitzt aufrecht, ihr Kinn erhoben. Fast glaube ich, alles andere war Einbildung.

KAPITEL 28

Ich denke, man kann mit gutem Gewissen sagen, dass alle erleichtert sind, als mein Onkel und seine neuen Freunde sich am nächsten Tag auf den Weg nach Rom machen.

Einmal mehr fühlt es sich an, als wären die Zügel gelockert worden, und über die nächste Woche füllt sich das Haus mit neuen Gästen, die Filomena willkommen heißt – mehr und mehr Künstler kommen an, während die Ausstellung vorbereitet wird, die den Kunstsommer in der Villa abschließen wird. Alle scheinen sehr beschäftigt.

Obwohl sie als Bühnenautorin auf der Ausstellung nichts vorzeigen wird, ist Ursula ebenfalls vollkommen in ihre Arbeit eingetaucht, sie bleibt tagelang im Sommerhaus, und ich stelle überrascht fest, dass ich sie vermisse. Eines Morgens gehe ich los, um nach ihr zu sehen, und ich finde sie zerzaust und mit geweiteten Augen tief über ihren Schreibtisch gebeugt.

Die Papierstapel im Raum scheinen sich verzehnfacht zu haben, schwanken bedrohlich hoch in den Ecken und sind auf dem Boden verteilt, gezeichnet von den dunklen Ringen zuvor dort abgestellter Kaffeetassen.

Ursula begrüßt mich, ohne aufzusehen. »Bea, hallo. Ich glaube, ich komme endlich voran«, erklärt sie wie im Fieber, während ihre Finger auf die Schreibmaschine einhämmern.

»Brauchst du eventuell eine Pause?«, frage ich. »Ich dachte, ob du vielleicht schwimmen gehen möchtest?«

»Oh, schwimmen«, murmelt sie abwesend. »Viel Spaß!«

Ich gebe auf und wandere allein zum Pool.

Ursula ist nicht die Einzige, die immerzu arbeitet. Es hat diese Woche einen signifikanten Anstieg von Aktivität gegeben, und ich muss zugeben, dass mich das etwas aus dem Gleichgewicht wirft. Alle, inklusive Ben, Filomena und Klaus, scheinen von irgendetwas getrieben zu sein; etwas Großem und Wichtigem. Ich selbst habe weiterhin versucht, meine Zeichnungen zu verbessern, und ich bin erstaunt, wie viel Spaß mir das Zeichnen macht – die Art, auf die es mich lehrt, die Dinge aus einem neuen Blickwinkel zu betrachten. Aber es ist nicht das Gleiche.

Und ich merke, dass ich das spüren will, was die anderen spüren. Dieses Gefühl eines höheren Ziels, diese alles umfassende Leidenschaft für ihre Arbeit. Ich werde mich nie so fühlen, was Kunst angeht.

Allerdings *ist* es genau das Gefühl, was ich für die Wissenschaft hege. Die Vorstellung, in meine alte sinnlose Einsamkeit zurückzugehen, fällt mir schwerer und schwerer – und noch schlimmer ist die Vorstellung der Gesellschaft von jemandem wie Cuthbert. Es ist schön, allein Dinge zu studieren, aber ich will etwas mit meinem Wissen *tun*. Ich will ein Ziel, eine Berufung.

Ich denke darüber nach, während ich Bahnen im Pool ziehe und die Kühle des Wassers genieße, die meinen Körper umgibt. Es ist so einfach, hindurchzugleiten in meinem modernen Badeanzug. Ich frage mich, was meine Mutter zu dem kurzen, engen, leuchtend roten Badekostüm gesagt hätte. Nichts Positives, das weiß ich, und deshalb trage ich ihn noch lieber. Ich drehe mich um und schwebe auf dem Rücken im Wasser, die Finger gespreizt; schließe die Augen vor dem grellen Sonnenlicht, das hinter meinen Lidern in einzelnen goldenen Flecken weitertanzt.

Schließlich steige ich aus dem Wasser und wickle mich in ein Handtuch. Dann setze ich mich auf eine der Sonnenliegen, entwirre mein Haar mit den Fingerspitzen und spüre die Sonne auf meiner Haut, die ihre Wärme in Wellen über mich ergießt.

Schließlich gesellt sich Ben zu mir, und ich lächle zu ihm auf, als er sich neben mich fallen lässt. Sein Haar ist verstrubbelt, und seine Hände sind farbverschmiert. Er hat auch Farbe auf der Wange. Er arbeitet zurzeit an etwas Neuem, etwas, das ihn begeistert, ich habe es allerdings noch nicht gesehen. Was immer es ist, es lässt seine Augen glänzen.

»Wie läuft das überhaupt?«, frage ich nach einem Moment. »Die Ausstellung, meine ich.«

Er legt sich auf seiner Liege zurück. »Filomena hat bisher hier in der Villa noch keine organisiert, also bin ich nicht ganz sicher.«

»Aber sie hat anderswo welche organisiert?«

Er nickt. »Ja, in kleinerem Rahmen. Ich war bei einer in Florenz, vor ein paar Jahren. Es kommt immer darauf an, ob sie einen Mäzen hat.«

»Einen Mäzen?«

Ben streckt sich. »Jemanden, der die Arbeit finanziell unterstützt. Wie Leo.«

»Aber Leo ist Filomenas Verlobter, nicht ihr Mäzen«, merke ich an.

Ben schnaubt. »Das ist das Gleiche.«

Ich sitze einen Moment schweigend da und denke darüber nach.

»Filomenas Freundeskreis mag beeindruckend sein, aber sie sind alle arm wie die Kirchenmäuse«, fährt Ben fort. »Die wenigsten Künstler werden zu ihren Lebzeiten anerkannt.« Er lächelt bitter. »Nicht jeder hat so viel Glück wie Sir Hugh.«

»Also … die Arbeiten werden ausgestellt?«, frage ich.

Ben nickt. »Im Haus und im Garten. Gewöhnlich versorgt Filomena alle mit Drinks, und ein paar reiche Typen tauchen auf und kaufen etwas – Sammler, die auf der Suche nach neuen Talenten sind. Zu dieser Ausstellung kommen ein paar Leute, bei denen ich mir Hoffnung mache, dass sie mir einen bezahlten Auftrag geben. Der Sommer ist schließlich fast vorbei. Ich muss damit anfangen zu planen.«

Er sagt das so leicht dahin, doch die Worte treffen mich mit einer Macht, die ich nicht erwartet habe.

»Zu planen?«, wiederhole ich.

»Hm. Ja.« Ben betrachtet mich ein wenig amüsiert. »Nicht auf jeden von uns wartet ein Herrenhaus. Ich kann wohl kaum damit rechnen, dass dein Onkel mich für immer hier beherbergt.«

»Vermutlich nicht«, sage ich, meine Stimme klingt irgendwie hohl.

»Was ist los?«, fragt Ben.

»Nichts.« Ich schüttle den Kopf. »Es ist nur der Gedanke daran, dass der Sommer bald vorüber ist. Dass ich nach Hause fahren werde. Es fühlt sich an wie das Ende von etwas.« Ich setze mich gerader hin.

»Das Ende einer glorreichen Sommerromanze?«

»Das Ende eines ausgesprochen interessanten Experiments.«

»Du bist nur aus wissenschaftlichen Gründen an mir interessiert«, murrt Ben.

»Vielleicht.« Ich lächle. Eine Pause entsteht. »Warum hast du überhaupt je zugestimmt?« Es ist eine Frage, die ich schon eine Weile stellen wollte.

Ben sieht einen Moment lang nachdenklich in die Ferne. »Ich glaube, es war einfach etwas Neues«, meint er schließlich. »Was auch immer du bist, Bea, du bist niemals langweilig.«

»Oh«, sage ich, irgendwie ernüchtert.

»Natürlich gab es noch einen anderen Grund«, sagt Ben langsam.

»Und der war?«

»Nun, es wurde doch sehr lästig, dass ich dich dauernd küssen wollte.« Seine Stimme ist neutral, sachlich.

»Wolltest du das?«

»Oh ja.« Er seufzt. »Wider besseres Wissen, entgegen alle Vernunft, die ich besitze, konnte ich nicht aufhören, daran zu denken, wann immer du in der Nähe warst.«

»Das ist genau das, was ich gefühlt habe«, sage ich. »Als funktionierten mein Gehirn und mein Körper völlig unabhängig voneinander, und dann habe ich all diese unbeabsichtigten Reaktionen an mir beobachtet. Ich sollte das aufschreiben. Glaubst du, es ist etwas Chemisches?«

Ich sehe hinüber zu Ben und schnappe nach Luft, denn in seinen Augen glitzert etwas, das die Luft zwischen uns knistern lässt.

»Ja, so in etwa«, sagt er.

Bevor das Knistern sich in etwas Interessanteres verwandeln kann, taucht jedoch Filomena auf, einen seltsamen Ausdruck auf dem Gesicht.

»Ist alles in Ordnung?«, frage ich, als ich bemerke, dass sie einen Brief in der Hand hält.

»Alles ist ausgesprochen in Ordnung, Bea«, antwortet sie, und langsam breitet sich ein Lächeln über ihr Gesicht. Sie setzt sich. »Was hältst du von einem Ausflug nach Florenz?«

»Nach Florenz?«, wiederhole ich benommen.

»Hast du etwas von Lili gehört?« Ben horcht auf. »Ist sie zurück?«

»Das habe ich.« Filomena nickt. »Und das ist sie.«

Ben pfeift durch die Zähne.

»Es gibt natürlich auch einen Brief für *dich*«, fährt sie fort und reicht ihm den Umschlag.

»Wer ist Lili?«, frage ich in dem Versuch, ihnen zu folgen.

»Eine alte Freundin«, erklärt Filomena. »Eine sehr liebe alte Freundin von uns beiden. Und zwar eine, die euch beide einlädt, ein paar Tage bei ihr zu verbringen.«

»Ben und … mich?« Ich fühle mich ein wenig nervös, als sie uns so einfach in einem Atemzug nennt. »Woher weiß sie, wer ich bin?«

»Ich habe ihr geschrieben, dass Ben dir Unterricht im Malen erteilt.« Sie faltet ihre Hände gelassen im Schoß. »Wenn man wirklich etwas über Kunst lernen will, darf man Florenz nicht auslassen.«

»Ich habe ihr auch von dir geschrieben«, bemerkt Ben geistesabwesend, während er seinen Brief überfliegt.

»Das hast du getan?«, frage ich und merke, wie ich erröte, so sehr freue ich mich plötzlich. »Aber wird mein Onkel nicht etwas dagegen haben?«

»Du wirst wieder hier sein, ehe er selbst zurück ist.« Filomena wedelt mit der Hand in der Luft herum. »Und ich bin sicher, es würde ihm nichts ausmachen.«

Da bin ich mir wiederum nicht so sicher.

Um ehrlich zu sein, ich glaube inzwischen, dass er vielleicht doch nicht so sehr in dem entspannten, luxuriösen Lebensstil hier aufgeht, wie es zunächst aussah. Dennoch, auf keinen Fall werde ich die Chance, Florenz zu besuchen, in den Wind schlagen. Es liegt mir fern, mir selbst Steine in den Weg zu legen.

»Ihr könnt für ein paar Tage hinfahren und trotzdem rechtzeitig zur Eröffnung der Ausstellung wieder hier sein«, erklärt Fiona. »Bea, du wirst Florenz lieben.« Ihre Begeisterung ist ungebrochen. »Sie ist die romantischste aller Städte.«

»Dann ist sie an mir verloren«, sage ich, und Ben blickt von seinem Brief auf, um mich zu mustern.

»Oh, ich weiß nicht, Bea.« Das Lächeln, das er mir schenkt, ist warm, und ich fühle es bis in meine Zehenspitzen. »Selbst du bist möglicherweise nicht immun gegen die Romantik von Florenz. Ganz ehrlich? Ich glaube, es wird dir gefallen.«

TEIL VIER:
FLORENZ
AUGUST 1933

BEATRICE:
Für welche meiner guten Eigenschaften
habt Ihr zuerst die Lieb zu mir erlitten?

BENEDICK:
Die Lieb erlitten! Hah!
Welch trefflicher Vergleich.
Ich leide wahrlich, denn ich liebe
Euch gegen meinen Willen.

WILLIAM SHAKESPEARE:
VIEL LÄRM UM NICHTS, AKT 5, SZENE 2

KAPITEL 29

»Erzähl mir von Lili«, verlange ich, nachdem wir es uns nebeneinander auf den verblassten grünen Samtpolstern des Zugabteils bequem gemacht haben.

Die Reise dauert nur ein paar Stunden, aber ich kann es nicht erwarten anzukommen.

»Lili ist eine Naturgewalt«, sagt Ben liebevoll. »Sie ist Amerikanerin, und sie hat nicht viel Geld, aber was sie hat, investiert sie in Kunst. Sie besitzt ein gutes Auge dafür, und ihre Sammlung ist unglaublich. Sie lebt in diesem heruntergekommenen Haus in Florenz, und jeder Künstler, der etwas zu melden hat, und eine Menge, die nichts zu melden haben, sind zu irgendeiner Zeit dort gewesen.«

»Einschließlich Filomena«, sage ich.

»Richtig.« Ben nickt. »Und – und meine Mutter und ich.« Er lächelt über meine Verblüffung. »Wir haben eine Weile in Lilis Haus gelebt, ich war ungefähr neun, als wir zu ihr zogen.«

»Deine Mutter war auch Künstlerin?«

»Sie hat versucht, es zu sein«, sagt Ben. »Sie war sehr jung, als sie mich bekam, und hatte keinen Penny. Sie kam von England nach Italien herüber, als ich noch klein war, und lernte in Florenz eine Gruppe von Künstlern kennen, die ihr quasi das Leben gerettet haben. Sie haben auch das meine gerettet, nehme ich an.«

»Ist das der Grund dafür, dass du Filomena kennst?«

Ben nickt. »Sie war meiner Mutter eine Freundin, als sie wirklich eine brauchte. Und sie hat mir viel über Kunst beigebracht. Sie war es, die mich ermutigt hat. Die mir gesagt hat, ich hätte Talent. Es war eine wundervolle Zeit damals, als ich mit den beiden zusammengelebt habe. Wir waren glücklich. Zumindest eine Zeit lang.«

»Und Sir Hugh?«, frage ich leise. »War das auch der Zeitpunkt, zu dem du ihn getroffen hast?«

Ich fühle, wie er sich neben mir versteift, doch seine Stimme ist sachlich, als er antwortet. »Ja. Meine Mutter hat ihm Modell gestanden.«

Ich spüre, dass das alles ist, was er im Moment zu dem Thema sagen wird, und eine Weile sitzen wir schweigend da.

»Also ist das für dich ein bisschen wie ein Familienbesuch?«, frage ich schließlich.

Wieder nickt Ben. »Lili und Gert sind quasi meine Tanten.«

»Ist Gert Lilis Schwester?«

Ben lächelt. »Nein, nicht ihre Schwester. Gert ist Lilis … Liebhaberin. Oder … Partnerin. Sie leben seit über zwanzig Jahren zusammen.«

»Oh, richtig.« Ich denke daran, wie weit entfernt von der Welt meiner Eltern ich mich befinde, und muss lächeln.

»Was ist?«, fragt Ben.

»Ich stelle mir nur gerade die Reaktion meiner Eltern auf … solch ein Arrangement vor«, erkläre ich.

»*Du* bist nicht schockiert?«, fragt er trocken. »Nicht dass mich das überraschen würde. Es scheint, als wäre es unmöglich, dich zu schockieren.«

»Danke«, sage ich erfreut. »Und – nein, ich bin nicht schockiert. Ich bin nicht ganz so naiv, wie die Leute zu glauben scheinen. Und ich freue mich darauf, Lili und Gert kennenzulernen.«

»Es gibt eine Menge Leute, denen die Sache überhaupt nicht gefällt. Lili und Gert bewegen sich in Künstlerkreisen, deren Mitglieder nicht mit der Wimper zucken, allerdings ist es in der Welt jenseits ihrer Freunde oft anders …«

»Ja, das kann ich mir vorstellen«, sage ich. »Es muss schwierig sein, vor allem, wenn man sich die Politik zurzeit ansieht. Die Faschisten sind nicht unbedingt nett zu Leuten, die sie auf irgendeine Weise als anders empfinden. Obwohl mein Onkel ja ganz begeistert schien, Mussolini treffen zu dürfen«, füge ich trocken hinzu.

»Ich habe ihn sagen gehört, Faschismus sei die Zukunft«, meint Ben.

»Und ich bin sicher, er glaubt es«, sage ich. »Aber ich denke, er versteht den Preis dieser Zukunft nicht. Sieh dir an, was zurzeit in Deutschland passiert. Sieh dir Ursula und Klaus an. Wenn du mich fragst, Mussolini ist ein gefährlicher Mann.«

Ben lehnt sich in seinem Sitz zurück. »Da magst du recht haben«, sagt er. »In den nächsten paar Tagen wirst du einer ganzen Menge Leute begegnen, die diese Einstellung teilen.«

Ich werfe ihm einen kurzen Blick zu. »Du teilst sie nicht?«

Ben zuckt die Schultern. »Ich kümmere mich um meine Arbeit. Ich bin weiß Gott kein Fan von Mussolini, aber ich kenne viele Leute, die es sind, und es sind welche unter ihnen, die mir möglicherweise mit meiner Kunst helfen können.« Er runzelt kurz die Stirn, und dann glätten sich seine Züge. »All dieses politische Geschrei wird vermutlich sowieso zu nichts führen; die Welt wird sich wieder beruhigen. Es ist die Kunst, die bleibt.«

Den Rest der Reise verbringen wir ohne politische Diskussionen. Ich frage Ben nach ein paar der Werke, die wir bald sehen werden, und sein Gesicht erhellt sich, als er Farben und Aufbau von Bildern beschreibt, die Genialität der alten Meister und die überraschenden, dynamischen Arbeiten der neuen. Ich höre ihn gern über all das reden; er erweckt das Thema für mich zum Leben. Im Gegenzug hole ich die Liste heraus, in der ich festgehalten habe, welche Museen ich besuchen möchte, erläutere ihm Details über das naturgeschichtliche Museum und erzähle ihm von den Pflanzen im botanischen Garten.

»Es ist der drittälteste in Europa«, sage ich aufgeregt. »Er wurde im Jahr 1545 von einem Medici gegründet, Ben … einem Medici!«

»*Alles* in Florenz wurde von einem Medici gegründet«, sagt Ben. »Und du hast einige der besten Orte ausgelassen.«

»Wie werden wir es bloß schaffen, uns das alles anzusehen?«, frage ich verzweifelt.

»Wir werden«, sagt Ben. »Ich verspreche es. Du wirst nichts auf deiner völlig wahnsinnigen Liste auslassen müssen.«

Als wir den Bahnhof erreicht haben, klettert Ben die Stufen hinab und streckt seine Hände nach den Taschen aus. Unsere Blicke treffen sich, und ich grinse, als ich mich daran erinnere, wie wir uns zum ersten Mal begegnet sind. Ben zieht eine Grimasse, was vermutlich bedeutet, dass auch er sich erinnert.

Es ist niemand da, um uns abzuholen, aber Ben meint, das sei auch nicht nötig – er weiß, wohin wir müssen, und sie warten sicher alle zu Hause. Der Bahnhof ist voll, zum Zerbersten voll mit Menschen, die herumschreien und einander vorwärtsstoßen. Teile des eindrucksvollen neuen Gebäudes sind noch immer eingerüstet, doch über uns sieht man bereits ein riesenhaftes Glasdach.

»Verbesserungen des Duce«, sagt Ben und breitet die Arme aus.

»Es ist auf jeden Fall sehr modern.« Ich sehe mich in dem beeindruckenden Bauwerk um.

Doch der Lärm lenkt mich ab, die Menschenmenge, alles, was es zu sehen gibt, während wir aus dem Bahnhof hinaus auf den geschäftigen Bahnhofsvorplatz treten. Eine weitere Explosion von Geräuschen begrüßt uns, denn die Händler der verschiedenen Stände versuchen alle gleichzeitig, uns ihre Waren zu verkaufen.

»Früher gab es Wagenrennen auf diesem Platz«, sage ich. »Bis zum Ende des letzten Jahrhunderts.«

Es fällt nicht schwer, sich das vorzustellen: Der Platz wird von hohen alten Gebäuden mit steinernen Fassaden begrenzt, und eine Art von Zeitlosigkeit hängt darüber, als wäre es jetzt und damals zugleich, als wäre die Grenze zwischen Gegenwart und Vergangenheit plötzlich verwischt. Ich kann die ganze Vergangenheit quasi vor mir sehen, und die Nähe der Geschichte macht mich schwindelig, es ist, als würde ich in ein Buch hineinschlüpfen, wie ich es zu Hause lesen würde.

»Santa Maria Novella.« Ben zeigt zu der Kirche auf der anderen Seite des Platzes. »Immer mein erster Halt, wenn ich Florenz besuche. Komm.« Er hängt die Tasche wieder über seine Schulter und nimmt meine Hand, und gemeinsam bahnen wir uns einen Weg durch die Menge. »Es war einer der Lieblingsorte meiner Mutter«, sagt er.

Wir gehen durch das schmiedeeiserne Tor in der hohen Mauer, die das kleine hübsche Kloster dahinter umgibt. Die

Kirche selbst ist ein Rausch aus Raum und Licht. Die hohen Steinbögen treffen sich elegant in einer gewölbten Decke, der Boden ist mit schwarzen, grauen und weißen Platten, arrangiert zu einem kunstvollen Muster, ausgelegt, geglättet von Millionen von Füßen. Die sanften Farben von Wänden und Decke verweben sich mit den strahlend bunten Glasfenstern. Obgleich es so viel zu sehen gibt, bin ich gelassen, als sprächen die Ruhe und die Schönheit etwas tief in mir an, als könnte ich sie bis in meine Knochen spüren.

Wir gehen zurück durch den Kreuzgang und betreten eine Kapelle, die Lichtjahre entfernt ist von dem riesigen weißen Raum, in dem wir eben noch waren. Hier sind Wände und Decke in den Farbtönen von Juwelen bemalt, und über ihnen schwebt ein mitternachtsblauer Himmel voller Heiliger. Es ist fröhlich, laut, kräftig: ein Tumult von Farben.

»Unglaublich«, murmele ich und fühle mich auf einmal ein wenig eingeschüchtert. »Ich verstehe, warum deine Mutter diesen Ort so sehr bewunderte.«

Ben erwidert mein Lächeln und greift abermals nach meiner Hand. Ich mag das Gefühl seiner Finger um meine. »Komm«, sagt er. »Lass uns gehen und Lili finden.«

Wir wandern enge gepflasterte Straßen hinunter, und es sieht aus, als führte jede Windung dieses malerischen Labyrinths zu einem weiteren Ausblick von solcher Schönheit, dass selbst ich, die ich doch nicht das Auge einer Künstlerin habe, bewegt bin. Das Licht ist golden hier, und es berührt jede Oberfläche liebevoll, wie in einem Kuss.

Endlich bleiben wir vor einem großen Gebäude mit einem terrakottafarbenen Dach stehen. Die graue Farbe der Fensterläden blättert bereits ab.

Ben springt die drei breiten Stufen hinauf, die zur Vordertür führen, und zieht voller Enthusiasmus an einem Seil, drinnen im Haus kann ich weit entfernt die Klingel hören.

»Mach auf, Lil!«, ruft er. »Der verlorene Sohn ist zurückgekehrt!« Auf einmal sieht er jünger aus, und ich sehe direkt vor mir, wie er als kleiner schmutziger Junge diese Stufen hinaufrennt.

Eine Sekunde später fliegt die Tür auf, und Ben wird von einer hageren Frau in einem weiten weißen Hemd umarmt. Ihr kurzes Haar ist hellbraun und durchsetzt mit grauen Strähnen, ihr sonnengebräuntes, lachendes Gesicht voller Falten.

»Aaah! Mein Junge, mein Junge!«, ruft sie, zieht Bens Kopf zu sich herunter und küsst ihn auf die Wangen. »Du bist mindestens noch einen halben Meter gewachsen!«

Sie schlägt ihm leicht auf die Schulter, als würde sie ihn dafür schelten.

»Und du musst Beatrice sein.« Damit dreht sie sich zu mir um, ihre Miene heißt mich willkommen, ihre Arme sind weit geöffnet. Ihre Stimme ist warm und hat einen melodischen amerikanischen Akzent, und sie zieht auch mich in eine begeisterte Umarmung.

Hinter ihr entdecke ich eine hübsche rundliche Dame, die aussieht wie ein niederländisches Milchmädchen aus feinem Porzellan.

»Gert!«, kann Ben gerade noch sagen, ehe er in eine weitere erstickende Umarmung eingeschlossen wird. Als sie ihn loslässt, hat Gert feuchte Augen, die sie, wenig erfolgreich, mit einem riesigen weißen Spitzentaschentuch betupft.

»Kommt herein, kommt herein!«, sagt sie und tritt zur Seite, damit wir durch die Tür gehen können. »Geben wir den Nachbarn nicht noch mehr Stoff für Klatsch und Tratsch!«

Ich trete in einen dämmerigen Flur.

Der Teppich ist fadenscheinig, und es gibt eine Reihe von Messinghaken, über die mindestens drei Reihen von Mänteln, Hüten und Schals gehängt sind – alle in verschiedenen Stadien der Reparaturbedürftigkeit. Ben setzt am Fuß der Treppe unsere Taschen ab und geht durch eine Tür zu unserer Rechten. Ich folge ihm und schnappe nach Luft.

Das gesamte Erdgeschoss auf dieser Seite des Hauses besteht aus einem großen Raum. Die Wände sind burgunderrot gestrichen, die Dielen abgeschliffen und poliert, sodass man die Holzmaserung sieht. An einem Ende des Raums befindet sich eine provisorische Küche mit zwei Anrichten und einem uralt wirkenden Ofen.

Kupferpfannen hängen an der Wand neben einem großen Fenster, das auf einen kleinen Garten hinausgeht. Von der Decke hängen Bündel duftender getrockneter Kräuter.

Am anderen Ende des Raums stehen mehrere weiche Sofas, und ein paar abgewetzte Sessel sind um einen unglaublich langen Kaffeetisch versammelt, der unter dem Gewicht von Büchern und Tageszeitungen, Zeitschriften und unabgewaschenen Weingläsern ächzt.

Doch was mir den Atem raubt, ist die Kunst.

An einer Wand, angestrahlt von dem wunderschönen Licht, das durchs Fenster hereinscheint, streiten Dutzende von Gemälden verschiedener Stile um den Platz. Es ist wie ein irrwitziges und wundervolles Museum. Da sind riesige Landschaften in schweren Rahmen, aber auch Papierservietten mit Tintenzeichnungen darauf, einfach mit goldfarbenen Reißzwecken an die Wand geheftet. Bilder aus der klassischen Mythologie hängen neben geometrischen Formen in verwegenen Farben, und das Ergebnis macht mich schwindelig.

»Lass mich dir alles zeigen«, sagt Lili und nimmt meinen Arm.

Sie führt mich durch den Raum, zeigt auf verschiedene Kunstwerke und erzählt mir Anekdoten über die Künstler, die sie geschaffen haben; wie sie alles heiße Wasser verbraucht haben, als sie hier wohnten, oder wie sie nur eine ganz bestimmte Sorte von Wein tranken und eine Woche lang nur rohes Gemüse aßen. Da sind Namen, die selbst ich kenne, Namen wie Picasso und Matisse. Vor einem Bild bleiben wir stehen.

Eine weiße Straße windet sich durch einen zitternden blauen Himmel voller Lichtbögen, und Lili sagt: »Dies hier war immer Bens liebstes.«

Ben kommt und stellt sich neben mich. »Giacomo Balla. Dieses Stück ist ein Meisterwerk. Sieh nur, wie er die Geschwindigkeit einfängt, die Dringlichkeit. Sieh dir an, wie das Licht als Wellen über die Leinwand schwappt und dich mit sich zieht – und hindurch.«

Doch ein anderes Bild zieht meine Aufmerksamkeit auf sich: das Porträt einer wunderschönen jungen Frau, deren Gesicht mir vage bekannt vorkommt.

»Was ist mit diesem hier?«, frage ich. Bens Gesicht wird ernst, die Begeisterung in seinen Augen verschwindet.

»Das ist ein echter Sir Hugh Falmouth. Ein Original«, sagt er.

»Es ist ein Porträt von Susie, Bens Mutter.« Gert legt ihren Arm um Bens Taille und drückt ihn fest an sich. »Nur deshalb haben wir es hierbehalten. Sie war eine wahre Schönheit.«

»Das war sie«, murmle ich. Sie sieht aus, als wäre sie aus einem Renaissancegemälde gefallen, ihr goldenes Haar ist geflochten wie zu einem Heiligenschein, ihre Wangen leicht gerötet. Dennoch, da ist etwas an dem Bild, das mich beunruhigt. Ihr Blick wirkt gehetzt, ihr Kopf ist leicht abgewandt, als sehnte sie sich danach, der Leinwand zu entfliehen. Es ist, als sähe man einen Schmetterling, der mit Nadeln auf ein Brett gebannt wurde.

Ein Zittern durchläuft mich, und ich sage mir, dass ich melodramatisch bin, doch selbst als die anderen fortfahren, sich unbeschwert über die Freunde zu unterhalten, die vorbeikommen werden, um Ben zu sehen, selbst als man mir eine Tasse Kaffee reicht und ich mich auf einem der Sofas niederlasse, um Geschichten aus Bens Kindheit zu lauschen, spüre ich den Blick dieser Augen auf mir. Sie sehen mich an, als riefen sie um Hilfe.

KAPITEL 30

Nachdem wir eine Weile so gesessen, uns unterhalten und Biscotti in den starken schwarzen Kaffee getunkt haben, führt mich Gert hinauf zu meinem kleinen Zimmer, das eine Tapete mit winzigen gelben Rosen besitzt. Es gibt ein altes Bettgestell aus Messing und einen antik wirkenden Reisekoffer, der offenbar als Nachttisch dient. Gert wuselt um mich herum und sieht nach, ob auch alles da ist, was ich brauche.

»Wir sind so glücklich, dich hier zu haben!«, sagt sie schließlich. »Wir haben selten die Gelegenheit, Bens Freunde kennenzulernen.«

»Ich weiß, dass Ben sehr glücklich darüber war, herzukommen und euch beide zu sehen«, sage ich. »Er sagt, ihr seid seine Familie.«

»Oh, wir stehen uns sehr nah.« Sie nickt. »Er war so ein lieber Junge damals. So wissbegierig.« Ihre Stimme ist sanft und liebevoll. »Er hat schon gemalt und gezeichnet, als er zu uns kam, aber hier ist er aufgeblüht …« Sie schüttelt den Kopf. »Er hat wahres Talent.«

»Und ihr könnt es beurteilen. So viele wundervolle Werke, wie ihr unten angesammelt habt.«

»Das stimmt, wir haben schon alles gesehen«, sagt Gert. »Und Ben ist fähig, Großes zu erschaffen. Wir sind sehr stolz auf ihn. Seine Arbeiten haben sich natürlich verändert, nachdem seine Mutter gestorben ist.«

Sie sieht zu mir auf, ihr Gesichtsausdruck offen; ihre großen blauen Augen verbergen nichts. »Hat er dir von ihr erzählt?«, fragt sie.

»Nicht wirklich«, erwidere ich. »Nur dass sie sehr jung war, als er geboren wurde.«

»Er wird es erzählen«, sagt sie fest. »Der arme Junge braucht schon lange jemanden, dem er alles anvertrauen kann. Lili und ich haben es versucht, aber …« Sie lächelt mich an. »Ich bin so froh, dass er endlich ein nettes Mädchen gefunden hat.«

»Oh, wir sind nur Freunde«, sage ich, etwas peinlich berührt.

Gert lächelt heiter. Ihr Ausdruck ist unschuldig, doch ich glaube, sie sieht eine Menge mehr, als sie zugibt.

Als Gert und ich zurück nach unten gehen, sind einige andere Gäste angekommen, um Ben zu sehen. Tatsächlich findet in den nächsten paar Stunden eine Art Cocktailparty im Stehen in Gerts und Lilis Wohnzimmer statt. Die Klingel läutet unaufhörlich, mehr und mehr Leute strömen herein und scheinen Gespräche fortzuführen, als wären sie seit Stunden da und hätten nur eben kurz den Raum verlassen. Lili wacht aus einem der durchgesessenen Armsessel über das Ganze, und die Leute summen um sie herum wie Arbeitsbienen um ihre Königin.

Eine Weile nachdem ein köstliches, einfaches Abendessen aus Brot und Eintopf in nicht zusammenpassenden und angeschlagenen Schalen und Tellern herumgereicht wurde, finde ich mich in einer Ecke wieder, vertieft in ein Gespräch mit einem gut aussehenden Mann mit tiefbrauner Haut, einem französischen Akzent und lebhaften Augen unter langen Wimpern. Wir sprechen gerade über den medizinischen Nutzen von Lavendel, als Ben sich durch die Menge zu uns bewegt.

»Entschuldige mich, Alphonse«, sagt er und klopft dem Mann auf die Schulter, »aber kann ich Bea für einen Moment entführen?«

Er nimmt meine Hand, gerade als das Scharren von Möbeln auf dem Boden laut wird und das Kratzen der Nadel auf einer Schallplatte ertönt.

»Komm!«, flüstert er. »Schnell!«

Und er zieht mich durch die Menge. Als wir durch die Tür stolpern, sehe ich über meine Schulter, wie Gert und Lili die provisorische Tanzfläche eröffnen, die Arme eng ineinander verschlungen.

Als wir nach oben entkommen, an den Grüppchen von Leuten vorbei, die auf den Treppen sitzen, rauchen und in intensive Gespräche verwickelt sind, spüre ich eine gewisse Erleichterung. Dort, wo die Menge lichter wird, wird auch die Luft kühler, und der Lärmpegel sinkt ein wenig.

»Was für eine Party!«, seufze ich, als wir es bis zum obersten Absatz geschafft haben.

Ben lacht. »Gert und Lili würden es nicht Party nennen, Bea. Für sie ist es nur ein gewöhnlicher Dienstagabend.« Er nickt in Richtung all der Menschen. »Dieses Haus ist immer voller Leute, also gewöhn dich besser daran. Freunde von Freunden, Leute, die dieselben Meinungen teilen. Sie alle finden Lili und Gert … Die Menschen werden von ihnen angezogen. Sie sind wie ein Licht, um das alle Motten sich versammeln.«

»Ich verstehe, warum«, sage ich. »Sie sind so offen, so freundlich. Sie erinnern mich an Filomena.«

»Nun, auch sie hat eine Menge Zeit mit ihnen verbracht«, sagt Ben. »Komm. Ich möchte dir etwas zeigen.« Er greift nach oben, zieht an einem Seil, das von der Decke hängt, und öffnet damit eine Falltür mit einer klapperigen Leiter, die geräuschlos nach unten gleitet. »Folge mir«, sagt er über die Schulter und macht sich an den Aufstieg.

Ich zögere nur eine Sekunde, ehe ich ihm nachklettere. Als ich meinen Kopf durch die Luke über mir stecke, sehe ich, dass sich dort eine Art Dachboden befindet, dunkel und eng, offenbar genutzt als Lagerraum. Eine Menge klobige Objekte stehen herum, alle bedeckt mit Tüchern zum Schutz gegen den Staub.

Ben kämpft mit dem Riegel eines kleinen Fensters, und als es ihm gelungen ist, es zu öffnen, windet er sich hindurch.

»Ben!«, japse ich. »Was tust du?«

»Komm mit!«, ruft er wieder, seine Stimme eine Herausforderung. Natürlich nehme ich sie an. Vorsichtig recke ich meinen Kopf aus dem Fenster und sehe, wie Ben sich am Fensterbrett entlanghangelt.

Etwas weiter unten gibt es eine kniehohe Wand, und dahinter geht es steil nach unten, tief, tief hinunter bis in den kleinen Garten dort in der Ferne.

Mit einem Seufzer und wider besseres Wissen ziehe ich mich hinaus aufs Fensterbrett, halte den Atem an und sehe extra nicht zu der niedrigen Wand zu meiner Rechten hin, während ich leise das Vaterunser murmle.

Ich bewege mich auf Bens Stimme zu. Auf einmal wird das Dach zu meiner Linken flacher, wird zu einer Art Plattform. Und dort wartet Ben.

»Du hast es geschafft!«, sagt er und hält mir die Hand entgegen; hilft mir, über die Dachziegel zu steigen. »Siehst du! So. Und nun erzähl mir, dass es sich dafür nicht gelohnt hat, Leib und Leben zu riskieren.«

»Oh du meine Güte!«, hauche ich, als ich mich umsehe.

»Ich wusste, du würdest es lieben.« Seine Stimme klingt selbstzufrieden, doch dieses eine Mal ist mir das egal.

Vor uns breitet sich ganz Florenz aus wie ein göttliches Geschenk, leuchtend unter einem atemberaubenden Himmel. Die Sonne hat ihre Arbeit für diesen Tag beinahe beendet, gerade noch hängt sie über dem Horizont, intensiv glühend wie ein Stück heißer Kohle. Das goldene Licht hat sich verwandelt, ist jetzt roséfarben und milde, und der Arno schlängelt sich in einer Zickzacklinie durch die Stadt, gesäumt von Straßen, die sich Meilen und Meilen weit erstecken; vor uns, ein Stück weit entfernt, strahlt der Dom wie ein Leuchtturm und heißt uns in der Stadt willkommen.

Ich sitze eine Weile ganz still neben Ben, zu erfüllt von dem, was ich sehe, um zu sprechen. Alles fühlt sich so groß an; so unendlich groß, als wäre der Himmel selbst gewachsen.

»Dies ist mein geheimer Ort«, bricht Ben die Stille. »Ich habe mich früher oft alleine hier hochgeschlichen. Meine Mutter wusste nicht, wo ich war; es machte sie ganz verrückt. Lili wusste es, denke ich, aber sie hat nie etwas verraten.«

»Erzählst du mir mehr über … deine Mutter?«, frage ich zögernd.

Eine Pause entsteht.

»Sie war eine Schönheit«, sagt Ben schließlich, seine Stimme ein wenig belegt, als probierte er die Worte zum ersten Mal aus. »Das ist es, woran ich mich am ehesten erinnere, um ehrlich zu sein – dass sie aussah wie ein Engel. Ich habe das Gefühl, dass ich mich jeden Tag an weniger Dinge erinnere, nur noch an Bruchteile. Ich weiß noch, wie sie im Frühling nach Flieder roch und wie sie einen Apfel in einem einzigen langen, gewundenen Streifen schälen konnte.«

Er sieht in die Ferne und reibt nachdenklich seine Nase. »Sie war immer nervös, überspannt, würde man vielleicht sagen. Aber wer könnte ihr das zum Vorwurf machen? Sie haben sie mit sechzehn aus dem Haus geworfen, weil sie schwanger mit mir war. Sie hat mich geliebt.« Seine Stimme ist jetzt so leise, dass ich sie kaum noch höre. »Daran zumindest erinnere ich mich genau.« Er räuspert sich. »Irgendwie hat sie das Geld für die Reise zusammengekratzt, und wir sind nach Europa gekommen. Zuerst nach Frankreich, dann nach Italien. Jemand hat ihr Lilis Adresse gegeben, und sie hat uns aufgenommen. Dann haben wir hier gelebt, für etwas mehr als zwei Jahre. Es war ein Zuhause für mich, oder besser gesagt der Ort, der in meinem Leben am ehesten jemals einem Zuhause glich.«

»Warum bist du dann weggegangen?«, frage ich.

»Sir Hugh kam im Sommer zum Malen her; Filomena war bei ihm«, fährt Ben fort. »Gleich beim ersten Mal, als er meine Mutter sah, sagte er ihr, sie müsse ihm Modell stehen. Ich denke, Filomena war erleichtert, ihn verlassen zu können … Wenn ich jetzt zurückschaue, hätte das Warnung genug sein müssen.« Seine Hände ballen sich zu Fäusten, die er gegen die Knie presst. »Er hat sie verführt. Ich war noch jung – ich habe nichts begriffen. Alles, was ich wusste, war, dass das Haus sich plötzlich weniger sicher anfühlte. Dass meine Mutter plötzlich herumschrie und oft weinte, dass sie zu viel trank. Und dann sind wir mit ihm weggegangen. Nicht lange danach hat er uns verlassen. Und ein paar Monate später war sie tot«, sagt er ausdruckslos, seine Stimme auf unheimliche Weise flach. »Sie haben mich in ein Waisenhaus gesteckt. Als ich vierzehn war, bin ich weggelaufen, und ich bin auf dem schnellsten Weg hierher zurückgekommen. Da sah ich Lili und Gert zum ersten Mal nach zwei Jahren wieder. Sie hatten nicht gewusst, wo ich gewesen war. Und nicht, dass meine Mutter tot war. Wir haben alle geweint.« Er ringt sich zu einem schwachen Lächeln durch.

»Ich kam wieder bei ihnen unter, und sie haben Geld zusammengekratzt, damit ich Kunst studieren konnte«, sagt er, nun etwas lebhafter. »Man hielt mich für begabt, deshalb war es möglich, obwohl ich noch so jung war. Zwei Jahre später bin ich in die Welt hinausgezogen, als Reisender, als Maler, und habe jede Arbeit angenommen, die ich fand, um meinen Lebensunterhalt zu verdienen. Vor vier Monaten habe ich einen Brief von Filomena bekommen, die mich einlud, den Sommer in der Villa zu verbringen, und – tja, hier sind wir.« Er breitet die Arme aus; eine Geste, die die komplette Szenerie um uns herum einschließt. »Das ist die ganze traurige Geschichte, oder fast die ganze jedenfalls«, sagt er. »Mehr, als ich gewöhnlich erzähle.« Das Lächeln, das er mir schenkt, ist ein wenig schief, und es schneidet mir ins Herz.

»Danke dafür, dass du es mir erzählt hast«, bekomme ich heraus, obwohl die Worte sich unzulänglich anhören. Ich begreife, was er mir anvertraut hat: einen Teil von sich selbst, den er sonst verbirgt. Schweigend sitzen wir nebeneinander, unsere Finger verwoben, mein Kopf auf seiner Schulter, während die Sonne hinter dem Horizont verschwindet und die ersten Sterne über uns ihr nächtliches Himmelsballett beginnen.

»Weißt du, wenn ich mich hier oben versteckt habe«, sagt Ben nach einer Weile und zieht eine Papiertüte aus seiner

Tasche, »habe ich immer die wenigen wertvollen Süßigkeiten mitgenommen, die ich manchmal geschenkt bekam, sodass ich sie nicht teilen musste.« Er reicht mir eine filigrane weiße Maus aus Zucker. »Aber mit dir zu teilen ist in Ordnung.«

Etwas Warmes und Schweres nistet sich in meiner Brust ein. Ich lehne mich gegen Ben, und er legt einen Arm um meine Schulter, zieht mich so nah zu sich heran, dass ich das stetige Pochen seines Herzens hören kann.

»Es ist schön, dass du hier bist«, murmelt er.

»Das finde ich auch«, sage ich und setze mich auf. Als ich ihn küsse, schmeckt er nach Zucker.

KAPITEL 31

Als ich am nächsten Morgen erwache, nehme ich mir einen Moment, um mich froh in meinem behaglichen Bett auszustrecken. Das irgendwie trunkene Lächeln auf meinem Gesicht ist ein Überbleibsel der vergangenen Nacht, und ich berühre meine Lippen mit dem Zeigefinger und spüre Bens Küsse wieder.

Dann fällt mir ein, was wir heute alles vorhaben, und plötzlich kann ich es kaum erwarten, mit allem zu beginnen. So rasch wie möglich ziehe ich mich an und laufe die Treppen hinunter. In der Küche ist Lili dabei, Speck anzubraten, und Ben lehnt mit einer Tasse Kaffee an der Anrichte. Als ich den Raum betrete, sieht er auf, und ein Lächeln erhellt seine Züge für einen Augenblick, ehe er sich wieder unter Kontrolle hat. Lili sieht mit einem wissenden Blick zwischen mir und ihm hin und her. »Guten Morgen«, sagt sie und wendet den Speck, indem sie ihn in die Luft wirft wie ein Profi. Der Duft dieses brutzelnden Specks ist absolut himmlisch, vor allem zusammen mit dem nach frisch gemahlenem Kaffee, und ich lege eine Hand auf meinen Magen, als er zu knurren beginnt.

Von einem der Sofas kommt ein tiefes, kehliges Schnarchen, ich sehe hinüber und finde einen großen, abgerissenen Mann dort vor, den ich noch nie gesehen habe und der sehr fest schläft. Seine Beine sind weit ausgestreckt, an den Knöcheln übereinandergeschlagen, und er trägt noch immer seine Stiefel.

»Kümmere dich einfach nicht um Boris«, knurrt Lili. »Er könnte alles verschlafen. Ich muss sagen, die meisten dieser Anarchisten sind im Grunde ziemlich faul, wenn sie gerade keinen Krawall anfangen.«

»Ist es normal, am Morgen schlafende Anarchisten auf dem Sofa zu finden?«, erkundige ich mich.

»In diesem Haus schon«, sagt Ben.

»Boris ist ein harmloser Schatz«, wirft Lili ein, während sie mit einer Hand Eier in die Pfanne schlägt und das heiße Fett fauchend aufspritzt. »Er hat sich noch nicht davon erholt, dass die Arditi aufgelöst wurde.« Die Arditi war die Organisation der Antifaschisten – so viel weiß ich. »Und weiß Gott, er hat Grund dazu, Angst zu haben.«

»Glaubst du, dass Mussolini gefährlich ist?«, frage ich. Dann nehme ich einen Schluck von meinem Kaffee und lehne mich an die Anrichte, meinen Arm leicht gegen Bens gedrückt.

Lili beginnt, den Speck und die Eier auf Teller gleiten zu lassen. »Sieh dir diese Kinder da draußen an«, sagt sie. »Von Kopf bis Fuß in Schwarz, und dann dieses fanatische Leuchten in ihren Augen, rennen herum und zetteln Schlägereien an im Namen eines charmanten Diktators.« Sie schüttelt den Kopf. »Erzähl mir nicht, dass das in irgendeine wünschenswerte Richtung läuft. Nationalismus ist eine Krankheit.« Sie reicht mir einen Teller. »Italien zuerst, sagt Mussolini, und: Lasst uns das römische Reich neu errichten. Und sie sehen ihn an und sehen die Hoffnung auf eine glorreiche Zukunft, aber alle scheinen zu vergessen, dass das römische Reich aus Blut und Tränen geschaffen wurde.«

Und gerade jetzt, denke ich, sitzt mein Onkel da und trinkt mit dem Diktator Tee. Ich fange Bens Blick auf, und ich weiß, er denkt dasselbe.

»Eine Menge Leute halten ihn für unwiderstehlich«, sagt er mit einem unbekümmerten Schulterzucken. Es erschreckt mich, wie wenig ihn diese Dinge zu berühren scheinen. Lilis Ärger ist deutlich zu spüren, doch Ben ist entspannt, sein Interesse gilt mehr dem Frühstück, das sie ihm gereicht hat.

»Ich nehme an, in England ist es dasselbe«, sage ich. »Viele Freunde meiner Eltern scheinen recht interessiert an der BUF zu sein.«

»Der British Union of Fascists?« Ben hebt eine Augenbraue.

»Ja.« Ich puste sacht auf meinen Kaffee. »Das alles ist in so viel … falsche Höflichkeit gekleidet«, sage ich. »Wie diese fürchterliche Lady Frances, die mein Onkel dermaßen zu vergöttern scheint.«

Lili nickt. »Das Böse kommt oft in vornehmem Mantel durch die Tür. Die Verhältnisse werden noch sehr viel schlechter werden, ehe sie sich wieder bessern«, sagt sie bestimmt.

»Lasst uns heute Morgen nicht darüber reden«, fällt Gert ein, die in diesem Moment in einem blassrosa seidenen Morgenmantel hereingeschwebt kommt. Sie reckt sich, um Lili einen Kuss auf die Wange zu hauchen.

»Wir sollten es uns nett machen, wo wir Ben und Bea schon ein paar Tage hier bei uns zu Gast haben.«

Also setzen wir uns an den Tisch und unterhalten uns entspannt über andere Dinge, während wir gemeinsam frühstücken, doch ich weiß, dass ich nicht die Einzige bin, die noch immer an das Gespräch von eben denkt. Mir fallen die Nachrichtenbilder ein, die ich gesehen habe, in denen Mussolini von einem Podium aus zu wilden Horden hinabschreit oder wie er militärische Aufmärsche anführt: Reihen um Reihen gehorsamer Soldaten mit versteinerten Gesichtern. Lilis Warnung liegt mir wie ein Felsbrocken im Magen, und ein Teil von mir weiß, dass sie recht hat, weiß, dass sich etwas Dunkles und Gefährliches in einem Todesgriff um dieses schöne Land schlingt. Sicher ist es bequemer, das zu ignorieren, aber es sieht nicht danach aus, als ob es von selbst wieder verschwindet, egal was Ben sagt.

»Also, was für Pläne habt ihr beiden denn heute?«, fragt Gert.

»Eine *Menge«*, sage ich, und ein Schauer der Vorfreude überläuft mich.

»So viel, dass wir wirklich lossollten.« Ben nickt. »Danke fürs Frühstück, Lil«. Er geht um den Tisch herum zur anderen Seite und küsst sie auf die Wange.

Sie streckt eine Hand aus und streichelt sein Gesicht. »Wir sehen euch beide später zu einem Abendessen im Familienkreis.«

Und so verlassen Ben und ich das Haus und treten hinaus in den blendenden Sonnenschein. Adrenalin pulsiert in meinen Adern, als mir klar wird, dass die ganze Stadt darauf wartet, von uns entdeckt zu werden. Es ist jenes schwindelerregende Gefühl der Freiheit, das mich gepackt hat; mich daran erinnert, wie weit fort ich von zu Hause bin.

Die Stadt ist wie ein Kaninchenbau mit lauter Seitenstraßen, und wir schlängeln uns hindurch, während wir versuchen, die Richtung zu halten. Ben glüht vor Aufregung, fast wie im Fieber, und sein Enthusiasmus lässt den meinen noch wachsen, als wir durch die Straßen eilen, kichernd wie Schulkinder.

Wir gehen meilenweit, und auf der Piazza del Duomo sehe ich die berühmte Kirche endlich von Nahem. Als ich den Kopf in den Nacken lege und nach oben schaue, um alles in mich aufzunehmen, einfach alles, bis zu der gleißenden Bronzekugel ganz oben, die Leonardo da Vinci womöglich selbst mit seinen Händen berührt hat, wirkt die Kathedrale wie etwas der Fantasie Entsprungenes.

Die weiße und grüne Marmorfassade sieht aus, als hätte ein exzentrischer Konditor sie in seiner Werkstatt aus Zucker gesponnen, die Erfüllung aller Wünsche eines gierigen Kindes: eine alberne, köstliche Gaumenfreude.

»Es ist soo schön!«, sage ich.

»Es sieht aus wie eine Hochzeitstorte«, meint Ben und rümpft leicht die Nase.

Ich lächle. »Ja, ich dachte gerade, es wäre ein gutes Zuhause für deine Zuckermäuse.«

Wir wandern weiter, hinüber zur Piazza della Signoria, wo das Rathaus hoch aufragt: der Palazzo Vecchio, eine beeindruckende Festung, sogar mit Zinnen ganz oben. Auf dem Platz gehen wir an einer Gruppe von Schwarzhemden vorbei, keiner von ihnen älter als ich, und sie machen Witze und lachen, doch in ihren schwarzen Hemden, Schlipsen und Hüten schaffen sie es dennoch, sinister auszusehen, wie zu groß geratene Krähen.

Ich betrachte sie einen Moment lang und fange den Blick eines Jungen auf, und er grinst und schreit etwas auf Italienisch herüber, das ich nicht verstehe.

»Was hat er gesagt?«, frage ich Ben.

»Willst du nicht wissen«, sagt er und zieht mich weiter.

»Ich dachte, du kennst mich besser«, antworte ich. »Natürlich will ich es wissen.«

Ein leicht verzweifeltes, schiefes Lächeln erscheint auf Bens Gesicht. »Sagen wir, er hat sich anerkennend über deine Erscheinung geäußert. Das allerdings recht anzüglich.«

»Ah.« Ich drehe mich um und fange den Blick des Jungen noch einmal auf, dann rufe ich etwas zurück. Der Junge starrt mich mit offenem Mund an, ungläubig, und dann, unter dem Gelächter seiner Freunde, beginnt er, sich auf uns zuzubewegen.

»Jetzt hast du's geschafft«, seufzt Ben und zieht mich eine Gasse hinunter. Wir rennen, schlagen Haken wie Hasen, bis Ben sicher ist, dass wir unseren Verfolger abgehängt haben.

»Wo hast du diese Worte gelernt?«, fragt Ben. »Ich bin ziemlich sicher, dass sie anständigen jungen Damen nirgends solche Ausdrücke beibringen.«

»Wie gut, dass keine dieser anständigen jungen Damen anwesend sind«, erwidere ich. »Ich habe das von Ursula natürlich. Italienisch ist *so* eine poetische Sprache.«

Es wurmt mich ein wenig, dass wir so leicht entkommen sind. Der Anblick der Schwarzhemden hat mich verärgert, und etwas in mir hat sich eine Konfrontation gewünscht, wollte gegen etwas angehen, von dem ich in meinem Herzen weiß, dass es falsch ist. Nichts zu tun, nur wegzurennen, fühlt sich … feige an.

Doch ich habe nicht viel Zeit, darüber nachzudenken, denn wir haben unser erstes wichtiges Ziel erreicht, einen Ort der Verehrung auf Bens Pilgerreise: die Galleria degli Uffizi. Wir biegen in eine unauffällige Seitenstraße ein und finden uns im schmalen Hof zwischen den beiden Flügeln des Museums wieder; vor uns glitzert gar nicht weit entfernt verlockend der Arno, und um uns erheben sich die hohen Mauern des alten Gebäudes, erbaut von den Medici. Elegante Säulen halten einen weitläufigen Portico, in dem glückliche Touristen umherschwirren wie Bienen, und wir schließen uns dem Schwarm an, um in die Galerie zu kommen.

Dort, im Inneren des Museums, herrscht große Ruhe. Mir ist bereits klar, dass die Florentiner die Kunst sehr ernst nehmen, sie ist beinahe etwas Heiliges, untrennbar verflochten mit den Heiligenbildern und den Kapellen und Kathedralen, die hier überall Schulter an Schulter stehen. Und so wandern wir endlose lichtdurchflutete Flure entlang, deren eine Seite nur aus Fenstern besteht. Auf dem Weg bleiben wir hier und da stehen, um grazile Büsten und Statuen zu betrachten, und ich bewundere die Art, wie die weiche Wärme lebendigen Fleisches und realen Stoffs in kaltem reinweißem Marmor eingefangen werden kann.

Schließlich wählen wir einen der Gänge, die vom großen Flur wegführen, und die Kunst, die hier ausgestellt wird, ist so berühmt, dass ich ungläubig lache.

Da ist Botticellis Venus, eben dabei, ihrer Muschel zu entsteigen, und Tizians Venus von Urbino mit ihrem freimütigen Blick und dem kleinen Hund, der sich zu ihren Füßen eingerollt hat. Da sind Gemälde von Michelangelo, Rembrandt und Raffael. Es ist überwältigend, doch Ben ist der perfekte Führer, er zeigt mir die Details und erklärt mir die unterschiedlichen Techniken, die die Künstler angewendet haben.

In einem Raum finden wir mehrere Arbeiten von Caravaggio, und Ben lacht über meine blutrünstige Freude an seiner Darstellung der Medusa – ein schreiender abgetrennter Kopf mit sich windenden Schlangen anstelle von Haar.

»Mir hat die Idee schon immer gefallen, dass die Medusa Schlangen besitzt statt Haaren«, gebe ich zu. »Wenigstens hatte sie so Gesellschaft.« Ich lege den Kopf schief, um das Gemälde eingehender zu betrachten. »Die Schlangen waren vermutlich sympathischer als die meisten Menschen, denen sie begegnet ist.«

Als wir die Galleria degli Uffizi wieder verlassen, machen wir eine kurze Pause, damit Ben uns beiden *Gelato* kaufen kann: eine Handvoll Münzen für zwei kleine Schalen. Ich habe hier noch nie welches gegessen, und meines ist blassgrün und schmeckt nach Sonnenschein.

»Pistazie«, murmle ich, löffle das sahnige, süße Eis in meinen Mund und schließe die Augen, als es auf meiner Zunge schmilzt. »Absolut wundervoll.«

Dann wandern wir weiter, essen unser Gelato und sehen zu, wie die Welt an uns vorbeidriftet. Jetzt sind wir am Fluss, wo das Sonnenlicht auf dem blauen Wasser tanzt und glitzernde Lichtflecke auf die Oberfläche tupft, als wären Juwelen darüber ausgestreut. Wir überqueren den Fluss über die Ponte Vecchio, jene berühmte Brücke, die flankiert wird von Reihen chaotisch aneinandergebauter Läden, vor allem denen der Juweliere; all die hölzernen Fensterläden stehen weit offen für den Verkauf.

Wir gehen eine weitere schmale Gasse hinunter, voll von Leben und Autogehupe und einer Menge Menschen, dann lassen wir den Palazzo Pitti hinter uns, und ich fühle, wie mein Herz schneller schlägt. Es gibt einen Ort, den ich unbedingt sehen will, seit ich weiß, dass wir nach Florenz fahren werden, und gleich haben wir ihn erreicht.

Wir gehen die Straße hinunter, die enger und enger wird, bis wir schließlich vor einer bescheidenen Fassade mit einer kleinen steinernen Tafel neben der Tür stehen bleiben. »Museo di Fisica e Storia Naturale«, hauche ich. »Museum für

Physik und Naturgeschichte.« Ich hüpfe von einem Bein aufs andere.

»Ich bin nie hier gewesen.« Ben sieht zu mir hinab. »Jetzt musst *du* mich führen.« Ich nehme seine Hand, ziehe ihn durch die Tür und wenig später einen langen, schummerigen Flur entlang.

Das Museum ist eine wahre Fundgrube von Schätzen: Da sind Dutzende von Sälen, vollgestellt mit allen möglichen faszinierenden Ausstellungsobjekten. Es mag Leute geben, die vor den detaillierten anatomischen Wachsmodellen menschlicher Körperteile erschrecken, die mehrere Räume füllen, doch Ben lauscht mit Interesse, als ich ihm erkläre, dass sie im achtzehnten Jahrhundert dazu benutzt wurden, Medizinstudenten zu unterrichten.

»Sie sind unglaublich akkurat, weil sie von echten Leichen kopiert wurden«, sage ich, als wir vor einem Herz aus Wachs stehen.

Bens Augen leuchten auf. »Ich würde gern wiederkommen und ein paar davon zeichnen.«

»Ich auch«, stimme ich zu. »Ich fühle mich wie Stubbs mit seinen Pferden.«

»Also können wir deinem Onkel berichten, dass ich doch noch eine Künstlerin aus dir gemacht habe.« Ben grinst. »Ich bin sicher, er wäre erleichtert, wenn er wüsste, dass er etwas für sein Geld bekommen hat.«

Die Worte haben einen leicht bitteren Beigeschmack, und ich sehe überrascht auf, doch Ben ist schon zu einem anderen Modell hinübergegangen und fragt mich, wie die Namen der verschiedenen Venen und Arterien lauten.

Ich führe ihn durch weitere Räume; Räume, gefüllt mit entomologischen Sammlungen. »Natürlich, du musst ein bisschen Zeit mit deinen Käfern verbringen«, grummelt Ben, aber ich höre nicht zu.

Dort, auf einer der langen hölzernen Schubladen, ist ein kleines Schild mit den Worten *Collezione Rondani* angebracht.

»Camillo Rondanis Sammlung«, wispere ich, zitternd vor Ehrfurcht, während ich die Schublade herausziehe, langsam und mit einem dumpfen schleifenden Geräusch.

»Wer war das?«, fragt Ben.

»Ein Experte für *Diptera* oder …«

»Fliegen«, unterbricht Ben mich. Er wird ein wenig rot, als ich ihn erstaunt ansehe. »Du hast es letzte Woche erwähnt. Ich habe nachgesehen, was es bedeutet.«

Das warme Gefühl in meiner Brust ist wieder da, und ich versuche es niederzukämpfen, dieses Etwas kleinzuhalten, das mit jedem Tag, den wir zusammen verbringen, in mir wächst und dem ich keinen Namen geben will. Ich bemühe mich, ihn nicht anzustrahlen wie ein mondsüchtiger Trottel; auf die Art, wie so viele Mädchen ihn wahrscheinlich schon angestrahlt haben.

»Ja, Fliegen.« Ich räuspere mich. »Er hat auch einige faszinierende Texte über Insekten in sizilianischem Bernstein geschrieben.«

»Welche zum Beispiel?«, fragt Ben.

Also wandere ich durch den Raum und zeige ihm mehr und mehr Objekte. Es gefällt mir, wie interessiert er ist, und dass es ihm nichts ausmacht, dass ich so viel mehr über all dies hier weiß als er. Er stellt mir genauso viele Fragen wie ich ihm zuvor in der Galerie.

Mutter und Vater haben mir immer gesagt, dass Männer Frauen nicht schätzen, die gebildeter sind als sie. Ich lächle. Ben scheint mich durchaus zu schätzen.

Am Ende des Tages, als wir zu Lilis Haus zurückkehren, bin ich entspannt und glücklich. Ben hält mir die Tür auf, und mein Körper streift seinen, als ich hindurchwill. Da fängt er mich ab und küsst mich, ehe wir ins Haus gehen. Das hier ist gefährlich, ich weiß es; das hier ist ein Spiel mit dem Feuer.

Und doch, als ich zu ihm aufsehe, bin ich bereit zu verbrennen.

KAPITEL 32

Am nächsten Tag kehren wir zurück ins naturhistorische Museum, wo Ben rasche, lebhafte Skizzen anfertigt und ich mich meinen anatomischen Studien widme. Besonders stolz bin ich auf meine Zeichnung des menschlichen Verdauungstrakts, die auf Wachsmodellen basiert.

»Ist es nicht faszinierend, Ben«, frage ich, »an all das zu denken, was gerade jetzt in uns passiert? Daran, dass unsere Körper so perfekt funktionieren?«

»Das … ist schon etwas«, gibt Ben zu.

»Wundervoll«, hauche ich und betrachte das Modell eines Unterarms, das Knochen, Muskeln und Arterien alle in absoluter Harmonie vereint.

Ben lacht. »Wen wundert es da, dass dich gewöhnliche Romantik nicht beeindrucken konnte?«

»Du fängst jetzt nicht wieder an, Gedichte vorzulesen, oder?«, frage ich misstrauisch.

»Banause!« Ben schüttelt den Kopf und kehrt zurück zu seiner eigenen Zeichnung.

Später essen wir mit Lili und Gert zu Abend.

Sie erzählen mir Geschichten aus Bens Kindheit; darüber, wie er einmal eine verletzte Taube ins Haus brachte und sie heimlich in einem Karton in seinem Zimmer aufbewahrte.

»Ich habe es nur herausgefunden, weil ich der kleinen Spur aus Brotkrumen gefolgt bin«, lacht Lili. »Wir hatten uns schon gewundert, wohin all das Brot verschwunden war. Als Ben den Vogel freigelassen hat, war er die fetteste Taube von ganz Florenz.«

»Bea hätte sie gefallen«, sagt Ben. »Sie hätte ihren Namen auf Latein gekannt, Taubinus maximus oder etwas Ähnliches.«

»Familie Columbidae, ehrlich gesagt«, korrigiere ich ihn mit einem Lächeln. »Ich habe dasselbe einmal mit einem Spatzen gemacht. Aber meine Mutter hat es gemerkt und geschäumt vor Wut. Sie wollte mich ihn nicht behalten lassen, obwohl – wie ich ihr erklärt habe – eine ächzende alte Ruine wie Langton Hall wahrscheinlich sowieso von oben bis unten voller Ratten und Fledermäuse und anderen noch viel weniger appetitlichen Tieren ist.«

»Ich bin erstaunt, dass diese Anmerkung sie nicht überzeugen konnte«, sagt Ben.

»Das war ich auch«, stimme ich zu. »Aber man kann kein vernünftiges logisches Gespräch mit ihr führen.«

»Klingt, als hättet du und Ben damals gute Freunde sein können«, wirft Gert ein.

»Ja.« Ich nicke. »Ich glaube, das wären wir gewesen.«

Doch Ben schüttelt den Kopf. »Oh, ich bezweifle, dass Beatrice etwas mit einem abgerissenen Kerl wie mir hätte zu tun haben wollen.« Die Worte sind leicht dahingesagt, aber es schwingt etwas in ihnen mit, das mir nicht gefällt.

»Nun, es ist gut, dass ihr euch am Ende doch gefunden habt«, sagt Lili fest.

Meine Augen treffen Bens über den Tisch hinweg. »Hört, hört«, sagt er und hebt sein Weinglas zu einem Toast. Und wir alle lassen unsere Gläser aneinanderklingen.

Und dann, nachdem die Kerzen heruntergebrannt sind und wir den Tisch abgeräumt haben, schleichen Ben und ich uns hinauf aufs Dach.

Ich bin ziemlich sicher; Lili und Gert wissen, dass wir hier heraufkommen, aber sie haben kein Wort darüber verloren, und solange wir den Anschein erwecken, uns anständig zu benehmen, scheinen sie glücklich damit zu sein, uns einfach in Ruhe zu lassen.

Wie jeden Abend raubt mir der Ausblick für einen Moment den Atem. Sterne ziehen ihre Kreise über uns, und zwischen all den Lichtern, die in den umliegenden Fenstern brennen, ist es fast, als schwebten auch wir zwischen Sternen. Ben macht es sich in unserem Nest aus Decken und Kissen bequem und reicht mir eine Papiertüte voller Süßigkeiten, die wir am Morgen zusammen ausgewählt haben. Auch das ist zu einer Gewohnheit geworden, und ich durchsuche die Tüte, bis ich eines der violetten Bonbons finde; meine liebsten.

Ben lutscht ein Zimtbonbon und betrachtet mich nachdenklich.

»Also«, sagt er. »Morgen fahren wir zurück zur Villa.«

»Ich weiß.« Ich male mit dem Finger kleine Kreise auf die Decke. »Ich kann nicht glauben, dass wir Florenz schon verlassen. Ich liebe es.«

»Aber du liebst die Villa auch«, bemerkt Ben.

»Ja«, stimme ich zu und hebe den Kopf, um ihn anzusehen. »Trotzdem. Hier zu sein war anders. Mit dir. Ich meine … die Dinge zwischen uns fühlen sich anders an.«

Eine Pause entsteht, als wir einander einen unendlichen Augenblick lang ansehen.

Schließlich bricht Ben die Stille. »Es sind nur noch zwei Wochen, bis du nach Hause fährst«, sagt er vorsichtig.

Ich fühle, wie mein Magen sich umdreht. Und nicke.

»Das weiß ich auch«, murmle ich.

»Und unser Experiment wird seinen Abschluss erreichen«, sagt Ben. »Hast du das Gefühl, bisher war es ein Erfolg?«

Ich bedenke die Frage sorgfältig.

»Nun«, sage ich. »Wenn man die Zielvorgabe betrachtet, haben wir alles ziemlich gut gemeistert, finde ich.«

»Die Zielvorgabe?« Ben hält mir einen weiteren Bonbon hin, und unsere Finger berühren sich leicht, als ich es nehme.

»Du hast mir Romantik versprochen. Und es gab Blumen und Süßigkeiten und …« Ich ziehe eine Grimasse. »… Gedichte.«

»Mir ist so, als würde ich mich daran erinnern, dass Ursula Küsse erwähnte«, meint Ben und grinst. »Ich denke, an dieser Front haben wir uns auch recht wacker geschlagen.«

»Sie hat auch gesagt, sie glaubt, du wärst ein zufriedenstellender Liebhaber«, sage ich. »Im Bett.«

Ben verschluckt sich an seinem Bonbon.

»Was?«, keucht er endlich, nach einem nicht unerheblichen Moment des Hustens. »Ich erinnere mich nicht an *diesen* Teil unserer Konversation.«

»Ich glaube, du warst nicht dabei«, sage ich.

»Oh.«

»Ist das … etwas, woran du interessiert wärst?«, frage ich.

Er starrt mich an.

»Die ganze Sache hat angefangen, als ich sagte, ich würde mir gern einen Liebhaber nehmen«, erkläre ich. »Es scheint, als wäre eine sexuelle Begegnung ein logischer Abschluss.«

Ben fährt mit der Hand durch sein Haar und zerzaust es dabei auf eine Weise, die ich sehr attraktiv finde.

»Das ist wahr«, sagt er langsam, »aber ich war nicht sicher, ob du das wirklich willst ...«

»Oh.« Ich lege meine Nase nachdenklich in Falten. »Ich nehme an, ich hätte direkter sein sollen.«

Ben lacht, ein wenig zitterig. »Du bist sehr direkt, Bea. Das ist eins der Dinge, die ich am meisten an dir mag. Ich wollte nur nicht, dass du dich bedrängt fühlst ... Als ob ich erwarten würde ...«

Ich beschließe, dass die einzige Möglichkeit, dieses etwas holperige Gespräch zu beenden, darin besteht, seinen Mund mit einem Kuss zu versperren.

»Veilchen«, flüstert er ein wenig zögerlich. »Du schmeckst nach Frühling.«

Ich lache und ziehe ihn wieder zu mir heran. Er erwidert den Kuss, und seine Hände strecken sich empor, um mein Gesicht zu umfassen, ziehen mich ebenfalls näher. Ich knie jetzt, genau wie er, unsere Körper dicht aneinandergepresst. Meine Hände liegen leicht auf seinen Schultern, und als ich sie zu seiner Brust hinabführe, fühle ich, wie rasch sein Herz schlägt. Er legt mich sanft auf die Decken, und ich schlinge meine Arme um seinen Nacken; unser Kuss ist fast verzweifelt, zärtlich, hungrig, süß – ich wusste nicht, dass ein Kuss so sein kann, dass er so viele Dinge auf einmal sein kann.

Bens wissende Finger streichen meine Seite hinab und bleiben auf meiner Hüfte liegen, und ich zittere – eine unbewusste Regung, eine Regung von Erwartung und Vorfreude. Mir ist so heiß, als müsste ich schmelzen; als würde mich etwas von innen heraus verbrennen.

Schließlich löst sich Ben von mir, sein Gesicht schwebt über meinem, seine blauen Augen wirken jetzt beinahe violett, sie haben die Farbe von Rittersporn.

»Bist du sicher?«, fragt er sanft. »Willst du das hier?«

»Ja«, sage ich und ziehe ihn wieder zu mir, lächle, während meine Lippen seine berühren. »Bitte.«

TEIL FÜNF:
VILLA DI STELLE
AUGUST 1933

Klagt nicht mehr, Ladies, klagt nicht mehr
Männer sind stets Betrüger;
halb an Land und halb schon im Meer
niemals treu, niemals klüger.

WILLIAM SHAKESPEARE:
VIEL LÄRM UM NICHTS, AKT II, SZENE 3

KAPITEL 33

Auf der Reise zurück zur Villa di Stelle weiß ich, dass etwas zwischen Ben und mir anders ist.

Die Ereignisse der letzten Nacht sind in mein Gedächtnis eingebrannt, und ich muss zugeben, dass ich den ganzen Morgen recht abgelenkt war. So gut ich glaubte, über die Mechanik des Liebesakts Bescheid zu wissen, so wenig habe ich mit dem Sturm von Gefühlen gerechnet, der diesen Akt begleitet. Doch wie hätte ich auf dergleichen auch vorbereitet sein können?

»Mehr als zufriedenstellend«, habe ich zu Ben gesagt, als er danach lachte und Küsse auf meine Haut drückte.

Jetzt fühle ich mich verändert, als hätte sich nicht nur etwas zwischen uns gewandelt, sondern etwas in mir. Für immer.

Ich weiß nur nicht genau, wie ich mit ihm darüber sprechen soll. Also konzentriere ich mich stattdessen auf die Landschaft, die am Zugfenster vorbeigleitet, darauf, wie die Welt an uns vorbeirast, jeder Ausblick nur ein kurzer Eindruck, der sofort wieder ersetzt wird durch Neues. Ich lächle zu Ben hinüber, und er lächelt zurück; meine eigene trunkene Glückseligkeit spiegelt sich in seinen Augen.

Meine Gedanken gehen ganz von selbst spazieren, und ich frage mich zum ersten Mal, ob dieses Experiment mit Ben länger dauern könnte als ein paar Wochen. Wenn es eine Möglichkeit gäbe, es über den Sommer hinaus zu verlängern, es unendlich zu verlängern, bis hinein in eine rosige, traumhafte Zukunft ... Die Idee ist hauchzart und zerbrechlich wie die Flügel eines Schmetterlings, und als sie zum ersten Mal aufflattert, traue ich mich kaum, sie in mir ruhig zu halten.

Könnte es sein, dass Ben das Gleiche denkt? Ich habe keine Ahnung. Alles, was ich vor dieser Reise über ihn wusste, ließ mich annehmen, dass so etwas niemals geschehen würde, aber jetzt hat sich etwas verändert; ich weiß es. In Florenz habe ich ihn auf eine andere Weise kennengelernt. Weniger auf der Hut, ohne die glatte Fassade.

»Es ist schade, dass wir Florenz verlassen mussten«, sage ich ein wenig ungeschickt. »Ich liebe es wirklich.«

»Ja«, stimmt er zu. »Es war schön, zurückzukommen.«

»Wirst du ...« Ich zögere, räuspere mich. »Wirst du auch dorthin zurückgehen, wenn du aus der Villa ausziehst?«

Eine Pause entsteht.

»Ich weiß nicht«, sagt Ben langsam. »Ich hoffe, dass ich dann einen neuen Auftrag habe.«

»Oh.« Ich zupfe an einem losen Faden im Sitz neben mir. Natürlich. Morgen ist die Ausstellung. Ich kann nicht glauben, dass ich das vergessen habe.

Als der Zug die Stadt weiter und weiter hinter sich lässt, fühlt es sich an, als löste unsere neue Nähe zueinander sich langsam wieder auf, als kehrten wir in jeder Hinsicht zurück zu dem, was vorher war.

Vielleicht ist es dumm, wenn ich mich selbst davon zu überzeugen versuche, dass ich mich verändert habe, dass ich Ben mehr bedeute als ein paar heimliche Küsse. Vielleicht findet das alles nur in meinem Kopf statt.

Nein, denke ich dann. Da war immer etwas zwischen uns – etwas Elektrisierendes und Aufregendes, von Anfang an.

»Ich will nicht, dass das Experiment endet.«

Die Worte sind aus meinem Mund geschlüpft, ehe ich wusste, dass ich sie sagen würde, doch ich bereue sie nicht. Ich setze mich ganz gerade hin, den Kopf hoch erhoben. Still zu bleiben wäre das Einfachste. Die Chance auf Glück verstreichen zu lassen, ohne auch nur zu versuchen, dafür zu kämpfen … Das wäre leicht. Und feige.

Doch was auch immer ich bin – stur, schwierig, streitsüchtig vielleicht –, ich bin nicht feige.

»Bea.« Seine Stimme ist ruhig, und ich versuche, ebenfalls ruhig zu wirken, gesammelt, als ich ihm in die Augen blicke. Er lehnt sich vor, und ich tue dasselbe. Er atmet tief ein; die Stille zwischen uns kann man fast mit Händen greifen, so kompakt und schwer ist sie.

»Ich …«, beginnt er.

»AREZZO! AREZZO!« Der Ruf hallt durch den Gang, und vor Schreck mache ich einen Satz auf meinem Sitz, nervös und verwirrt.

»Wir sind da«, sagt Ben unnötigerweise und steht auf. Der Moment ist vorüber, und ich frage mich, wie um alles in der Welt ich ihn zurückholen soll. Und was Ben zu mir sagen wollte. Jetzt gibt es keine Chance mehr zu reden, nicht während wir von der Menge mitgerissen werden und versuchen, uns selbst mit unseren Taschen hinaus auf den Bahnsteig zu drängen.

Wir gehen wortlos durch den Warteraum und am Fahrkartenschalter vorbei.

Draußen vor dem Bahnhof wartet Klaus auf uns. Er lehnt betont beiläufig an einem auffälligen neuen Cabrio – schnittig und sicher teuer wie ein Rennpferd – und winkt, als er uns entdeckt.

»Hallo!«, rufe ich. »Wo hast du das denn her?«

Klaus beugt sich vor und küsst mich rasch auf beide Wangen. »Das ist das neueste Spielzeug deines Onkels«, erklärt er und öffnet die Beifahrertür für mich, während Ben auf den Rücksitz klettert.

»Meines … Onkels?«, frage ich erstaunt. Klaus setzt sich ans Steuer und startet den Motor.

»Ja.« Er nickt. Da ist etwas in seiner Stimme, das ich nicht einordnen kann. Sein Lächeln scheint künstlich. »Sie sind früher nach Hause gekommen.«

»Sie?« Das kann nichts Gutes heißen.

»Dein Onkel hat seine Gäste mit zurückgebracht, für die Ausstellung«, antwortet Klaus.

»Seine Gäste?«, wiederhole ich. »Lady Bowling?«

»Ja.« Klaus biegt vom Parkplatz auf die Straße. »Und Sir Hugh.«

Ich sehe in den Rückspiegel und fange Bens Blick auf. Es sieht aus, als wäre die perfekte Seifenblase, in der wir gelebt haben, wahrhaftig und unwiderruflich geplatzt.

KAPITEL 34

»Wir müssen einfach vorsichtig sein, Beatrice«, sagt Onkel Leo ernst. »Denk an deinen Ruf. Du kannst nicht einfach nach Florenz verschwinden, ohne um Erlaubnis zu bitten. Und ohne Begleitung! Deine Eltern haben mich damit betraut, auf dich aufzupassen, und du musst deine Zeit hier auf eine Weise verbringen, die sie gutheißen würden.«

Ich schließe aus seinen Worten, dass Filomenas Bemühungen, die Reise gegenüber meinem Onkel als absolut anständig darzustellen, nicht von Erfolg gekrönt waren.

»Ich hatte Begleitung«, sage ich.

Leo runzelt die Stirn. »Ich weiß, Ben ist eine Art Lehrer für dich«, sagt er, und ich unterdrücke ein nervöses Kichern. »Aber er ist dennoch ein junger Mann, Beatrice. Wohl kaum die angemessene Sorte von Aufsicht für dich.«

Leo hat sich geändert, denke ich. Der selbstsichere, unbeschwerte, etwas zerzauste Mann, der mich begrüßt hat, als ich in Italien angekommen bin, ist langsam verschwunden. Seine Kleidung ist jetzt ordentlicher. Er wirkt zugeknöpfter, sein Gesicht ist glatt rasiert bis auf einen dünnen Oberlippenbart. Die Veränderung fällt zeitlich mit seinem Zusammentreffen mit Lady Bowling zusammen, aber ich denke, dieses andere Ich war immer da. Der lebensfrohe Künstlermäzen war nicht mehr als eine Rolle, die er gespielt hat.

Da wir weniger als vierundzwanzig Stunden vor der Ausstellung angekommen sind, ist Ben im Moment beschäftigt mit seiner Arbeit, was bedeutet, dass ich ihn seitdem kaum gesehen habe. Das ist vermutlich auch das Beste, jetzt, wo Onkel Leo sich plötzlich doch darum schert, wann ich komme und gehe, aber ich stelle fest – sehr zu meiner Überraschung –, dass ich es vermisse, mit ihm zusammen zu sein, obgleich wir erst ein paar Stunden lang getrennt sind. Das Gefühl ist ziemlich verstörend.

Die Künstler arbeiten alle hart. Es liegt eine atemlose Anspannung in der Luft, und ich merke, wie ich selbst in diese nervöse Aufgeregtheit hineingezogen werde, während ich die anderen noch immer beneide, wie unbeirrbar sie ihr Ziel verfolgen.

Klaus bezieht mich mit ein, indem er mich beim Aufhängen seiner Arbeiten im Haus helfen lässt, er flattert nervös herum wie eine Motte, die gegen ein erleuchtetes Fenster fliegt. Um meinen Onkel milde zu stimmen, besteht Filomena darauf, dass ich auch etwas von meinen eigenen Arbeiten ausstelle, das Ergebnis meiner Stunden in Malerei. Ich bin nicht sicher, ob die Zeichnung der Anatomie eines menschlichen Unterarms genau die Sorte von damenhafter Handarbeit ist, die Leo sich erhofft hat, aber ich bin stolz darauf, und ich platziere das Bild in einer stillen Ecke, wo es höchstwahrscheinlich nicht viel Aufmerksamkeit auf sich ziehen wird.

Dann fliehe ich in mein Zimmer, um einen Moment Ruhe zu haben, zu lesen und den Rest der Zeichnungen durchzusehen, die ich in Florenz angefertigt habe. Ich vergleiche sie mit der ersten Zeichnung des Hirschkäfers und stelle fest, dass ich besser geworden bin. Als Filomena die Unterrichtsstunden vorschlug, habe ich sie nur als lästig betrachtet, doch sie hatten einen wirklichen Wert. Sie hat mir etwas geschenkt – und zwar in vielerlei Hinsicht, mehr, als sie ahnen konnte.

Durch mein offenes Fenster kann ich bereits den Lärm von der Ankunft der ersten Gäste in der Villa hören – laut gerufene Begrüßungen, Gelächter und das Trappeln von Füßen in der Eingangshalle.

Ich weiß, dass ich meine Aufmerksamkeit darauf verwenden sollte, mich zurechtzumachen. Und außerdem – je eher ich hinunter zur Party komme, desto eher sehe ich Ben.

Der Gedanke an eine Party zu Hause hat mich immer mit Schrecken erfüllt. Ich erinnere mich noch gut an die fürchterliche Dinnerparty, die dazu geführt hat, dass ich hierherkam. Doch es fühlt sich an, als läge das unendlich lange zurück – als wäre es einer anderen Person passiert, einer Person, die nichts mit dem Mädchen zu tun hat, das ich jetzt im Spiegel vor mir sehe.

Ich durchsuche meinen Schrank nach etwas, das ich anziehen kann. Unglücklicherweise gibt es keine Kleider unter meinen neuen Sachen, nur Hemden und Hosen. Ich wandere mit den Fingern die Kleiderstange entlang, und meine Hände streifen die Sachen, mit denen ich hier angekommen bin. Bei meiner neuen italienischen Garderobe ist nichts, das nach Langton Hall passen würde, die wunderschönen, farbenfrohen Stücke wären dort so fehl am Platz wie ein Schmetterling in den feuchten dunklen Fluren meines Zuhauses. Mutter und Vater würden auch keine Party wie diese hier geben; sie würden das Haus niemals einfach jedem öffnen, der kommen möchte.

Nein, sie hätten eine Gästeliste, eine Sitzordnung, und wie stets käme derselbe kleine Kreis von für gut befundenen

Bekanntschaften durch die Tür. Ich schließe meine Augen für einen Moment, denke an zu Hause und an meine Eltern und fühle mich schuldig, weil ich so weit weg von all dem bin – und so glücklich.

Als ich die Augen wieder öffne, tröstet mich das Zimmer um mich herum. Es ist warm, lichtdurchflutet und freundlich, ist schon wie ein alter Bekannter, schon fast mein eigenes.

Mit einem Seufzen ziehe ich das Beste meiner alten Kleider heraus, schlüpfte hinein und knöpfe es zu. Es fühlt sich eng und hinderlich an.

In diesem Moment klopft es an die Tür. Draußen steht Ursula.

»Kann ich reinkommen?«

Sie sieht himmlisch aus in ihrem eigenen Kleid, das einer schlanken Säule aus gesponnenem Gold gleicht; ihre Augen sind mit dunklem Kohlestift umrahmt. Wie eine für die Hochzeit geschmückte ägyptische Königin.

Ich seufze. Dann hole ich tief Luft und öffne die Tür weiter. Ursula betrachtet mich eine Weile, ihre Nase leicht gerümpft, ihr Mund voller Abscheu zusammengekniffen.

»Was ist?« Ich verschränke die Arme ein wenig trotzig vor meiner Brust.

»Warum«, fragt Ursula betont langsam, »trägst du … *das?*«

»Bei dir hört es sich an, als trüge ich einen Kartoffelsack.«

»So sieht es auch aus«, sagt Ursula unverblümt. »Dieses Kleid passt dir nicht, Bea. In keiner Hinsicht.«

»Tja, unglücklicherweise ist es alles, was ich habe«, antworte ich. »Aber vielen Dank dafür, dass du mir solches Selbstvertrauen einflößt.«

»Ich denke, wir können etwas Besseres finden als das da«, sagt sie nachdenklich. »Warte hier.«

Ich setze mich aufs Bett, meine Haltung steif wegen der hinderlichen Natur des Kleides. Mehrere Minuten vergehen, ehe Ursula wieder ins Zimmer stürmt, ihre Arme voll mit dunklem Stoff.

»Sind das Klaus' Sachen?«, frage ich, als sie sie aufs Bett wirft.

Sie befiehlt mir ungeduldig, zu schweigen, und durchsucht meinen Kleiderschrank nach einem weißen Seidenhemd.

»Zieh diese an.« Damit reicht sie mir ein Paar von Klaus' Hosen. Sie sind schwarz und seitlich verziert mit ebenfalls schwarzem Satinband.

»Das ist doch nicht etwa ein … Smoking?«

»Um Himmels willen, Bea, sollen wir den ganzen Tag hier herumstehen und diskutieren?«, knurrt Ursula und sieht die anderen Sachen auf dem Bett durch. »Hast du noch nie von Marlene Dietrich gehört?«

Ich zucke die Achseln, und die Bewegung wird von einem lauten Krachen begleitet, als eine Naht an meiner Schulter recht dramatisch platzt.

»Sieht aus, als könntest du dieses schreckliche Kleid sowieso nicht tragen.« Ursula klingt fröhlich. »Also können wir genauso gut meinen Plan durchführen.«

Seufzend winde ich mich aus meinem Kleid und ziehe das weiße Hemd und die Hose an. Dafür, dass Klaus und ich völlig verschiedene Figuren haben, passt sie erstaunlich gut.

»Sie ist etwas groß«, sage ich und ziehe an dem losen Bund. Ursula fädelt einen dünnen Gürtel durch die Schlaufen der Hose, zieht ihn zu und schließt ihn über meiner Taille. Der Effekt ist, dass die Hose weit und gerade herabfällt; kein allzu großer Unterschied zu den lockeren Hosen, die ich all die letzten Wochen in der Villa getragen habe.

Dann reicht sie mir ein schwarzes Jackett, das sie an den Seiten ein wenig umsteckt, sodass es enger an meinem Körper liegt. Schließlich stellt sie sich vor mich und zieht konzentriert die Stirn in Falten, während sie mir eine schwarze Fliege umbindet.

Ich lasse all das geduldig über mich ergehen, aber ich bin überzeugt, dass ich aussehe wie ein Clown. Als Ursula mich schließlich herumdreht, damit ich mich im Spiegel betrachten kann, stelle ich erstaunt fest, dass das nicht der Fall ist. Aber traue ich mich auch, dies hier in der Öffentlichkeit zu tragen?

Es ist nichts wirklich *Unanständiges* an meinem Aufzug, aber irgendwie sieht das hier an mir doch ein wenig gewagt aus. Es ist so … weiblich. Ich bin es gewohnt, mich kleinzumachen; auf den Partys meiner Eltern habe ich stets versucht, möglichst unsichtbar zu sein. Dieser Aufzug wird mir nicht erlauben, mich zu verstecken. Dieser Aufzug lässt mich nicht kleiner aussehen.

Ich ähnle sicherlich keinem der hübschen, gertenschlanken Mannequins in den Modezeitschriften, die meine Mutter noch immer im Haus aufbewahrt, doch mir gefällt die Art, wie ich mich in dem Anzug fühle. Wie eine … erwachsene Person. Als wäre das, was ich all die Jahre zuvor getragen habe, nichts gewesen als eine Verkleidung, etwas, das mich in eine Rolle gedrängt hat, die ich gar nicht spielen wollte.

Die Hose sitzt locker, leicht, das Hemd nur ein Hauch von Seide auf meiner Haut. Ich kann mich bewegen. Ich kann *atmen.*

»Nun«, sagt Ursula schließlich mit einem trockenen Lachen. »Das ist definitiv eine Verbesserung.«

»Denkst du nicht, es ist etwas übertrieben?«, frage ich und drehe mich vor dem Spiegel.

»Oh, ich denke, es ist genau richtig so«, antwortet Ursula und umkreist mich mit einem kritischen Funkeln in den Augen. »Oder das *wird* es sein, solange du dich nicht zusammenrollst wie eine – eine traurige Krabbe.«

»Eine traurige Krabbe?«, wiederhole ich lächelnd.

»Ja. So hast du ausgesehen, als du hierhergekommen bist«, sagt Ursula entschlossen. »Hör auf, dich selbst infrage zu stellen. Das ist langweilig. Das da ist perfekt, du wirst es tragen, und Bens Augen werden ihm aus dem Kopf fallen. Du siehst zum Anbeißen aus.«

»Zum Anbeißen«, wiederhole ich und fühle ein Kribbeln, als ich das Kompliment wirklich erfasse. »In Ordnung.«

Ich beginne, mein Haar zu flechten.

»Oh nein, das wirst du nicht tun!«, Ursula hebt mahnend einen Finger. »Lass es offen.«

»Meinst du?«, frage ich und betrachte meine Locken.

»Ja, das meine ich.« Sie klingt sehr entschieden, als sie hinter mich tritt und mein Haar mit überraschend sanften Fingern wieder löst.

»Danke für deine Hilfe«, sage ich. »Es ist schön, jemanden zu haben, der einem hilft, sich zurechtzumachen.«

»Ist es nicht das, was Freundinnen tun?«, fragt Ursula nach einem Moment ein wenig bitter. »Tratschen und sich Lippenstifte leihen und solche Dinge?«

»Ich habe keine Ahnung«, sage ich ehrlich. »So eine Freundin hatte ich nie.«

»Ich auch nicht«, erwidert Ursula, ihr Gesichtsausdruck vorsichtig.

»Und ich habe auch keinen Lippenstift, den wir teilen

könnten.« Ich fange ihren Blick im Spiegel auf und lächle zaghaft. Für Sekunden erscheint ein ähnliches Lächeln auf Ursulas Lippen.

»Na, das«, sagt sie und greift nach ihrer goldenen Handtasche, »ist etwas, womit ich *sicherlich* dienen kann.«

Ursula malt meine Lippen im dunklen Rot reifer Beeren an und umrandet meine Augen mit rauchigem Kajal.

»Und?«, frage ich, als sie zurücktritt, um ihr Kunstwerk zu betrachten.

Sie nickt. »So wird es gehen«, sagt sie. »Bist du bereit?«

»Ich bin bereit.« Ich hole tief Luft. »In Ordnung. Gehen wir.«

KAPITEL 35

Als wir durch den Flur gehen, kann ich schon das Gemurmel entfernter Gespräche hören, und Musik schwebt vom Garten herein. Wir steigen die Treppe hinunter, und ich fühle Schmetterlinge in meinem Bauch. Unter uns in der Eingangshalle haben sich eine ganze Menge von Leuten versammelt, die meisten sind im Alter meines Onkels, und im Moment sind sie dabei, sich einige der Gemälde, die in der Eingangshalle hängen, genauer anzusehen.

»Vielversprechend«, raunt ein Mann seinem Nachbarn zu. »Filomena hatte immer schon ein gutes Auge für so was.«

Der Großteil des Lärms scheint von draußen zu kommen.

Ein paar Gäste heben den Kopf und entdecken uns; ich fühle, wie meine Schritte unsicher werden, und eine Sekunde lang bin ich überzeugt, dass ich etwas Schreckliches anstellen werde – wie zum Beispiel Hals über Kopf die Treppe hinunterfallen.

Da hakt Ursula sich entschlossen bei mir ein. Ich sehe überrascht zu ihr hinüber, und sie schneidet eine Grimasse, als könnte sie selbst nicht glauben, dass sie dies tut.

»Ich habe das Gefühl, alle starren mich an«, flüstere ich, als wir das Ende der Treppe erreichen.

Ursula schnaubt. »Liebes, *wenn* sie irgendwen anstarren, dann mich.«

Sie zieht ihren Arm zurück und streicht ihr Kleid glatt, wobei sie einem Mann in der Nähe ein solch strahlendes Lächeln schenkt, dass er verwundert blinzelt wie eine große Eule und äußerst erstaunt aussieht. Ein Ausdruck von Zufriedenheit breitet sich über Ursulas Gesicht.

»Oh, das wird lustig«, flüstert sie, schwebt elegant davon und überlässt es mir, ihr zu folgen.

Wir machen uns direkt auf den Weg nach draußen, und ich hatte recht mit meiner Vermutung, dass diese Party keiner von denen ähnelt, die ich je erlebt habe.

Der ganze Garten ist von Kerzen erleuchtet – es müssen Tausende sein; sie säumen die Pfade, sie glitzern in Glaslaternen in den Bäumen, sie erstrecken sich in endlosen Reihen in die Nacht, und das Bild raubt mir den Atem. Als ich an einem der Bäume vorübergehe, bemerke ich, dass kleine Spiegel dort aufgehängt sind, die die tanzenden Flammen reflektieren und sich das Licht gegenseitig zuwerfen, die Kerzen unendlich vervielfachen. Es ist ein Zaubertrick, der alle verhext, die ihn sehen, und jeder neu ankommende Gast schnappt beeindruckt nach Luft, wenn er dieses Wunderland betritt.

Überall zwischen den Lichtern sind Leinwände mit Gemälden und Sockel mit eleganten Skulpturen aufgestellt. Die Kerzen flankieren alle Wege und locken die Besucher weiter und weiter in den Garten hinein, wo es mehr Schätze zu entdecken gibt. Die Luft ist erfüllt von Gesprächen wie ein Bienenstock vom Summen der Bienen, während die Leute sich um die Kunstwerke versammeln, ihre Stimmen sind lebhaft und fröhlich, ihre Bewegungen elegant, wenn sie Figuren in die Luft zeichnen oder über Form und Farben sprechen. Sie benutzen Worte wie *kobalt, malachit* und *azur*: Worte, denen

Magie innezuwohnen scheint; Worte, die hier vollkommen zu Hause sind.

Der lange Tisch, um den wir uns gewöhnlich versammeln, ist üppig beladen mit Rosas eigenen Kunstwerken, und ich nehme eine dicke grüne Olive von einem Teller und genieße ihren salzigen Geschmack. Nach und nach entdecke ich auch die anderen – da ist Hero in einem muschelpinkfarbenen Kleid, ihr herzförmiges Gesicht leuchtet vor Freude über all dies, und da sind auch Klaus und Ben. Klaus' dunkles Haar ist glatt zurückgekämmt; er trägt einen modernen, hellgrauen Anzug. Eine fesche rote Fliege rundet sein gepflegtes Aussehen ab.

Ben allerdings hat seine Anzugjacke bereits abgelegt. Er steckt in leicht zerknitterten cremefarbenen Hosen und einem passenden Jackett über einem weißen Hemd, dessen oberste Kragenknöpfe offen stehen, die Ärmel hat er hochgerollt. Mein Blick ruht für eine Sekunde auf dem kleinen Muttermal an seinem Hals, das ich so gut kenne, und ich fühle Hitze in meinem Körper aufsteigen. Sein goldenes Haar ist zerzaust, und auf seinem Gesicht ist ein Anflug von Bart zu sehen.

»Bea!«, ruft Hero. »Du siehst so … verändert aus!« Sie starrt mich an. »Wunderschön.«

»Oh, sei still!« Ursula rollt mit den Augen. »Sonst wird sie wieder rot, und das passt nicht zu ihrem Lippenstift.«

Klaus tritt vor und verbeugt sich umständlich, nimmt meine Hand und drückt einen flüchtigen Kuss auf die Innenseite meines Handgelenks, während er mich so voller Bewunderung ansieht, dass ich mich innerlich winde.

»Deine Cousine hat recht, Bea«, sagt er sanft. »Du bist heute Nacht dermaßen umwerfend, dass du alle anderen Frauen in den Schatten stellst.«

Ursula schnaubt wieder. »Nicht alle anderen, vielen Dank.«

Sie wippt in den Hüften, ihre Hand an der Taille, während das Kerzenlicht über ihr goldenes Kleid flackert.

Klaus lacht. »Wie wahr, oh meine Schwester – vergebt mir. Niemand wird Euch je des Vergehens beschuldigen können, Euch in den Schatten zu verbergen.«

Ich werfe Ben einen Blick zu und merke, dass auch er mich ansieht, sein Ausdruck rätselhaft. Doch dann tritt er vor und drückt einen langen Kuss auf meine Wangen.

»Sehr hübsch, Bea«, murmelt er, seine Worte kitzeln mein Ohr und schicken ein Zittern durch meinen Körper.

Wir sehen uns an, und dann weiß ich es. Er sieht *mich*. Er kennt mich. Und er findet mich schön.

Wir wandern über die Terrasse, begleitet von Heros fröhlichem Geschnatter und Klaus' lebhaften Antworten auf ihre Fragen. Die Aufregung des Abends hat uns alle in ihren Fängen, wir sind wie betrunken. Und warum auch nicht? Wir sind in einem Feenland. Es fühlt sich so unwirklich an wie ein Traum.

Ein Geräusch bricht durch meine Benommenheit – es sind die vereinzelten Klangfetzen einer Geige, die gestimmt wird. Ich hatte die wild zusammengewürfelte Band nicht bemerkt, die sich hier eingerichtet hat, und als sie ihre Instrumente aufnehmen, vibriert die Luft vor Spannung.

Ein geschmeidiger, eleganter junger Mann mit einem umwerfenden Lächeln senkt gerade den Bogen auf die Saiten seiner Geige hinab und beginnt zu spielen; eine wilde, fröhliche Melodie hüpft durch die Nacht und erntet anerkennende Rufe. Die Menge rückt beiseite, um Platz zum Tanzen zu schaffen.

»Nun …« Ben hebt eine Augenbraue. »Du hast dich sicherlich nicht so fein gemacht, um nur herumzustehen. Tanzt du mit mir?«

»Natürlich«, antworte ich und trete in den Kreis, den seine Arme beschreiben. »Nichts lieber als das.«

KAPITEL 36

Ben hält mich fest umfasst, während wir tanzen, und ich denke darüber nach, was für eine schöne Sache es ist, in jemandes Armen unter den Sternen herumzuwirbeln. Ich habe mich nie zuvor besonders fürs Tanzen interessiert, doch plötzlich scheint es mir eine wunderbare Beschäftigung zu sein.

»Wer immer das Tanzen erfunden hat, er sollte eine Medaille bekommen«, sagt Ben – ein Echo meiner Gedanken.

»Ich glaube, wir haben immer getanzt«, erwidere ich träumerisch. »Homer hat schon in der Ilias übers Tanzen geschrieben, weißt du. Das ist fast dreitausend Jahre her. Aber jede Gesellschaft muss getanzt haben, lange vor Homer, obwohl es natürlich schwierig ist, Beweise dafür zu finden.«

»Vielleicht ist es das Tanzen, was uns menschlich macht«, bemerkt Ben mit einem Lächeln.

Ich weiche ein wenig zurück.

»Oh, nein, Ben«, sage ich fest. »Eine Menge Vögel tanzen. Nimm zum Beispiel den Lappentaucher …«

Hier verstumme ich, denn Ben lacht; er hält mich so fest, dass ich spüre, wie das Lachen in seiner Brust vibriert. Ich sehe zu ihm auf, und seine Augen sind umgeben von Lachfältchen.

»Ich bin so froh, dass wir Tanzen mit in das Experiment aufgenommen haben«, sagt er.

»Was sind deine Beobachtungen?«, frage ich.

»Ich beobachte, dass deine Wangen gerötet sind.« Er streicht mit dem Finger die Seite meines Gesichts hinab. »Dass deine Augen leuchten. Und dass wir einander noch nicht auf die Zehen getreten sind. Ich würde sagen, das ist ein Erfolg.«

Sein Arm liegt um meine Hüfte, meine Hände auf seiner Schulter, der Stoff seines Hemdes ist weich unter meinen Fingerspitzen.

Dann ändert sich die Musik, und plötzlich wirbelt Ben mich herum, und die Welt dreht sich um mich, ein Kaleidoskop aus Licht und Klang. Die Melodie ist hoch und voller Spannung, ein ungestümes Chaos aus Tönen, voller Leben.

Manche der Stücke, die folgen, sind Lieder, und die Italiener singen sie laut und begeistert mit. Ich bitte Ben zu übersetzen, und ich bin nicht sicher, ob er mich nur aufzieht oder ob die Reime wirklich so skandalös sind, wie er behauptet. Aber wie dem auch sei, es ist eine äußerst interessante Stunde in Sozialkunde.

»Ich sollte gehen und mit den Leuten über meine Arbeiten sprechen«, murmelt Ben widerwillig in mein Ohr. »Reservierst du mir noch einen Tanz?«

»Möglich«, sage ich.

Mit einem bedauernden Lächeln nimmt Ben die Hand von meiner Hüfte und tritt einen Schritt zurück. Die Luft, die zwischen uns strömt, ist kühl, und ich fühle mich seltsam beraubt, als müsste mein Körper die Abwesenheit von Bens Berührung erst verarbeiten.

Aber dann, nach Ben, findet sich ein anderer Tanzpartner, und noch einer und noch einer. »Darf ich bitten?«, fragen sie. »Darf ich? Darf ich?« Ich bin noch nie so oft aufgefordert worden, und ich versuche, mich darauf zu konzentrieren,

Spaß zu haben. Doch nach einer Weile muss ich mich nicht mehr darauf konzentrieren, werde einfach mitgerissen vom Frohsinn der Menge.

Klaus unterhält sich zwischen den Songs nonchalant mit den Musikern; vor allem dem gut aussehenden Geiger schenkt er seine Aufmerksamkeit. Die beiden lächeln sich auf eine Weise an, die sich warm und vertraulich anfühlt. Wie interessant.

Ich komme mir vor wie ein Kreisel, und die Lichter um mich herum verschwimmen. Nach einer Weile finde ich mich in Klaus' Armen wieder, und er begrüßt mich, als hätten wir uns monatelang nicht gesehen; drückt heiße Küsse auf meine Wangen. Endlich, nach noch einem Tanz, habe ich genug, und ich lasse ihn mit einer neuen Partnerin allein und mache mich auf, um etwas zu essen und zu trinken zu suchen.

Dabei stoße ich auf Hero, die am Tisch sitzt, das Kinn in eine Hand gestützt, den Blick auf die etwas dekadent wirkende Szenerie gerichtet, die sich vor ihr abspielt. Sie sieht aus, als säße sie im Kino, eine stille Beobachterin im Dunkeln, während das Scheinwerferlicht auf die anderen gerichtet ist.

»Hast du Spaß?«, frage ich, setze mich neben sie und greife nach einem duftenden Stück Brot mit frischen Tomaten in Olivenöl und süßlich duftenden Basilikumblättern.

»So viel Spaß!«, haucht Hero. »Ist es nicht wundervoll, Bea? Du wirst nie etwas wie dies hier im alten, langweiligen England finden.«

»Sicherlich nicht in dem England, das wir kennen«, stimme ich zu und lecke meine Finger ab.

»Ich hoffe, wir müssen diesen Ort niemals verlassen«, sagt Hero. Ein Schatten legt sich über ihr Gesicht. »Ich glaube … ich glaube, Papa hat Heimweh.«

»Vielleicht verbringt er nur zu viel Zeit mit Lady Bowling und Sir Hugh«, sage ich und hoffe, dass es tröstend klingt. »Das erinnert ihn natürlich an seine Heimat. Wenn sie gehen, wird alles wieder normal.«

Die Wahrheit ist, nehme ich an, dass Leo sich all dem hier nicht ganz zugehörig fühlt. Es ist, als wäre er schon zurück in Englands höflichen Salons.

»Vermutlich.« Hero klingt nicht ganz überzeugt. Ihr Blick gleitet zu Klaus hinüber, der jetzt Ursula herumwirbelt, der Rock ihres goldenen Kleids schlägt Wellen, und es glänzt wie ein Signalfeuer. Ich kann schon einige andere Männer am Rand der Tanzfläche auf und ab tigern sehen, bereit, vorzuspringen, wenn das Stück endet.

»Klaus sieht gut aus, was?«, fragt Hero und wechselt das Thema mit einem verliebten Seufzen.

»Das tut er.« Ich nicke.

»Ben natürlich auch«, fügt sie hinzu, um fair zu bleiben. »Er sieht auch gut aus.«

»Er selbst ist jedenfalls der Meinung.« Ich lache.

»Ich glaube, wir haben bereits festgestellt, für wie gut aussehend Ihr mich haltet, Miss Beatrice Langton von den Northumberland-Langtons«, erklingt Bens Stimme, sein Ton voller Sarkasmus, und er lässt sich auf den Stuhl an Heros anderer Seite fallen, schenkt sich ein Glas Wein ein und leert es in einem Zug.

»Arroganz ist kein bisschen attraktiv, Benedick«, bemerke ich sittsam.

»Du magst ja hübsch sein, Ben«, sagt Hero mit einem durchtriebenen Grinsen, »aber ich denke, meine Cousine ist das hübscheste Mädchen heute Nacht. Findest du nicht?«

»Ich weiß, dass *ich* das finde«, sagt eine Stimme mit einem schweren italienischen Akzent, und ein sorgfältig gekleideter Mann Ende zwanzig verbeugt sich vor mir. »Würdet Ihr mir die Ehre erweisen, Signorina?«

Er hält mir seine Hand hin, doch ehe ich antworten kann, ist Ben schon auf die Füße gesprungen.

»Ich fürchte, ich muss sie stehlen«, erklärt er, und damit zieht er mich quasi aus meinem Stuhl hoch und von der Menge fort. Ich kann gerade noch Heros erfolglos unterdrücktes Lachen hören.

»Das war sehr unhöflich«, sage ich.

»Dieser Mann ist ein notorischer Frauenheld«, erwidert Ben. »Ich wollte nur jemanden beschützen. Ritterlich.«

»Oh, ja, Ritterlichkeit, ich bin sicher, das war es, was ich eben beobachtet habe. Ich möchte auf gar keinen Fall Zeit mit einem gut aussehenden notorischen Frauenhelden verbringen«, schnaube ich. »Solche Menschen sind wirklich schrecklich. Dennoch bin ich absolut fähig, auf mich selbst aufzupassen, danke.«

»Ich weiß, dass du das bist, ich wollte *ihn* beschützen. Davor, sich ein blaues Auge zu holen.«

»Also ehrlich, da schlägt man jemandem *einmal* aus Versehen ein blaues Auge, nur ein einziges Mal, und es wird einem immer wieder vorgehalten«, beklage ich mich. »Das Auge war nicht einmal wirklich blau.«

Ich sehe hinüber zu Klaus, der wieder ins Gespräch mit dem schönen Musiker versunken ist, ihre Köpfe dicht zueinandergeneigt. Etwas Unsichtbares knistert in der Luft zwischen ihnen.

»Ich weiß, du hast gesagt, Klaus hätte mit mir geflirtet«, sage ich vorsichtig, »aber ich frage mich, ob er nicht eher an deiner Gesellschaft interessiert ist als an meiner?«

Überraschung leuchtet auf Bens Gesicht auf. »*Das* weißt du also auch?«

»Ich habe so meine Beobachtungen angestellt«, räume ich ein.

»Nun, wie die Dinge liegen«, sagt Ben, »bin ich nicht Klaus' Typ.«

»Mmm«, murmle ich zustimmend. »Nicht wie der Geiger da drüben.«

»Du bist *wirklich* eine gute Beobachterin.« Ben lächelt. »Nur solltest du wissen, dass Klaus' Interesse an dem Geiger ihn nicht davon abhält, auch an dir interessiert zu sein.«

»Oh, wirklich?«, frage ich. »Er fühlt sich hingezogen zu Männern *und* Frauen? Wie überaus interessant.«

»Gierig, würde ich sagen«, schnaubt Ben. »Egal«, sagt er dann und zieht an meiner Hand. »Genug von Klaus. Es gibt etwas, das ich dir zeigen möchte.«

»Versuchst du gerade, mich in eine dunkle Ecke zu lotsen?«

Ben sieht mich einen Moment lang nachdenklich an.

»Später vielleicht.« Er zieht mich weiter, den Pfad entlang in den Garten. »Ich möchte, dass du dir meine Arbeiten ansiehst.«

»Oh!«, rufe ich. »Liebend gern!«

Hoffentlich fällt mir diesmal ein klügerer Kommentar ein als »hübsch«, denke ich.

Der Lärm der Menge wird leiser, als wir einem Pfad folgen, der von Kerzen flankiert wird. Ben führt mich zum Springbrunnen, wo girlandenartig aufgehängte Laternen ein warmes, goldenes Licht spenden.

Dort, auf drei Leinwänden, stehen die schönsten Bilder, die ich jemals gesehen habe. Sie sind lebendig und voller Muster in strahlenden Farben, und obwohl sie keine genauen naturalistischen Abbildungen sind, erkenne ich sofort, was sie darstellen.

»Anisoptera«, murmle ich und bleibe vor einem Werk voller schillernder Blau-, Grün- und Purpurtöne stehen. »Eine Libelle.« Ich wende mich dem nächsten Gemälde zu. *»Gonepteryx cleopatra.«* Diese Leinwand ist ganz in Gelbtönen gehalten, in Gold- und Zimtfarbe. »Der Kleopatra-Falter.« Und schließlich: *»Upupa epops.«* Da ist er, der Wiedehopf, der Vogel, den ich am dringendsten von allen sehen wollte, mit seinem tiefschwarzen und weißen Kamm, der in geometrischen Figuren gemalt ist, vor einem Hintergrund aus kupferfarbenen Federn. »Ich kann nicht glauben, dass du sie gemalt hast!« Irgendwie ist es Ben gelungen, die Freiheit all dieser Geschöpfe einzufangen, ihre Schönheit, ja, selbst die Art, wie sie sich bewegen.

»Ich habe an dich gedacht«, sagt er und berührt das Gemälde der Libelle. »An das erste Mal, als du hier zum Brunnen gekommen bist.« Er wendet sich dem nächsten Bild zu. »Bei diesem an unseren fürchterlichen ersten Versuch eines romantischen Picknicks.« Jetzt legt er seine Hand auf das letzte Bild. »Und hier, da habe ich daran gedacht, wie du mir den Vogel zeigen wolltest und mich dabei in den Brunnen geschubst hast.«

»Scheinen nicht die allerglücklichsten Erinnerungen zu sein«, murmele ich, noch immer verzaubert von den Gemälden dort vor mir.

»Oh doch, das sind sie«, sagt Ben ruhig. »Es sind Erinnerungen mit dir.«

Ich drehe mich um, um ihn anzusehen, und aus irgendeinem Grund steigen Tränen in meine Augen. »Ich liebe sie«, sage ich einfach. »Danke, dass du sie gemalt hast.«

Ben schluckt. »Sieht aus, als hätte das große Experiment uns beiden geholfen. Ich denke, diese hier gehören zu meinen besten Arbeiten.«

»Da bin ich froh«, sage ich und zwinge mich, unbeschwert zu klingen. »Es wäre mir unangenehm gewesen, die Einzige zu sein, die positive Ergebnisse zu vermerken hat.«

Ich bin sicher, er wird jetzt einen Witz machen, etwas über die »zu vermerkenden positiven Ergebnisse«, aber stattdessen lächelt er nur, ein langsames, wunderbares Lächeln.

»Nein«, sagt er. »Du bist nicht die Einzige.«

Das Herz stolpert in meiner Brust. »Du bist gerade sehr romantisch.«

»Ich nehme an, du förderst den Romantiker in mir zu Tage«, erwidert Ben, und sein Gesicht ist schwer zu lesen.

Ich räuspere mich. Eine seltsame Spannung baut sich zwischen uns auf, vielleicht, weil so vieles ungesagt bleibt.

Ich weiß, dass es eine Menge Dinge gibt, die ich sagen will, doch irgendwie ist es schwierig. Seit Florenz ist alles anders. Es ist nicht nur das, was tatsächlich passiert ist; noch etwas anderes ist dabei, zu geschehen – etwas Chaotisches, das mit Gefühlen zu tun hat. Etwas, das auf jeden Fall nicht zu unserem Experiment gehören sollte. Ich habe normalerweise kein Problem damit, meine Meinung kundzutun, doch in diesem Fall fühle ich mich unglaublich verletzlich – denn meine Gefühle sind etwas Zartes und Neues.

»Also«, sage ich schließlich. Unglücklicherweise fallen mir danach keine Worte mehr ein, um den Satz zu beenden.

»Bea«, beginnt Ben. Er macht einen Schritt auf mich zu.

»Ah, *da* seid ihr!«, ruft eine herzliche Stimme. Es ist mein Onkel, und Sir Hugh und Lady Bowling sind bei ihm. Als sie auf den kleinen Platz treten, wandert der Blick meines

Onkels zwischen mir und Ben hin und her, und auf seinem Gesicht macht sich ein Ausdruck von Missfallen breit.

»Beatrice, du solltest wirklich nicht ohne Begleitung hier draußen sein; das ist höchst ungehörig.«

»Ist es das?«, frage ich erstaunt, verwirrt von der plötzlichen Unterbrechung eines ausgesprochen privaten Moments. Ich fühle mich, als wäre ich sehr schnell gelaufen und plötzlich von etwas zurückgerissen worden, und ich ringe nach Luft.

»Das musst du doch wissen.« Leo klingt jetzt ungeduldig. »Ben ist wohl kaum die passende Eskorte für eine junge Dame.«

Ben dreht sich um. »Bin ich das also nicht?«, fragt er, seine Stimme tonlos.

Leo sieht für einen Moment aus, als wäre ihm unbehaglich. »Nun, ich meinte nicht …« Er bricht ab. »Soll heißen, natürlich geht hier nichts *Unsittliches* vor sich. Es ist nur … Es ist wichtig, was die Leute sehen. Wir können nicht vorsichtig genug sein, wenn der Ruf einer jungen Dame auf dem Spiel steht, vor allem bei einer jungen Dame von Beatrice' gesellschaftlichem Stand! Immerhin erwarten Beatrice' Eltern, dass wir …«

»Beatrice' Eltern erwarten selbstverständlich, dass sie einen gewissen Standard einhält«, sagt Frances. Ihr Blick liegt auf Ben, und ihr Ekel ist offensichtlich.

»Und was für eine Sorte von Standard, bitte?«, frage ich, im selben eisigen Ton wie sie. »Denn soviel ich sehen kann, haben meine Eltern mich der Obhut meines Onkels anvertraut, und ich unterhalte mich lediglich mit den Gästen, die *er* eingeladen hat.« Ich sehe ihr starr in die Augen. »Von denen nicht alle so höflich sind wie Ben.«

»Beatrice!« Leo sieht mich entsetzt an. »Ich bin sicher, Benedick hier versteht, was wir sagen. Er weiß, wie die Welt läuft. Ein junger Mann mit seinem … *Hintergrund* ist auf keinen Fall die passende Gesellschaft für ein Mädchen wie dich. Stunden in Malerei mögen ja noch durchgehen, hier auf dem Grundstück, aber dies …«

»Ich habe Bea nur meine Arbeiten gezeigt«, sagt Ben, sein Ton noch immer ausdruckslos.

»Und die sind äußerst interessant«, lässt Sir Hugh sich jetzt vernehmen. Während wir geredet haben, hat er Bens Bilder genau betrachtet. »Eine ganz frische neue Herangehensweise, Benedick. Vielversprechend.«

»Vielen Dank, Sir«, sagt Ben leise.

»Nun.« Onkel Leo sieht sich nervös um. Es kommt mir in den Sinn, dass er gerne alle Leute glücklich macht, und dass es in unserer momentanen Gruppe unmöglich ist, eine Lösung zu finden, die alle zufriedenstellt. »Vielleicht sollten wir zur Party zurückkehren.«

Doch noch während er spricht, stoßen andere Gäste zu uns, und einer von ihnen zieht Ben beiseite, um mit ihm über seine Arbeiten zu sprechen. Leo ergreift die Gelegenheit, meinen Arm zu nehmen. Ich bin noch immer wie erstarrt, kaum fähig, zu begreifen, was gerade passiert ist – wie die perfekte goldene Szene zu solch einem Scherbenhaufen zersplittern konnte.

Ich sehe zu Ben, und es ist, als hätte eine Tür sich geschlossen.

»Ben …«, beginne ich.

»Du solltest gehen, Beatrice«, sagt er, und vielleicht höre nur ich den harschen Ton in seiner Stimme. »Ich möchte nichts mehr tun, was deiner Reputation schaden könnte.«

Sein Gesicht ist eine lächelnde Maske, als er sich umdreht, um mit den Neuankömmlingen zu sprechen, Fragen zu beantworten und ihr enthusiastisches Lob entgegenzunehmen, und da stehe ich, aus dem Gleichgewicht gebracht von seiner Kälte.

»Es sieht aus, als käme Ben sehr gut zurecht«, sagt mein Onkel in einem Ton, der offenbar tröstlich sein soll. Er streichelt meine Hand. »Es ist das Beste für alle Beteiligten, wenn wir uns alle auf unsere eigene Aufgabe konzentrieren, hm?«

Inzwischen sind wir zurück im Mittelpunkt der Party, und die Musik hüpft noch immer durch die Luft; ihre Fröhlichkeit passt nicht zu meinem eigenen Gefühlschaos.

»Wenn ich bitten dürfte?«, sagt eine Stimme, und benommen taumle ich in ein weiteres Paar Arme und versuche, den dumpfen Schmerz in meiner Brust zu ignorieren.

KAPITEL 37

Am nächsten Morgen liege ich im Bett und versuche, meine Gedanken zu ordnen. Die Sache mit Ben hat definitiv einen Wendepunkt erreicht, über den gesprochen werden muss. Es nützt wirklich nichts, feige zu sein, stelle ich fest; es ist Zeit, mich meinen Gefühlen zu stellen.

Das Experiment ist schon seit einer Weile vorüber – was nun geschieht, ist, soweit es mich angeht, sehr real. Nur, denkt Ben das Gleiche? Ich runzle die Stirn. Er hat es nicht gesagt – nicht wörtlich –, doch ich glaube, *dass* er so denkt. Ich erinnere mich an die Regeln, die wir aufgestellt haben, und erschrecke für einen Moment, denn die letzte bestand darin, dass ich mich nicht in ihn verlieben darf. Ein Hauch von Zweifel taucht in mir auf. Aber schließlich halte ich es einfach nicht mehr aus und laufe die Treppe hinunter, um ihn zu finden.

Eine laute Stimme aus dem Salon lässt mich innehalten.

Es ist Ursula, und sie klingt aufgebracht.

Ich folge der hitzigen Diskussion und finde eine Gruppe von Menschen vor, die vor mir erstarrt wie am Schluss eines Theaterstücks. Mein Onkel sitzt neben Hero, die unglücklich auf ihre Hände hinabsieht. Frances und Sir Hugh sind auch anwesend, und Filomena, so still, als wäre sie aus Stein gemeißelt.

Ursula steht mitten im Raum, neben sich Klaus. Sie scheint die Zähne zusammenzubeißen, und ihre Augen sind kalt. »Ich habe alles gesagt, was ich sagen muss«, erklärt sie ruhig. »Und ich denke, jetzt werden Klaus und ich unsere Sachen packen und gehen.«

»Gehen!«, rufe ich, während ich zu ihr laufe. Alle sieben Augenpaare richten sich auf mich. »Warum denn das?« Ich fasse Ursula am Arm. »Was ist passiert?«

Sie wendet sich von mir ab, und ich folge ihr. »Kann ich helfen?«, frage ich leise.

»Nein, Liebes«, sagt sie sanft, und ihre Hand umfasst meine in einer für sie sehr untypischen Geste. Dann sieht sie noch einmal zurück. »Es ist klar, dass Leute wie ich hier nicht mehr willkommen sind«, sagt sie lauter.

»Nicht willkommen?« Ich ziehe die Stirn in Falten.

»Aber … aber … das ist es nicht, was …«, beginnt mein Onkel, während seine Wangen sich röten.

»Oh, bitte.« Frances' Stimme ist entspannt, aber gleichzeitig kalt wie Eis. »Alles, was ich sagte, war, dass Herrn Hitlers Theorien über rassische und kulturelle Reinheit *interessant* sind. Ich persönlich habe nichts gegen Juden – aber es ist doch verständlich, dass man gewisse Werte schützen sollte.«

»Sie sind eine ignorante, dumme Person. Sie haben keine Ahnung, worüber Sie reden«, faucht Ursula.

»Ursula«, murmelt Filomena und streckt eine Hand aus, wobei unklar bleibt, ob sie sie damit zum Schweigen bringen oder unterstützen will.

»Ich denke, diese Diskussion wird ein wenig zu hitzig«, wirft Leo ein, offensichtlich nervös. »Wie Lady Bowling gesagt hat, dies ist keine persönliche Angelegenheit. Es ist völlig unnötig, dass du dich so angegriffen fühlst.«

»Ich versichere dir, es ist eine sehr persönliche Angelegenheit für uns.« Ursulas Stimme ist spitz wie eine Nadel. »So laufen die Dinge, begreift ihr das nicht?« Sie sieht sich in der Runde um, sieht uns alle an. »Die Bigotterie und der Hass … Sie fallen nicht wie ein Hammer vom Himmel und treffen einen auf den Kopf. Sie nähern sich schleichend.« Ihr verächtlicher Blick liegt auf Frances. »Sie kommen als eine gut angezogene Lady zur Tür herein, die sich in den Salon setzt, Tee trinkt und über *gewisse Werte* spricht. So kriegen sie einen, so kriechen sie in uns und höhlen den Apfel von innen aus. Und ihr begreift nichts – keiner von euch wird irgendetwas begreifen, ehe es zu spät ist.«

Sie ist großartig in ihrer Wut, plötzlich drei Meter hoch, und ihre Worte sind ein Ruf zu den Waffen. Es scheint, als müssten wir alle aufspringen und applaudieren.

»Wie äußerst … *dramatisch*«, sagt Frances.

Ursula lächelt, aber es ist kein nettes Lächeln. »Ehe es zu spät ist«, wiederholt sie, und dann dreht sie sich um und rauscht aus dem Raum, gefolgt von Klaus, der blass geworden ist. Ich stehe wie festgefroren.

»Ich … ich …«, stottert Leo. »Ich kann dir nicht sagen, wie leid es mir tut, Frances …«

»Nun, nun, Leo«, murmelt Sir Hugh tröstend. »Wir müssen die Hitze der Jugend verstehen, nicht wahr?«

»Sie ist die Dramatikerin, ja?«, fragt Frances, und mein Onkel nickt. »In dem Fall«, fährt sie fort, »ist es, so traurig das auch sein mag, vielleicht wirklich das Beste, wenn sie geht. Eine Bekanntschaft wie diese kann schlecht für dich sein. Ihre Art von Arbeit wird in Deutschland im Moment verboten.« Ihr Tonfall ist ruhig; als spräche sie über das Wetter. »Dies sind unsichere Zeiten.«

Leo sieht gedankenvoll aus. »Nun, dann kam meine Ankündigung zum richtigen Zeitpunkt, nehme ich an.« Er wendet sich mir zu. »Es tut mir leid, deinen Aufenthalt hier ein wenig abkürzen zu müssen, mein Liebes, aber so viel Zeit im britischen Konsulat zu verbringen, mit Lady Bowling und ihren charmanten Freunden, hat furchtbares Heimweh in mir geweckt.«

Eine schreckliche Ahnung steigt in mir hoch. Ich sehe Hero an, die blass und still auf dem Sofa sitzt.

»Was meinst du damit?«, frage ich.

»Ich habe alles arrangiert, damit wir nach England zurückkehren können. Ich werde Hero mit zurück nach Suffolk nehmen, damit sie endlich eine anständige Schulbildung bekommt. Ich habe mich unverantwortlich verhalten, seit die arme Thea von uns gegangen ist. Selbstsüchtig. Ich sehe das jetzt. Frances wird ebenfalls zurückkehren – wir werden sie auf unserem Weg bis zurück nach Kent begleiten.«

Frances neigt leicht den Kopf, wie eine Königin, die einen Gefallen von ihrem liebsten Höfling annimmt.

In meinem Kopf dreht sich alles. »Ihr reist zurück nach England?«, frage ich. »Wann?«

»Die Überfahrt ist bereits gebucht.« Leo lächelt, als überbrächte er wundervolle Nachrichten. »Noch diese Woche. Ich habe deinen Eltern bereits geschrieben. Sie werden sich sicher freuen, uns zu sehen.«

»Aber … aber …«, stammle ich, mein Herz stolpert. Ich sehe mich wild im Raum um, sehe Filomenas ernstes, ruhiges Gesicht an. Sie blickt mir nicht in die Augen.

»Was ist mit Filomena?«, bricht es aus mir heraus.

Leo sieht ein wenig betreten aus und beginnt, sich laut zu räuspern. Da steht Filomena auf und tritt vor, elegant wie immer.

»Ich bleibe zurück und kümmere mich darum, was mit dem Haus geschieht. Dann werde ich zu Leo stoßen.«

»Exakt«, sagt Leo dankbar. »Genauso machen wir es. Sie wird später zu uns stoßen, wenn alles sich ein wenig beruhigt hat.« Er strahlt mich und Frances an. Ich sehe wieder zu Hero. Sie hat kein Wort gesagt, seitdem ich gekommen bin. Ich glaube, sie hat sich nicht einmal bewegt.

Und sie ist nicht überrascht, stelle ich fest. Sie sieht traurig aus, das ja, jedoch schicksalsergeben. Ich denke daran, wie sie diesen Sommer war – ihre Nervosität und Frustration, ihr Bedürfnis, die Schönheit um uns herum in sich aufzunehmen, als wäre all das bald vorbei. Als würde sie etwas wie dies hier erwarten.

»Also«, sagt Filomena fröhlich, während sie zur Tür geht. »Ich denke, ich werde mit den Vorbereitungen beginnen.«

»Mehr Tee, Frances?«, fragt Leo.

»Sicherlich, danke dir«, antwortet Frances. Und sie wenden sich wieder ihrem Geplänkel über alles und jedes zu, als wäre nichts geschehen. Ich bleibe stehen, wo ich stehe, erstarrt und unbewegt. Dann kristallisiert sich ein Gedanke in all dem Chaos in meinem Kopf heraus.

Ich muss Ben finden.

KAPITEL 38

Ich verbringe Stunden damit, das Grundstück zu durchkämmen, angefangen mit dem Platz am Springbrunnen, aber ich kann Ben nirgends finden. Als ich schließlich auf ihn stoße, ist er an ungefähr dem letzten Ort, an dem ich ihn erwartet hätte.

Er steht mitten in Filomenas Zimmer. Und obwohl er mir den Rücken zukehrt, sagt mir die steife Art, wie er dasteht, dass er wütend ist.

Filomena ist dabei, Kleider zu falten und sie sorgfältig in mehrere Koffer zu packen, die offen auf dem großen Bett mit den vier Pfosten liegen.

»Du kannst nicht mit ihm gehen«, sagt Ben fest. »Du kannst einfach nicht.«

»Was ist los?«, frage ich leise und schließe die Tür behutsam hinter mir.

Ben fährt herum, sieht mich an; seine Augen sprühen Funken.

»Sie verlässt uns. Sie geht mit Hugh«, sagt er.

Ich gefriere, unfähig, diese Information zu verarbeiten. »Filomena – warum? Ich verstehe nicht …«

»Ja«, sagt Filomena. »Ich werde mit Hugh gehen, weil er mir angeboten hat, mich mitzunehmen.« Sie schenkt mir ein kleines Lächeln. »Und weil ich nirgendwo anders hingehen kann. Ich habe Glück, dass Hugh hier ist, um mir dieses Angebot überhaupt zu machen.«

»Aber ich begreife das nicht!«, rufe ich. »Du kommst doch später nach, um meinen Onkel und Hero in England zu treffen!«

Filomena setzt sich aufs Bett. »Das habe ich gesagt, weil Leo wollte, dass ich es sage.« Sie zuckt die Schultern. »Er ist kein schlechter Mann, und er möchte, dass alles harmonisch ist. Also gebe ich ihm dies: eine friedliche Trennung am Ende unserer gemeinsamen Zeit. Ich weiß, er würde es hassen, wenn ich eine Szene machen würde. Aber ich weiß auch, was es bedeutet, wenn er sagt, dass er zurück nach England geht. Es bedeutet, dass meine Zeit vorüber ist.«

»Aber nicht Hugh!«, fleht Ben. »Bitte, Fil. Du weißt, welche Sorte Mann er ist!«

»Ja«, sagt sie, und ihre Augen glitzern. »Ich weiß, welche Sorte Mann er ist, Ben. Und ich kann auf mich selbst aufpassen.«

»Wie meine Mutter, ja?«, fragt Ben. »Frauen sind Objekte für ihn, das ist alles. Dinge, die man benutzen und dann wegwerfen kann.«

»Mir ist klar, dass du nur zu helfen versuchst«, sagt Filomena sanft. So sanft. »Und ich mochte deine Mutter sehr … Und trotz allem, was du vielleicht jetzt denkst, mag ich auch dich sehr. Ich bin dankbar dafür, dass dies dir wichtig ist. Aber ich weiß, wer Hugh ist, und ich weiß, wer ich bin. Und ich bin nicht sie.«

Eine bleierne Stille entsteht. Dann dreht sich Ben ohne ein weiteres Wort um und verlässt den Raum. Ich will ihm folgen.

»Nein.« Filomenas Stimme hält mich zurück. »Lass ihn in Ruhe, nur einen Moment. Er wird dich brauchen, aber nicht jetzt.«

»Wie kannst du so ruhig sein?«, frage ich, und Wut steigt in mir auf. »Wie hältst du das aus?«

Sie zuckt wieder die Schultern, voll unendlich müder Resignation. »Es kommt nicht überraschend für mich. Ich wusste, dass meine Beziehung zu Leo enden würde; es war nur die Frage, wann.«

»Weil du ihn nicht wirklich geliebt hast?«, sage ich und denke wieder an ihre Distanziertheit in Leos Nähe. Ihre Weigerung, über ein Hochzeitsdatum zu sprechen.

Filomena schenkt mir einen mitleidigen Blick. »Weil er *mich* nicht wirklich geliebt hat«, sagt sie ruhig. »Nur die Idee dessen, was ich bin. Für eine Weile.«

Da endlich verstehe ich, was es war, das ich in diesem Sommer nicht greifen konnte, diese Sache, die sich falsch anfühlte. Ich dachte, Filomenas Gefühle wären nicht so stark wie die meines Onkels. Jetzt begreife ich. Sie hat sich lediglich auf diesen Moment vorbereitet.

»Er ist kein schlechter Mann, Bea«, sagt sie noch einmal, während sie meine Hand nimmt und die Reihen goldener Armreife damit zum Klingeln bringt. »Aber er ist schwach. Er lässt sich von anderen einnehmen. Er lässt sich rasch für alles Neue begeistern. Für ihn, denke ich, war ich … wie sagt man das? Etwas Neues. Wir waren glücklich zusammen, eine Zeit lang, sehr glücklich. Und das muss reichen.«

»Das reicht nicht«, wispere ich. In diesem Augenblick sehe ich meinen Onkel als das, was er ist: ein willensschwacher Mensch, leicht zu verführen, jemand, der sich vor Konfrontationen fürchtet. Nicht schlecht, nicht böse, einfach nur dumm.

»Hör zu, Bea«, sagt Filomena. »Bevor du gehst, bitte hör mir zu.«

Ich sehe auf, sehe in ihr ruhiges Gesicht. Sie nimmt meine Hand in ihre und drückt sie. »Ich habe ernst gemeint, was ich zu Ben gesagt habe. Ich werde mit Hugh mitgehen, aber zu meinen eigenen Bedingungen. Ich habe keine Angst, denn ich weiß, ich bin stark. Und ich weiß, was ich will; meine Kunst ist es, die mich antreibt, die meinem Leben Sinn gibt. Es ist die Kunst, die mir von allem auf der Welt am wichtigsten ist – nicht irgendein Mann.« Ihre Stimme ist leise – hypnotisch fast –, und ich fühle ihre Worte mit meinem ganzen Körper.

»Du bist auch stark, Bea«, sagt sie. »Du hast so vieles in dir, solche Freude, eine solche Begabung, zu *leben*. Deine Dynamik und deine Intelligenz sollten nicht in Einsamkeit dahinwelken. Geh hinaus in die Welt und verändere sie. Du bist brillant. Lass dir nicht einreden, dass du weniger bist als das. Weder von deinen Eltern noch von irgendwem sonst.«

Für einen Moment fühle ich mich wie vom Blitz getroffen. Meine Ohren klingen, und mir ist schwindelig.

Während ich die Bedeutung von Filomenas Worten erfasse, wird mir klar, dass sie nur die Entscheidung bestätigen, die ich eigentlich schon getroffen habe. Ich werde nicht zurückgehen in mein altes Leben. Nein, ich werde nicht einfach dort vermodern, mich herunterziehen lassen von unserem Gut und seinen Problemen.

Ich will ein eigenes Leben. Ich will zur Universität gehen und lernen. Ich will reisen und die Welt sehen. Und zum ersten Mal habe ich keine Angst davor, das alles wahr zu machen.

Ich weiche Filomenas Blick nicht aus. Ich nicke. Nur einmal. Sie drückt meine Hände abermals, und in ihrem Blick liegt unendliches Verständnis.

»Geh«, sagt sie.

KAPITEL 39

Diesmal finde ich Ben beim Springbrunnen. *Unserem* Brunnen.

Er steht da und sieht hinab ins Wasser.

»Alles in Ordnung?«, frage ich zögernd und lege eine Hand auf seine Schulter. Er entspannt sich ein wenig, als ich ihn berühre.

»Ich weiß nicht«, gibt er zu, und dann seufzt er tief. »Filomena hat recht. Sie kann auf sich selbst aufpassen. Ich war wütend. Ich *bin* wütend, aber nicht auf sie.« Er sieht hinab auf seine Hände, dann hinauf zu mir. »Ich bin froh, dass wir uns noch einmal sehen, ehe ich gehe.«

Ich fühle den Boden für einen Moment unter mir schwanken.

»Du gehst«, wiederhole ich.

»Ja«, sagt er. »Ich kann wohl kaum bleiben und so tun, als käme ich wundervoll aus mit Hugh und dieser Hexe Lady Bowling, was?«

»Was ist mit mir?«, platzt es aus mir heraus.

»Was soll mit dir sein?« Bens Worte sind hart. »Du gehst auch, oder nicht?«

»Doch, ja, vermutlich.« Ich werde unsicher.

Ben fährt mit einer ungeduldigen Hand durch sein Haar. »Dein Onkel bringt dich nach Hause, Bea. Der Sommer ist vorbei. Das große Experiment ist vorbei.«

»Aber das ist es nicht, was ich will.« Die Worte sind gesagt, ehe ich darüber nachdenken kann. »Ist es das, was *du* willst?«

Langsam schüttelt Ben den Kopf.

Und ein Glücksgefühl breitet sich in mir aus, wärmt meinen Körper, bringt ihn zum Klingen. Ich spüre, wie ein Grinsen sich über mein Gesicht breitet.

»Du könntest mit mir kommen«, sage ich eifrig. »Komm mit mir zurück nach England!«

Ben lacht, doch es ist kein fröhliches Lachen. »Oh, das würde deiner Familie aber gefallen, was? Dass du auftauchst und *mich* anschleppst. Dein Onkel hat bereits sehr klargemacht, wie deine Eltern zu einer Verbindung zwischen uns stehen würden.«

»Es kümmert mich nicht, was sie denken«, sage ich. »Ich bin überrascht, dass *du* denkst, es würde mich kümmern.«

»Bist du das?«, fragt Ben und reibt sich frustriert über die Stirn. »Ich bin nicht sicher, Bea. Du bist die, die gesagt hat, dass sie ihnen gefallen will. Sie glücklich machen. Ich weiß, das ist dir wichtig, egal was du sagst.«

»Das ist es«, sage ich verwirrt. »Das *war* es.« Ich ringe um die richtigen Worte. »Wenn ich versuche, mich ihrer Welt anzupassen, mache ich uns am Ende alle unglücklich. Die Dinge haben sich geändert.« Ich hole tief Luft. »Ich werde lernen. Das ist es, was ich will. Das war es immer. Ich denke, ich werde Medizin studieren. Einen Weg finden, den Menschen zu helfen. Tatsächlich etwas zu verändern.«

Ben lächelt, ein wahres Lächeln diesmal. »Das ist wundervoll«, sagt er. »*Du* wirst wundervoll sein, ich bin sicher.«

»Und du könntest mit mir kommen«, wiederhole ich.

»Und was tun?«, fragt er, dreht sich um und geht unschlüssig ein paar Schritte, dann dreht er sich wieder um und kommt zurück. »Sieh mal, ich habe diese Auftragsarbeit angeboten bekommen, für die ich nach Spanien gehen soll. Es ist eine wichtige, eine, die Großes für mich bedeuten könnte. Du hast dein Leben zu leben, Bea, und ich habe meins. Ich will nicht nach England zurückgehen, aber du solltest es tun.« Er schenkt mir ein kurzes Lächeln. »Es ist das Vernünftigste.«

Ein Gefühl von Taubheit breitet sich in meinem Körper aus, es ist, als kämen seine Worte von sehr weit weg.

»Ich weiß«, bringe ich heraus. »Ich verstehe es, rational, aber ich … ich denke nicht rational, was dich angeht.«

Und plötzlich finde ich mich in einer Umarmung und einem Kuss wieder, der rasend ist, wild. Es ist ein Kuss, der so viele Dinge sagt, für die ich keine Worte gefunden habe. Er ist fast grimmig, alles verschlingend und beinahe schmerzhaft vertraut. Es fühlt sich an, als wäre ich aller äußeren Dinge beraubt worden, ausgezogen bis auf einen glänzenden, elementaren Kern meiner selbst. Als würde ich mein ganzes Selbst mit Ben teilen und er sein ganzes Selbst mit mir. Unsere Körper schlingen sich umeinander, als wären sie nur dafür gemacht, und ich nehme an, das sind sie. Es ist ein Kuss voller Sehnsucht, voller Zärtlichkeit, voller Sorge, und als wir uns trennen, zittere ich.

»Ich denke auch nicht rational, was dich angeht«, sagt Ben endlich. »Nur ändert das die Fakten nicht. Wir wussten immer, dass es nur für diesen Sommer war. Deshalb haben wir die Regeln aufgestellt.«

»Du darfst dich nicht, unter keinen Umständen, in mich verlieben«, sage ich tonlos.

»Richtig.«

»Du wirst nach Spanien gehen, oder?« Meine Stimme klingt bitter; ich schleudere ihm die Worte ärgerlich entgegen. »Und was wirst du dort tun? Malen? Mit Frauen flirten? Ignorieren, was in der Welt um dich herum geschieht? Es bin nicht nur ich, vor der du fliehst, weißt du. Du steckst deinen Kopf in den Sand, zu ängstlich, um dir anzusehen, was passiert. Du nimmst einen Auftrag von jedem an, der dich bezahlt, egal, wofür er steht. Scherst du dich denn nicht darum, dass Leute wie dein Auftraggeber, all diese reichen Patrone, sich glücklich mit Mussolini, einem Diktator, an einen Tisch setzen, seine Überzeugungen teilen – dass sie Menschen verletzen werden, die dir wichtig sind? Ursula und Klaus. Gert und Lili.«

Er zuckt zusammen, und ich frage mich, ob ich einen Nerv getroffen habe.

»Du hast Angst«, sage ich, und zu meiner eigenen Überraschung ist meine Stimme fest. »Zu viel Angst, für das geradezustehen, was du willst. Woran du glaubst. Denkst du, dein Hintergrund würde mich kümmern? Denkst du, ich würde nicht für dich kämpfen, dich verteidigen? Du bist ein Feigling. Du bist ein Feigling, und du wendest etwas den Rücken zu, das real werden könnte.«

Eine lange Pause entsteht. Ärger und Traurigkeit und Schmerz und eine Million andere Gefühle durchströmen mich, und sie alle spiegeln sich in Bens Augen.

»Vielleicht hast du recht«, sagt er endlich, mit gespielter Beiläufigkeit, obwohl seine Stimme heiser klingt.

Und das ist alles. Ich will ihm meine Faust ins Gesicht rammen, und ich will ihn bis zur Bewusstlosigkeit küssen. Ich habe beides schon getan, und im Moment weiß ich nicht, was von beidem befriedigender wäre.

Er legt eine Hand auf meine Wange. »Ich hatte nicht vor, die Regeln zu brechen«, wispert er. »Aber ich konnte nicht anders.«

Und dann, einfach so, ist er fort.

KAPITEL 40

Als ich an Deck des Schiffes stehe und die weißen Klippen von Dover auftauchen, betrachte ich sie mit gemischten Gefühlen. Ich bin nicht das gleiche Mädchen, das England verlassen hat, das seinen Rücken ebendiesen Klippen zugewandt und das erste Mal den Geschmack der Freiheit gekostet hat. Mein Herz ist voller Schrammen und blauer Flecke, nicht ganz so offen, wie es damals war.

Ich habe es geschafft, all die Erfahrungen zu sammeln, die ich so unbedingt sammeln wollte, denke ich mit leisem Bedauern. Es ist komisch, um wie viel älter ich mich fühle als nur zwei kurze Monate zuvor. Wie ein Sommer eine Person so dramatisch verändern kann.

Doch ich würde nichts davon missen wollen. Nicht einmal den scharfen Schmerz in meinem Herzen, der mir sagt, dass ich lebendig bin, lebendiger als je zuvor.

Mein Onkel ist irgendwo unter Deck und bemüht sich um Lady Bowling. Ich frage mich, was jetzt geschehen wird; ob er sich wieder ändern wird, wieder jemand anderer werden, um jemand anderem zu gefallen. Er ist unstet, ich sehe das jetzt deutlich, dreht sein Fähnchen nach dem Winde.

Ich klettere hinauf auf die Reling, dank meiner Hosen ist das nicht schwierig. Meine alten Kleider habe ich in der Villa gelassen, zusammen mit dem Mädchen, das sie einmal getragen hat.

Ich bin jetzt stärker. Ich weiß, was ich will, und ich weiß, wie ich es bekommen werde.

Ich werde jeden letzten Tropfen Freude meines Lebens auskosten. Ich werde mich selbst nie mehr kleiner machen, als ich bin.

Dies sind die fassbaren Ergebnisse meines Experiments, Ergebnisse, die weiterreichen als die Sache zwischen Ben und mir. In meiner Tasche steckt ein Notizbuch, das mehrere Listen enthält – es gibt Listen der Vögel, die ich gesehen habe, es gibt Listen der Küsse, die Ben und ich geteilt haben, und da ist die Liste der Dinge, die ich tun will, wenn ich nach Hause komme.

»Was ist das in deiner Hand?«, fragt Hero, die neben mir an die Reling getreten ist.

Die Blume lag auf meinem Koffer, als wir abgereist sind. Jetzt halte ich sie vorsichtig zwischen den Fingern, während der Wind um mich bläst. Ihre zarten weißen Blütenblätter, sternförmig angeordnet, sind samtweich, und ihr Geruch ist intensiv. Berauschend.

Ich weiß nicht, woher sie gekommen ist, aber ich weiß, von wem.

»Gardenia jasminoides«, antworte ich.

»Was bedeutet das?« Hero runzelt die Stirn.

»Es bedeutet: Liebe«, sage ich, und ich lasse sie los und sehe zu, wie die Gardenienblüte über das Wasser davontanzt.

ENGLAND

JULI, 1937

Ich kenn Euch schon von Anbeginn der Zeit.

WILLIAM SHAKESPEARE:
VIEL LÄRM UM NICHTS, AKT I, SZENE 1

EPILOG

»Wir haben Gäste«, sagt mein Onkel, der mit einem Telegramm in der Hand ins Zimmer gekommen ist. »Es sind auch ein paar alte Freunde dabei.«

»Oh?«, frage ich und hebe den Blick recht verdrießlich von meinem Lehrbuch. Es mag Sommerpause sein, doch das ist keine Entschuldigung dafür, mit dem Lernen ins Hintertreffen zu geraten. Mutter und Vater haben alle Arten emotionaler Erpressung ausprobiert, die ihnen zur Verfügung standen, damit ich Leo und Hero für ein paar Wochen in Suffolk besuche, aber wie ich ihnen gesagt habe, die Prüfungsphase in Oxford ist nichts, was man zu leicht nehmen sollte.

Wenigstens bedeutet es, dass ich den Verkupplungsversuchen meiner Eltern entkomme – ich habe gehört, dass es wieder Zeit ist für einen Besuch des armen Cuthbert Astley, und meine Eltern finden ihn immer noch unwiderstehlich.

Wenn ich gehofft habe, dass mein Stipendium fürs Studium der Medizin ihren Drang sich einzumischen zum Versiegen bringen würde, dann hat sich diese Hoffnung recht bald als naiv erwiesen.

Nun ja, Leoparden, so sagt man, können nichts an ihren Flecken ändern (obwohl die Flecke eines Leoparden sich natürlich signifikant verändern, wenn er die Geschlechtsreife erreicht). Ich mag mich in jenem Sommer verändert haben, meine Eltern jedoch haben das nicht, und ich betrachte sie als eine Art laufendes Projekt. Dennoch, all das ist auf jeden Fall einfacher zu ertragen, jetzt wo ich ein eigenes Leben habe – eines, das nicht gezwungenermaßen und ausschließlich in den zugigen Fluren von Langton Hall stattfindet.

Und letzte Woche habe ich mitgehört, wie Mutter mit dem Pfarrer gesprochen hat. »Selbstverständlich, Beatrice ist praktisch schon fertige Ärztin«, sagte sie. »Eine der besten in ihrer Klasse.«

Die Worte, obgleich betont beiläufig, enthielten einen Stolz, der mich sprachlos machte.

»Die Wege des Herrn sind unergründlich«, antwortete der Pfarrer säuerlich.

»Wer sind diese Gäste?« Hero springt auf die Füße und tanzt aufgeregt auf ihren Vater zu. In Momenten wie diesen scheint sie noch immer sehr jung, und trotz ihrer achtzehn Jahre sehe ich wieder meine kleine Cousine, die mich ein ums andere Mal bittet, die Geschichte mit der Kröte zu erzählen.

Vielleicht erscheint sie so jung, weil Leo sie zu sehr bemuttert. Zum Glück hat seine Bekanntschaft mit Lady Frances Bowling nur einige wenige Monate angedauert, und nach einem – kurzen – Flirt mit Moseleys British Union of Fascists scheint Leo sich mit einem glücklichen Junggesellenleben abgefunden zu haben und widmet nun all seine Aufmerksamkeit seiner Tochter.

»Ein alter Freund von mir aus der Armee, Peter – und sein Bruder John«, sagt Leo.

Hero zieht die Nase kraus. »Die kenne ich nicht«, sagt sie.

»Peter bist du als Baby einmal begegnet«, sagt Leo. »Aber

ich meinte nicht sie. Sie bringen eine Gruppe von jungen Leuten mit, die in Spanien gekämpft haben.«

»Oh?« Ich sehe auf. »Es wird interessant zu hören, wie die Dinge sich dort entwickeln. Ich bin froh, dass es Menschen gibt, die überzeugt genug von ihrer Sache sind, um tatsächlich etwas zu *tun*.«

»Ja. Schrecklich, all diese Faschisten. Von *dieser* Politik halte ich ja gar nichts«, sagt Leo entschlossen, und ich lächle milde. »Obwohl ich nicht sicher bin, was ich von jungen Leuten halten soll, die sich in Dinge einmischen, die sie nichts angehen.«

»Oh! Wenn ich ein Mann wäre, wäre ich dort«, sage ich fest.

Leo sieht leicht schockiert aus von dieser Erklärung.

»Aber wer *sind* sie?«, fragt Hero und zupft ihn am Ärmel. »Du hast gesagt, sie wären alte Freunde.«

»Ich vermute, du erinnerst dich nicht an sie«, meint Leo. »Aber du bist ihnen vor Jahren begegnet, als wir, äh, in Italien lebten. Künstler.«

Das Buch fällt mir aus den plötzlich tauben Fingern und schlägt mit einem Knall auf dem Boden auf. Ich beuge mich vor, um es aufzuheben, in der Hoffnung, meine Aufregung zu verbergen.

»Klaus?«, quietscht Hero voller Freude.

»Genau der.« Leo strahlt. »Und noch einer von ihnen.« Er zieht das Telegramm zu Rate.

»Signor Benedick, möglicherweise?«, sage ich, meine Stimme absolut ruhig.

»Ben!«, ruft Leo. »Richtig! So hieß er. Sieht aus, als müssten sie jeden Moment hier sein. Offenbar hat der Junge von der Post sich Zeit gelassen damit, uns das hier zu bringen.«

Als wäre es abgesprochen, ertönt daraufhin draußen eine Hupe.

»Ah!« Leo springt auf. »Da sind sie schon!«

Und er geht voraus zur Vordertür und der kiesbestreuten Auffahrt. Hero und ich folgen.

Aus dem Schatten der Tür beobachte ich, wie sich zwei Autotüren öffnen und mehrere Männer herausklettern. Unter ihnen entdecke ich Klaus, noch immer umwerfend gut aussehend, obwohl sein Gesicht ernster ist als in meiner Erinnerung, und dann, als Letzter, steigt Ben aus.

Mein Herz schlägt so laut, dass ich nicht hören kann, was sie sagen. Ich betrachte Ben genau: sein goldenes Haar, seine klaren blauen Augen, umrahmt von Lachfältchen. Er ist größer als in meiner Erinnerung, und er ist definitiv dünner. Sein Gesicht ist gebräunt, seine Kleider – selbst für seine Maßstäbe – unglaublich abgetragen. Da ist etwas Neues an seinen Konturen – etwas Geschärftes. Es ist das Gesicht eines Mannes, vielleicht ist es das; nicht mehr das eines Jungen. Er sagt jetzt irgendetwas, etwas, über das alle lachen, ehe er unterbrochen wird, weil Hero sich die Stufen hinunter und in Klaus' Arme stürzt.

Ich trete hinaus in den Sonnenschein.

»Ich frage mich, warum du noch immer redest, Ben«, sage ich, stolz, dass meine Stimme nicht den leisesten Anflug von Gefühl verrät. »Es sieht aus, als hörte niemand mehr zu.«

Ben fährt herum, sein Blick trifft meinen, und es ist, als lösten die vergangenen vier Jahre sich in nichts auf.

»Hallo, Bea«, sagt er sanft und bewegt sich auf mich zu. »Warum so voller Kritik?«

»Warum auch nicht?«, frage ich fröhlich. »Wenn es so viel zu kritisieren gibt.«

Ich weiß nicht, wie lange wir einander ansehen, doch ein prickelndes Gefühl der Erinnerung breitet sich in mir aus. Dann beginnt Ben langsam zu lächeln, ein Glänzen der Anerkennung in seinen Augen.

Ich fühle, wie ich ebenfalls lächle.

Oh ja, denke ich. Das hier wird lustig.

Ende
des Anfangs